THE MAYA MISSION

馬雅任務

林斯諺科幻推理長篇

目次

「科幻小說的心理功能在於讓讀者逃離他所居住的真實世界；它解構了時間、空間以及現實。」

——菲利浦・狄克（Philip K. Dick）

開場

聽說人在死前一刻，回憶會如跑馬燈閃過腦際。

我的身子不斷地下墜，頭下腳上，以極快的速度逼近大地。

十樓的高度，肯定摔得粉身碎骨。

在我的記憶中，我沒有跳樓過，這應該是第一次。

黑暗的大地愈來愈清晰，愈來愈逼近。所有事物在我身旁快速閃過：大樓、夜幕、山影、遠處的燈花。

在這短短的一瞬間，我看見許多畫面。

我看見自己從經驗機器中醒來，從模擬世界脫身，回到現實中。

我看見自己與貝亞的相遇，她始終冷漠、沉默，但熱心導引著我。

我看見馬雅科技公司的內部，這棟未來科技的大樓，是「模擬現實」的原鄉。

我看見自己再度進入模擬現實，身負重任，爲的就是要找出眞相。

我看見自己在模擬中邂逅了一名不存在的人，一名我愛的人，也是愛我的人。

我看見自己目睹了她的死亡。

我看見自己找到了我要的眞相，殘酷的眞相。

我離地表已不遠，死亡在即。但我不會讓我的人生就此結束，也不會讓她的人生就此結束。閉上雙眼，在觸及地面之前，心海中浮現另一幅畫面……

PART I
MISSION READY

「假若有一台經驗機器，它能夠製造任何你所欲求之經驗。頂尖的神經心理學家能操控你的腦，讓你以為並感覺自己正在寫一本偉大的小說，或交朋友，或讀一本有趣的書。自始至終你卻只是漂浮在機槽中，腦部接上電極。你是否應該進入機器度過一生，度過一個你預先編設的美好人生？」

——諾齊克（Robert Nozick）

1.

睜開雙眼，一片漆黑。一瞬間，我想不起自己是誰，身在何處，失去意識前做了什麼。

我只知道，自己躺在很柔軟的物體上。

頭頂套著某個束縛物，覆蓋頭皮，遮住眼睛，只有鼻子以下的部分露出來。我兩手扶住頭罩兩側，將它取下。

那是一個柔軟的頭罩，也許是乳膠之類的材質；罩子內側滿佈堅硬尖刺，雖然不甚銳利，摸起來仍煞是可怖，彷彿戴上就會刺穿頭皮。罩頂接了一條軟管，線路連通到枕頭後方，沒入壁板中。

我仰臥在一個雞蛋形、神似太空艙的房間裡。空間不大，大概單人床大小。用手觸摸，左右兩側有大片橢圓形的區域，周圍則分布著一些透氣孔。

眼睛適應黑暗後，腦袋也逐漸清晰，記憶慢慢湧入腦中。

想起來了，我正在「經驗機器」裡面。

往身上摸了摸，我發現自己穿著棉質長袖T-shirt加運動長褲，腳上套著襪子。

左側附近的橢圓區域突然整塊剝離鬆動，往蛋殼後端滑去。一道滑門。

「金杰先生，機門已打開，你可以出來了。」外頭，冷靜的女聲說道。

我坐起來，全身一陣沉重感；兩腿從機門跨出去，立刻接觸到地面。地上擺著一雙白色休閒鞋，應該是我進入之前穿的吧。

附近隱約可聽見電腦主機運轉的低沉嗡嗡聲，此外是一片寂靜。

我抬起頭，一名女人站在面前。

她高約一百六十幾公分，有著一對細眉，明亮的雙眸，心型臉，緊抿的唇線。烏黑的頭髮流瀉在兩肩之前，柔順的斜瀏海往左耳拂去。

長相不能算是豔美，但眼神中的穩健，流露出知性的美感。

「呃……嗨，你是幽靈小姐嗎？」一開口才發覺喉嚨乾澀。

她沒有回話，在無聲的凝視下，我不自覺低了頭，看著那雙白鞋。

「有問題嗎？」她突然問。

「這是我的鞋？」

「當然。你忘了？」

我抬起頭注視她，擠出一絲微笑，「看樣子，我好像忘了很多事。」

她平靜的臉龐略有波動，但很快恢復鎮定。我這才注意到她穿著一襲白袍，裡頭是一件黑色洋裝，膝蓋下包覆著黑絲襪，最後，一雙黑色高跟鞋。

她一身黑我一身白，抽離我倆的視點來看這幅圖像，應該頗有趣。

「你記得剛剛體驗的劇本嗎？」她問。語調沉靜而制式。

「劇本？噢，我記得，關於一個失憶男子的故事。對吧？」

「他發生了什麼事？」

我搖搖頭，望向她，「我只記得他失憶後的事。例如他晚上常睡不著……你在劇本中明明告訴我醒來後就會明白的，你就是那個幽靈，對吧？」

「Hey，我才是幽靈！」一個帶有奇怪口音的男聲說道。似乎是從機器的另一頭傳來的。那端也是電腦主機聲響的來源。

「還眞的有幽靈？」我攤攤手。

「你先過去那邊椅子坐吧。」女人指著牆邊一個龐然大物。

椅子？那是我所見過最怪的椅子，簡直是個大型菸斗，一只放在支架上的白色菸斗。只不過菸斗較大的那頭給去了半個殼，裡頭的空間成爲四十五度角的灰色躺椅，兩旁還裝有扶手。菸斗頂上架設著一個黑色罩子，讓整張椅子看起來像巨大的燙髮機。

這椅子怪得有美感。我喜歡。

我穿上鞋子，從機器中起身，朝椅子走去。低頭避開黑罩，鑽進椅中，背貼椅背，兩腿伸直，活像在室內做日光浴。

我發現黑色罩子擋住視線。正想開口時，罩子往上被掀開，女人冷靜的臉龐注視著我。

「這是小憩用的椅子，」她說，「黑罩的功用是擋住光線，幫助睡眠。不用時可以掀起來。」

「多謝指教。」我比了個OK的手勢。

菸斗椅附近放了幾張小椅，造型就像白色小花苞，可以包住坐下之人的臀部。這些椅子圍繞著一張神似向日葵的矮桌。我開始佩服起設計師的巧思。

女人在其中一張椅子坐下，望著我。

越過她的肩膀，我看到一位金髮男人坐在經驗機器旁，也就是蛋殼的前端附近，面對著一座大型機台。機台連通經驗機器的前部。我想起機器內的管線。從延伸的方向判斷，應該是來自機台內。

「似乎是Case 18，」那男人盯視著機台說道，手指似乎快速地在敲打鍵盤。從我這個方向看不到機台正面，但我猜那應該是電腦。「要做memory test嗎？」他探頭問女人。

她沒有回頭看男人，而是盯著我說：「交給我就好，幫我做一下紀錄。」

「Sure。」

「原來透過幽靈程式跟我聯繫的人是他嗎？」我問。

「Yeah。請多指教。」男人對我做了個舉手禮的動作，眨了眨眼。

「這位先生的大名是？」我問女人。

「你忘了他嗎?他是瑞德，美國人，來自俄亥俄州，是這裡的技術人員，會說中文。」

「It must be Case 18。」瑞德吹了聲口哨。

「聽著，」女人說，「你別發問，先回答我的問題，可以嗎？」

我聳聳肩，點點頭。「悉聽尊便。」

「記得這裡嗎？」

環顧四周，這是一個寬敞的方形房間，主色調爲乳白色；一個圓盤附著在天花板，滲出白光，牆上也有幾盞白色小燈。

對牆有一塊區域的顏色稍微深了點，應該是房門。

我搖搖頭，「記不起來。」

「記得馬雅嗎？」

「馬雅……?是的，我記得。幽靈說過。」

「這裡是Maya Incorporation，馬雅科技在加州的分公司。」

「馬雅科技?加州?等等……」我感到腦袋一片混亂，「原來馬雅也是公司的名字?」

「你沒看到嗎?」

我順著她的眼神望去，這才注意到經驗機器的尾端有著斗大的紫色字體：MAYA。

「你剛剛說加州?」我問。

「沒錯，公司位在加州的第十九區。」

「十九區?」

「目前加州劃分成三十區。你不知道自己在美國嗎？」
「那大概是上輩子的事。」
「那臺雞蛋形的機器，是否知道名稱？」
「……就是叫做『馬雅』的經驗機器。我答對了嗎？」
「Bingo!」瑞德對我比了比大拇指。
「告訴我現在的年份，」女人問。
「哼嗯……二〇三一年，對吧？劇本中的二十年後，幽靈告訴我的。」
「關於這個時代的任何事能想起來嗎？」
「唔……好像不行啊。」
「記得自己的名字嗎？」
「我只記得在劇本中，我叫做羅奈威……聽起來像是某個咬著棒棒糖的美國小孩。」
「你的眞名叫做金杰。」
「金杰……？」仔細咀嚼這名字，一股似曾相識感閃過腦際，「沒錯，我記得這名字，熟悉得就像我家的狗一樣。」
「你有養狗？」
「呃，我……」我摸摸下巴，搔搔頭，再度聳肩，「也許是別人家的狗。」
「記得我的中文名字嗎？」
我盯著女人的臉。她仍舊用冷靜的眼神望著我，隱隱地散發出冰冷。
「你……有點眼熟，我好像見過你。」我笑了笑。
她沒笑。笑容離她似乎很遠。

「至少你對我有印象，我的中文名字是貝亞。」

「貝亞，貝亞……沒錯，我有印象！」我的語氣瞬間微弱起來，「但我只記得你的臉跟名字。」

「金杰先生，接下來是很重要的問題：你記得最後一次進入機器前發生的事嗎？」

我低頭。搖頭。

「完全不記得嗎？」她問。

「陌生得就像別人家的狗一樣。但我記得劇本。」

「你記得在機器中體驗過的一切？」

「對，但……我無法肯定是不是眞的記住了一切，因爲我在劇本中也失憶了。」

「那並沒有錯，因爲你在機器中體驗的是一個失憶的劇本。告訴我劇本中最早發生的事。」

「我想想……應該是某天早上醒來後，發現自己記憶一片空白，就好像走路走到一半，突然被人從後面拉下褲子一樣，」我苦笑，「更糟的是，那天還忘了穿內褲。你知道那種感覺嗎？」

貝亞冷冷注視著我，「接著呢？」

「噢，我遇到了幽靈，也就是入侵程式，他跟我解釋一切，說機器出了點問題，我才會失去記憶，只要先從劇本脫出，就可以想起一切。然後他帶我到移轉點，透過移轉器返回現實。大概就是這樣了。」

「你對於劇本中的體驗記得很清楚。」

「我看是忘不掉了。」

「這代表你沒有順行性失憶。」

「什麼？猩猩失憶？」

「失憶症依照遺忘類型可區分為兩種，」女人的語氣仍是那麼一絲不苟，「顧名思義，順行性失憶指的是，患者在發生造成失憶的事件後，無法產生新的記憶，很容易有遺忘現象，但對失憶事件之前的事卻記得很清楚。」

「我正好相反。」

「那叫做逆行性失憶，患者無法記住造成失憶事件之前的事。」

「對了，我到底為什麼會失憶？」

「Reid，」貝亞看著我，但顯然是對著瑞德說話，「記錄下來了沒？」

金髮男人回答：「記下來了，他記得自己的名字、你的名字、機器還有公司的名字、所在年份、你的長相，還有劇本中的體驗，其餘的都不記得。換句話說，留有一些殘餘記憶，但仍是屬於狀況十八號。」

「等等，什麼十八號？」我嚷道，「難道還有十七號跟十九號？這裡是納美克星嗎？不是說我醒來就會知道一切了？現在到底是怎麼回事？」

「追加記錄一項，」瑞德喃喃道，手指敲著鍵盤，「他還記得某日本漫畫。」

「你會知道一切，」貝亞說，「我現在就會告訴你，不過這件事實在太過於複雜，希望你有耐心。」

「好吧，對一個失憶的人來說，我有的是時間。」我兩手抱胸，「反正這椅子還滿舒服的，我也希望能坐久一點。」

貝亞凝望著我，我讀不出她臉上的表情。她就像冰冷的大理石塑像，只有在受到巨大衝擊時才會崩毀。

「你要先喝杯水嗎？」她問。

「水？也好。」

「Reid。」

美國人站起身，往牆角走去。他也穿著白色制服，底下是淺色牛仔褲。牆角有一個凹槽，上端伸出三條銀色短管。瑞德取了一個玻璃杯，放在中間的短管下，裝了些水。

他握著玻璃杯，走過來，將杯子遞給我。

終於有機會看清楚他的長相。他個子相當高大，留著一頭短髮，方形臉，藍眼珠，年紀大概超過三十五了吧。不過外國人的年齡很難說得準。他的面頰不斷地動著，好像在咀嚼什麼東西。

「Hey dude，喝點溫水吧。」他說。

「謝了。」

我將杯中的水一飲而盡，突然覺得腦袋清醒些。「我也能來一塊嗎？」視線移向他的嘴巴。

他起先愣了一下，不過很快露出白牙。嘴中有一塊粉紅色物體。

瑞德右手伸入口袋，抽出，扔了一個小東西過來。我用兩手接住，攤開手掌一看，是個白色小方塊。打開包裝紙，我把內容物塞入嘴中，咬了起來。瞬間水果香四溢。是泡泡糖。

「看來有趣的東西是永遠不會消失的。」嚼了幾口，我開始吹起泡泡，粉色的膜在眼前漲得大大的。

「世界的變化沒有你想像中的快，」美國人笑了笑，兩手插在白袍口袋，晃回電腦前坐下。

「將杯子放在扶手前端。」貝亞提醒我。

左右兩側的扶手前端果然附有圓環。我將杯子卡入，坐挺身子，看著貝亞。

泡泡又漲了起來，貝亞的臉跑進泡泡中，變得渾沌不清，「現在，請告訴我眞相。」啵地一聲，泡泡破了。貝亞又出現了。

她沒有回答，反倒閉起雙眼，沉靜得像睡著了。兩手擺大腿上，放在洋裝的裙襬上，白皙的手指像月光般皎潔。

突如其來的沉默，讓我有些不知所措，只能愣愣望著她，等待她開口。

「別急，」瑞德遠遠地說，「Rebecca習慣把事情整理清楚再開口，你會慢慢習慣她的，」他兩手高舉，伸了個懶腰，打了個呵欠，「但這次也太久了，沒辦法，事情太複雜了……」

「金杰先生，」貝亞終於睜開雙眼，眼眸仍舊明亮，「我會按照事情發生的先後順序告訴你，讓我從頭說起，也就是你匆忙來到公司的那天早晨。」

2.

深沉的琴聲流轉著，宛如廣袤無垠的海洋，發出優美的低鳴。

我睜開雙眼，室內仍籠罩在黑暗中。掀開棉被，從床上坐起。

「Curtain up。」我說。

床邊的數位百葉窗緩緩捲起上升，光線滲入室內。

下了床，走進浴室，裡頭的燈自動亮起。站在鏡子前，我將頭髮夾起，說：「water。」

水龍頭流瀉出一束水柱，我用手試了試水溫。雖然溫度早已調節好，但偶爾還是會覺得過冷或過熱，這時便需要再度調整。

「Hotter。」

水熱了些。

花了點時間梳洗後，走出浴室，牆上的視訊自動開啟了。

長方形的螢幕上出現Lindy的臉。她那頭紅髮仍是那麼耀眼，表情則很慌張。

「Rebecca，謝天謝地，你起床了，」她說。

「什麼事？」我注意到她身後的牆上是公司的大logo——MAYA。顯然她正在櫃台值班。

「剛剛來了一名男性客戶，不知道能不能交給你負責？」

「我今天休假，Lindy。才剛午睡起來。」

「我知道，但只有你能處理啊。」

「爲什麼？」

「這名客戶不會說英文，我只勉強聽出他說是來自台灣，你的同鄉。」

「那不代表我得放棄休假。」

「他看起來很急，不像一般的客戶……你確定不幫助他嗎，Rebecca？」

「很急是什麼意思？」

「我不知道怎麼形容，就是很急。一般使用馬雅的客戶不會有這種神態的，所以我猜他可能需要協助。」

我沉默半晌。「……好吧，你們在大廳嗎？」

「對。」

「給我十五分鐘。」

「好，」Lindy語氣有些躊躇，「抱歉，Rebecca……」

「沒事。」

「待會見。」

通話結束，螢幕恢復全黑。

簡單塗了些保養品，再化了淡妝，我換上黑色洋裝，披上工作白袍。打理完畢後，走到門前。

「Music off。」

音樂消逝了。

「Door open。」

房門自動往右側滑開。走出房間後，門在身後關上。

從十樓搭了電梯，來到大廳。在寬闊的廳堂中，一眼便認出那名台灣人。他身高約一百七十公分，中等身材，短髮，面頰略微削瘦，鼻子十分高挺，年約三十歲，穿著一件棕色長褲、白色薄外套，腳上則是一雙白色休閒鞋。

這名男子顯然要簽訂長期體驗服務，因爲他有帶行李。公司的小型搬運機器人——Cargo No.5，簡稱C5——正推著一個深綠色行李箱。它的外觀是一個四輪小推車。

「您好，」我走到男人面前，伸出右手，「我是A級技術人員，Rebecca，中文名字是貝亞。」

他看了我一眼，擠出一個微笑，伸出右手，微弱地握了一下。手正流著汗。

「我叫金杰，你是……台灣人？」他緊繃的面色稍微放鬆。

「我是，您是來使用馬雅的吧？」

「對。用『你』稱呼我就行了，我不習慣別人叫我『您』。」他的微笑自在了些。

「我知道了，請跟我來。」

金杰看了一眼腳邊的C5，我立刻說：「不用擔心，它會跟著我們的，它有很強的追蹤跟防盜功能。」

「可愛的小東西，我能跟它聊天嗎？」他對C5揮了揮手。

「很遺憾，它沒有裝設ＡＩ。」

「噢，可惜啦。」

我領著對方進入大廳左側的走廊，沿著長廊兩側是許多隱密的小隔間，體驗馬雅的契約都是在這裡簽訂的。

我打開右側第一扇門。裡頭擺著一張桌面型的觸碰式電腦，右面牆中鑲嵌著飲水機。一走進房，燈光便自動亮起。C5推著行李自動退到牆角。

「請坐，」我指著桌前的座位。

他點點頭，背對房門坐下。

我在他對面落座，打開電腦，用手指碰了桌面，螢幕出現公司的logo——大型紫色字體寫著：MAYA。

「需要我爲你做馬雅的解說嗎？」我問。

「哪方面的解說？」

「很多客戶都會有興趣了解馬雅運作的原理，關於它是如何模擬人類的神經系統——」

他擺擺手，苦笑，「這部分可以跳過去。」

「這樣好了，你有什麼問題，請發問，我來回答。」

金杰看了我一眼，說：「據我所知，馬雅可以模擬任何經驗，對嗎？」

「是的。只要用文字寫出的經驗，它都能模擬出來。」

「擬眞度達到百分百嗎？」

「沒錯，使用者將分不清幻象與眞實。我們有提供五分鐘的免費試用服務，若要使用，稍後在單子裡勾選起來即可。」

「不需要了，我想直接使用。」

「要用你自己的劇本還是我們提供呢？」

「自己的。」

「長期體驗嗎？」

「一個禮拜。」

「好，請先填寫這份單子。」我在螢幕上點出資料單，將畫面拖曳過去給他。

對方觸碰桌面，開始填寫。寫了沒幾個問題，抬頭又問：「對了，當我在體驗時，會知道自己其實在機器裡嗎？」

「當然，你會有這層意識，因爲我們無法暫時抹去你進入機器前的記憶，也就是說，你會清楚知道自己正在經歷的一切都是虛假的。公司未來努力的目標是，能夠暫時封閉使用者進入機器前的記憶。」

「哦？」

見他有些不解，我接著說：「大部分來體驗馬雅的使用者，都是希望能追求快樂的經驗，如果一開始就知道自己經歷的一切是虛假的，並能預知自己將會體驗的內容，驚喜度就大打折扣。這點是我們希望將來可以改進的。」

「所以我的記憶可以正常運作吧？我的意思是，當離開機器後，仍能清楚記得剛剛體驗的劇本。」

「請放心。讓我解釋得更清楚一點：經驗機器只能製造經驗，並藉由經驗來製造回憶，不能直接填入記憶。目前技術僅限於製造神經訊號，所以可以模擬感官經驗，但無法破壞記憶迴路。換言之，我們不能自由控制要不要讓體驗者知道自己正在機器裡，也不能讓體驗者體驗失憶。只要與記憶細胞有關的一切都不能做，更無法直接操控體驗者的思考、情感等事。要做到這些，可能要再一百年後的技術了，科技的進步其實沒有人們想像中快。」

「傷腦筋，」金杰搔了搔頭，「我帶來的劇本有失憶的情節，那怎麼辦？」

我微微愣了一下，這是第一次遇見想要體驗失憶的客戶。「若有無法呈現的內容，我們會建議客戶先自行修改劇本。若不願這麼做，到時機器會自動調整，讓劇情大致符合劇本方向。電腦無法干涉你的心理，因此只是讓你知道別人認爲你失憶，無法使你眞的失憶。」

金杰點點頭，「無所謂，失憶並不是我想體驗的重點，只是恰巧出現在劇本中罷了……還有一個問題，如果劇本是事先決定好的，那我在體驗時還能自由行動嗎？」

「你想問的是，你在機器中有沒有自由意志，對吧？」

「啊，對，可以這麼說。」

「當然有。馬雅無法干涉體驗者的思考，而是會在劇本內容的前提下隨著體驗者的意欲製造出相應幻覺。若體驗者想做出嚴重偏離劇本舉動的事，也不是不行。例如，若你的劇本是關於遇上一位美女，並與她戀愛的故事，但你卻在美女一出現時就殺死她，這時劇本仍會繼續進行，電腦將根據原有劇本所提供的元素繼續『推想』最合理的發展，直到體驗時間結束。」

「所以我究竟能不能殺死那名美女？」

「我們不建議體驗者做出偏離劇本的事，這樣顧客等於是葬送自己的權益，沒有體驗到原本想要的劇情。但畢竟付了錢，我們還是會讓你體驗到時間結束。公司不爲劇本改變負責，這些合約裡面都有註明。」

「明白了。」

「還有一件事要提醒，體驗時盡量避免可能導致『死亡』的事件，若因此而失去意識，馬雅會與體驗者的腦部產生不正常的斷接，需要等體驗者清醒才能再重新連線，腦部也有可能因此受傷。」

「可能導致死亡的事件？」

「例如自殺。」

「我懂了。」

「另外，關於劇本審核需要說明一下嗎？」

「這又是什麼意思？」

「得先確定劇本方便電腦讀取。我們必須過濾不必要的內容。例如有些劇本是用第一人稱寫的，充滿內心獨白，但馬雅無法控制體驗者所思所想，所以這些內容就算再詳細也是無用的，反而會拖慢機器的運作效率……諸如此類。」

「了解。」

「關於劇本的最佳呈現格式，在我們的官方網站上都有寫，我們希望客戶能盡量讓劇本符合格式，再帶來這裡，免去不必要的麻煩。當然，不合格式的話我們還是會免費處理的。」

「真抱歉，我太匆忙了，想說拿來這裡處理就好。」他露出尷尬的微笑。

「這不要緊。對了，單子上有劇本隱私的部分，你可以選擇要不要讓我們知道劇本內容。劇本審核都是由電腦處理，不用擔心會洩漏，合約上會保證這點。」

「嗯。」

「如果可以的話，請先給我你的劇本。」

金杰轉過身，打開C5旁的行李箱。翻找了一陣，他遞給我一個小小的金色隨身碟。

隨著雲端硬碟的興起，這年頭已經很少人用隨身碟了，但似乎還是有無可取代的方便性，因此仍未從市場消逝。尤其對那些不願摸索複雜線上功能的人來說，隨身碟仍是最佳選擇。直覺上金杰是這種人。

正當我要把隨身碟插進桌邊的讀取機時，瞥見金杰的表情。他左手叉在腰間，右手放在桌沿，做著奇怪的手指運動；眼睛望向一旁的牆壁，不斷晃著身子。額際有一些汗珠。

「金杰先生。」

他抬起頭來看我。「是？」

「我有個建議，不知你是否願意聽聽？」我把隨身碟放在桌上。

「什麼建議？」他停下手指運動。

「如果你需要額外的協助，可以告訴我，不過你可能要對我坦白一點，這樣我才知道怎麼幫你。」

他沒有說話。

「我的朋友說你很匆忙，我們沒有遇過這種客人。會來馬雅的人，都是來享受快樂經驗的。但你不是，竟然帶了一個有失憶情節的劇本來，」我停頓下來，審視著他，「你看起來有些焦慮。」

他沉默了半晌，才開口回答：「沒錯，這不是一個愉快的劇本。」

「你可以拒絕我的協助，一般我不會對客戶多問，但你跟我一樣來自台灣……當然，你可以當我沒說。」

「呃……貝亞小姐，」他盯視著我，十指交握放在桌上，「我很感謝你願意幫助我，不過，我還不知道能不能信任你……很抱歉話說得這麼白，因爲這件事有點複雜，我不確定是否該和盤托出。但是，我開始覺得你是能夠信賴的人，反正我要來住一個禮拜，在這過程，我會慢慢告訴你。」

我點點頭。短暫的緘默。

「我可以先告訴你爲什麼我要使用馬雅，」他說，「我想要借助它來調查一件案子。」

「案子？」

「是的，」他微微點頭，壓低了聲音，「一件年代久遠的懸案。」

3.

「年代久遠的懸案？」事情眞是愈來愈有趣了。
「嗯，」貝亞凝視著我，「正確說，是發生於二〇一一年十月十六日的案子。」
「等等，有個問題我老早想問了，今天的確切日期是？」
「二〇三一年十月十七日。」
我怔了怔，「我是昨天進去機器的嗎？」
「沒錯。」
「換句話說，我在這件案子的二十周年之日展開調查！」
「是的。」
「老天，這是怎麼回事？」舌頭把嘴中的糖塊推到角落，「我到底是什麼身分？ＦＢＩ嗎？還是ＣＩＡ？」
「根據你塡寫的資料顯示，你只是一名單純的台灣觀光客。職業欄位非必塡，你沒塡。」
「好吧，也許我還是水電工呢……重點是，我到底有沒有告訴你，爲什麼要查這件陳年舊案？」
房內突然響起一陣悅耳的風鈴聲，似乎是從門的方向傳來的。
「Rebecca，」瑞德插嘴，眼睛仍看著電腦，「應該是Lindy，她剛剛有傳訊給我。」
「金杰先生，我先失陪。」貝亞站了起來，朝房門走去。
她將門打開時，我瞥見一名高個子紅髮女人站在走廊上，臉色有些焦急。她們用英文交談起來。我的英文沒有好到可以聽懂外國人交談，只好自討沒趣地自動將耳朵關閉。
「Reid，」貝亞回過頭來，「我離開一會兒，這裡交給你。」

瑞德比了個OK的手勢。

門關上了。

我從菸斗椅跳下，環顧四周，「這裡有沒有廁所？我其實憋很久了。」

「Over there，」他指了指他的左側，那裡有一扇灰門。「你想要洗澡都可以。」瑞德笑嘻嘻地說。

「該不會是按摩浴缸吧？還是有更高級的？」

「只有淋浴間，浴缸要住宿區才有，這裡是體驗區。」

走過去，打開門，裡面的燈立刻亮起。這是一間雪白的浴室，一切都是以銀白兩色構成，予人清淡舒爽感。裡邊用玻璃隔出一個淋浴間，銀色的蓮蓬頭閃閃發亮。抬頭一看，天花板裝飾著淡藍色的方塊，讓整個空間瀰漫著一股柔和感。

上完廁所，正要沖水時，想到應該可以用聲控來啓動，但實在不知道指令，只好乖乖使用手動，按下沖水鈕。

我吐出泡泡糖，用紙包好，左看右看卻找不到垃圾桶。

搞了老半天，原來牆壁上有個銀色方塊，推開後即是。看來我還得花一些時間來好好熟悉這間科技公司。

出了浴室，燈又自動滅了。

「我還挺喜歡你們公司的室內設計，有一種簡單、樸素的柔和感。」

瑞德微笑，「沒想到你會特別注意，難不成你也是做設計的？」

「搞不好被你說中了。現在我已經完全搞不清楚自己的來歷了，說我是外星人轉世我都相信。」

他大笑，「你相信，我不相信，」他右手又亮出一塊泡泡糖，「再來一顆？」見我遲疑了一下，他伸出左手，「還是要別種的？」左手掌一打開，是金色包裝紙的圓球。

我拿了圓球，拆開，吞下去。「巧克力？」

瑞德點點頭，笑道：「味道如何？好吃的東西是永遠不會消失的。」

「我同意，」嚼了幾口後，我說，「你這麼愛吃糖，看來我不用上超市買了，直接跟你要就行。」

「每天應付這些機械性的事務，嘴巴不咬點東西實在很boring。」

「對了，你中文爲什麼說得這麼好？你老婆是台灣人嗎？」

「呵，是啊，我前女友也是，我在台灣唸過中文。」

我看了他一眼，「抱歉，我是不是說了不該說的話？」

「別這麼敏感，dude，」他露出微笑，吹了個泡泡。

「什麼是dude？你剛剛也說過一次。」

「花花公子的意思，口語的一種戲稱……抱歉，我是不是說了不該說的話？」

「別這麼敏感，dude。」

他再度大笑。然後伸出右手，「Nice to meet you。」

我握住他的手，「請多指教。」厚實、有力道的觸感。

「你先坐吧，」瑞德說，「Rebecca應該很快就回來了。」

「你跟貝亞一樣，也是A級技術人員嗎？」

「Yeah。A級人員直接掌控馬雅的操作，學歷、訓練都要有一定程度。」

「機械相關的嗎？」

「那只是一部分，主要是跟神經科學、腦科學、認知科學、心靈哲學……等等研究相關，像Rebecca是哲學與認知科學博士，我則是神經科學研究所畢業的。這些學術領域都是馬雅的精髓呀。」

瑞德所說的已超出我的理解範圍，我沒再多問，而是盯著他眼前那台電腦，開口道：「呃，如果你不忙的話，我有一些關於馬雅的疑問想問你……畢竟我是新來的嘛，你知道。」

「當然，請問吧。」

「先問個小問題，我一直覺得奇怪，如果我是昨天才進入機器裡，爲什麼我在劇本中經過了三個月？」

「好問題，」他微笑，「事實上，馬雅能夠操控體驗者對於時間的感受，你以爲經過了三個月，其實不過才幾小時。中文有句話說『天上一日，地上一年』，就是這個意思。但這機制有時間比例上的限制，把七、八個小時變成三個月已經是目前的極限了。馬雅本來就是透過操控腦神經來製造幻覺的，時間感在以往一直是心理學跟神經科學的研究對象，科學家們在大腦中找出了操控時間感的區塊。不過這項操作是最新的科技，舊型的馬雅還辦不到。」

「每次體驗時，誰來決定機器內與機器外的時間比例？」

「這點是自由選擇，不過比例的大小也會影響費用就是了。」

「大概懂了……再來是大問題，什麼是狀況十八號？剛剛就想問了。」

「那個啊，」瑞德緩緩吸了口氣，右手撐在機台邊緣，用一種若有所思的眼神打量著我。「Dude，你要有點心理準備，我其實正打算告訴你這件事。」

「什麼恐怖的事嗎？不然你幹嘛用那種眼神？」

「在你的記憶中，有驚悚電影這種東西嗎？」

「驚悚電影？像傑森殺人魔那種的嗎？」

「類似。就是主角知道有人要加害於他，卻又不知道是誰。」

「所以呢？」

「來，你過來看看。」他招手示意我過去電腦邊。

在長方形的大螢幕上，我看到兩條狹窄的長方形上下並列，上面那條由三種顏色構成，前二分之一是白色，中間轉為一小塊淡藍，最後將近二分之一是深藍。下面那條圖形顯示進度跑了百分之八十，已跑的部分又分為兩種顏色，前面一大條是藍色，未跑的部分則是白色。

我看不懂上面的英文指令，自然也不懂這些圖形的意義。

「上面這條圖形，」瑞德右手指著螢幕，「代表你要經驗的劇本之總長度。你的劇本依實際時間換算，長達六個月，雖然可以透過時間感壓縮機制來縮短，但因你時間緊迫，跟貝亞討論後，決定只體驗其中最重要的部分，也就是淡藍色的部分。淡藍的意思是，有被選取起來，但目前沒在執行。下面這條圖形，對應到上面的藍色部分，代表機器正在執行的劇本部分，以及這個部分跑了多少內容。因為你沒有經驗全部內容就離開了，還有百分之二十沒跑完。」

「等等啊！我聽不太懂。你不是說我要體驗淡藍色的部分？但它怎麼沒有在執行？反而變成最尾端的部分在執行？」

「你說的沒錯。」

「可是，為什麼我要倒著經驗劇本？是我改變指定的嗎？」

「這就是問題所在，dude，你並沒有指定要這麼做。」

「什麼？那為什麼會變成這樣？」

瑞德沒有立刻回答，臉色突然變得有些怪異，好像吃了什麼不乾淨的東西似的。他默默坐回椅子上。

「通常我們輸入劇本後，」他說，「會待在這台電腦邊觀察一段時間，如果loading順利，就會離開這個房間。每一台運作中的馬雅都有中央監控系統，萬一臨時出了問題，電腦會立刻發出通知，因此技術人員不需要時時刻刻待在這裡。這個機制的產生是因爲，有些人想在機器裡躺久一點，如果技術人員得全程待著，可就要累垮了。」

「所以呢？重點是什麼？」我聽得一頭霧水。

「從劇本輸入到啓動劇本，loading約需要十五到三十分鐘不等，視劇本複雜度而定，這也包括了頭罩中的神經探針與體驗者腦部建立連結的時間。通常我們只要觀察前十分鐘，就可以確定沒有問題，然後離開房間，偶爾再回來巡視一下。

今天接近清晨時，我在房內接獲監控電腦的訊息，說你的scenario跑得不太順，恐怕已經出現一些錯誤，我趕忙跑來查看。沒想到一過來就發現異狀：正在讀取的內容被改變了，而且已經跑了百分之八十！所以才會趕忙用幽靈程式救你出來。」

「以前有過這種狀況嗎？是不是電腦當機了？」

瑞德搖搖頭，「這也是一個可能性啦，但從沒發生過，而且幾乎不可能。比較合理的解釋是，有人在劇本啓動前變更了內容。」

「啊？」

「某個人在我離開後，趁原本的指定部分還在loading時，把它取消掉，更換成後面的內容。」

「這……」

「因爲那部分的開頭就是失憶的情節，所以劇本一啓動你就失憶了。」

「等等！」我揮了揮手，「可是貝亞剛剛說過，馬雅無法處理失憶呀！」

「但她也說過，機器的處理能力有限，萬一反應不過來，就會出現錯誤。在你帶來的劇本後半部中，失憶這件事顯然是故事的核心，主角如果不失憶故事就很難進行下去，因此這時電腦便強制執行自己做不到的指令，產生錯亂，神經探針發出不正確的訊號，破壞你的記憶細胞模組，導致你產生很嚴重的失憶，不但忘記進入機器前的事，就連時空背景知識都錯置成劇本中的時代。這就是馬雅安全手冊所謂的狀況十八號。」瑞德垂下眼神，「根據合約，賠償金的問題——」

「那不重要，瑞德，告訴我，爲什麼有人要這麼做？爲什麼有人要更換我的劇本順序？」

瑞德避開我的眼神，他把泡泡糖吐出來，用紙包好，推進牆壁的一個凹槽。「這個嘛……你覺得呢，dude？」

「我不知道啊！你告訴我！」

他大大吐了口氣，在椅中轉過身來面對我，藍色的眼睛眨了眨，「Dude，你剛剛也聽Rebecca說了，你昨天來時很匆忙，顯然你利用馬雅另有目的。我在想，你是不是掌握了某個秘密，想利用馬雅來證明你的猜測？」

「說下去，」我瞪著他。

「然後，某人不願你這麼做，所以他用巧妙的手段讓你失憶了，讓你想不起來自己原本要幹嘛……眞是聰明又惡毒的作法啊！」

4.

門突然被往內推開，貝亞走了進來。我跟瑞德轉過頭去。她的姿態仍是那麼沉靜優雅。

「金杰先生，我跟Reid談一下話，給我幾分鐘，然後帶你回房休息。」

「沒問題，」我對瑞德點點頭，轉身走回菸斗椅。

貝亞走向瑞德，後者站了起來，兩手插在長褲口袋。兩人用英文交談。又是英文。

我只好再次上了菸斗椅，整個人往椅背靠躺，兩腿伸直交疊。真後悔英文沒念好，簡直變成文盲了。

這椅子的黑色圓罩是由椅背往上延伸而成，我研究起裡頭的曲線設計，發現上頭還裝設有閱讀燈。就在我檢查椅子材質的當兒，貝亞走了過來。

「金杰先生，我們走吧。」

「好。」

我跳下椅子，跟在貝亞身後。她的身上散發出一股非常淡薄的香味，可能是某種花香，但不確定是哪一種花。

我再度對瑞德點了點頭。

「晚點見，dude。」他又朝嘴中丟了顆糖果。

出了房間，來到一條明亮的長廊，往左望去兩旁林立著房門；右側則是一扇銀白色的門，看來這間體驗房正位於長廊起點。

「跟我來。」貝亞朝右轉。

這扇銀白色的門似乎是電梯，兩側則是樓梯，由金屬扶手與透明的階梯構成，猶如水晶般的長蛇，盤踞在建築物體內。

貝亞按下牆壁上的鈕，銀白的電梯門往兩旁打開，我跟著她走了進去。

我們現在位於三樓。貝亞按下了六樓的鈕。

裡頭的空間相當寬敞，仍舊是白色系。正對門的牆上延展著一大片看板，我的目光立刻被正在播放的圖像所吸引。

似乎是馬雅科技大樓的樓層簡介，但遍佈著英文，我看得一頭霧水。

「一樓是接待大廳、商談室、辦公室、會議室以及餐廳，」貝亞很快地說，「二樓是主控電腦室；三樓到五樓則爲馬雅的體驗房；住宿區在六樓到八樓；剩下兩樓是員工住宿房。頂樓爲屋頂花園。」

「喔……我了解了。」貝亞傾倒資訊之速度實在太快，簡直就像電腦一樣。

她沒再開口，而是半轉身面對電梯門。

我靠站在看板旁。

貝亞的側影，彷彿是雕像的剪影，在她的身上看不到波瀾。

她就像一面疏離的鏡子，靠近的人只能看見自己，與自己的影像對話。

「我會在這裡住多久呢？」我試著打開話匣子。

「合約既然簽了，就照舊吧。」她沒有轉頭看我。

「也就是說，要繼續體驗那個劇本囉？」

她點點頭。

我正想再說些什麼時，電梯門開了。

這層樓的色調搭配與樓下不同，房門、走廊還有天花板都是黑色系，天花板邊緣延伸著兩列白色小燈，形成兩條平行的點狀線。牆壁則充滿淡綠色的波浪線條，形成迷幻的視覺感。

貝亞帶著我往前走。我觀察到，每扇房門都用粉紅色的字體標註房間號碼，而門把處裝設著一個長方形銀色裝置，上頭有一個指幅大小的螢幕，底下是一個同樣大小的洞，右側羅列著四個按鈕，最下方則是水平門把。此外，房門左側門把高度的位置設有一白色小面板，附設一個按鈕。

往前走了段路，拐了個彎，我們在標號6-27的房間停了下來。貝亞轉過身來面對我。

「門把上這個裝置很重要，」她說，「這是指紋鎖。當你要打開房門時，將你的右手食指放在洞口，用力壓按，若聽到一長嗶聲，即表示辨識成功，這時鎖會解開；若聽到短促的連續嗶聲，表示辨識失敗，請再試一次。解鎖後五秒內若沒開門便會再次鎖上。」

她將右手食指伸入洞內，裝置上的小螢幕亮了一下紅燈，並發出嗶響；貝亞手握門把將門打開。

「酷喔，」我說，「萬一沒有手指的殘障人士來住宿怎麼辦？」

「有針對殘疾人士設計的房間……先進來吧，」她推開門。

門邊應該有裝設感應器，一踏入房內，頭上便亮起一盞小燈。

房內的景象讓我耳目一新。

地板的底色是灰的，但上頭的圖案卻混雜了多種顏色：藍、灰、粉紅等色交纏在一起，形成整齊排列的波紋。牆壁、天花板則全是一片雪白，比月光還要皎亮。

很難判斷整個房間的形狀，因爲牆壁與天花板皆呈現波浪狀的起伏，塑造出猶如進入鐘乳石洞穴的感受。再往內踏幾步會發現房間似乎接近圓形，以一張放在白色平台上的床鋪爲中心；對面牆上貼著一個方形大螢幕，下方沿牆突出一排長浪，形成一張連壁的長桌，搭配一張白色滑輪椅。

面對床鋪的左手邊，也就是面對螢幕時的右側，貼牆放著一座淡藍色弧形沙發，緊鄰一張玻璃小圓桌；沙發上方有一片波浪型鏡子，隨著牆壁彎成弧形。

我走過去，從鏡中看到自己的臉。

短髮、方臉、細眉……再配上高挺的鼻樑，如果少了削瘦的面頰、深陷的眼袋，還有幾顆惱人的青春痘，看起來會更帥氣些。

這就是我？這張臉……

「貝亞，我在劇本中好像也是這張臉？」

「那本來就是你的臉。」

「本來？」

「我們沒有變更你進入劇本後的長相設定。除非體驗者特別聲明，否則不會做變動。大部分體驗者不希望自己變成別人，傾向於以自己的形象來體驗快樂。」

「說得對，我怎麼沒想到。」

「會有想要改變自己外貌的慾望，是因爲改變後的外貌可以帶來快樂，但既然馬雅可以無條件帶來任何快樂，何必改變自己呢？」

「的確。」

這時貝亞的臉色突然不對勁，她凝視著床鋪，白色棉被散亂地覆蓋在床上。她一把將棉被拉開。

床鋪凌亂不堪，白色床單掀起，白色枕頭套被拉出，枕頭也被扔在床沿。

貝亞立在床邊，注視著那團混亂。

「有什麼不對嗎？」我問。

「有人來過你的房間。」

「什麼？我以爲這是我留下的痕跡。」

「這看起來不像是睡過的痕跡，有誰睡覺會把枕頭套、床單拉出來？」

「也對……」我皺著眉，「難道……」

挪動腳步時，右腳突然踢到硬物，我低頭一看，床邊躺著一個深綠色行李箱。行李箱是打開的，裡面的物品全部被掏出來扔在地上。

「這是我的行李箱吧？」

貝亞快速繞到我這側，與我並肩看著地上的狼藉。

「他在找某個東西，」我說，「對吧？有人在我的房間找東西，不然不會弄成這樣。」

貝亞左手折在胸前，右手臂彎起，手指觸著下巴，似乎正在沉思。

「瑞德剛剛告訴我，有人侵入我的體驗房，更動劇本順序，所以我才會失憶，你知道這件事嗎？」我問。

「我知道。」

「會不會是同一個人幹的？」

「有可能。」

「他到底在找什麼？」

「Reid怎麼跟你說？」她轉過頭來注視著我。

「他認爲我可能掌握了某人的秘密，就是這個人對我下手的。」

「嗯，光是讓你失憶還不夠，萬一你手上握有重要證據，也要一併消滅才行，這就是他入侵你房間的理由。」

「原來如此！貝亞，你頭腦眞好！」

我其實是故意稱讚她的。貝亞雖然長得不錯，但舉止太冷靜了，彷彿面頰刻著冰冷的稜線。也許有些男人喜歡這種沉靜的美感，但我卻有點受不了。我希望她能多笑笑，增添一些溫暖的氛圍。若現在是派對時間，我一定拉著她的手跳舞，讓她活潑點。

不過……我會跳舞嗎？

「請稍等，」貝亞從白袍中掏出一個很像iPhone的黑色面板，走到床的另一側，開始操作起來。

我攤攤手。看來，她對我的話置若罔聞。

就在我打算四處看看時，貝亞對著面板說起話來。又是英文。

我索性蹲下身子，查看從行李箱倒出來的東西。

衣物部分：一件棕色薄外套、三件長褲、三套內衣褲、三雙襪子，兩套睡衣。

要住一個禮拜卻只帶幾套衣服，是打算自己洗衣服嗎？還是說這裡有洗衣服務？

我突然有了奇怪的念頭：那名闖進房間的人會不會偷了衣服？

因為無法確定，只好繼續檢查。東翻西找後卻沒找到其他東西。這是怎麼回事？我只帶了衣服來住宿？這會不會太扯了？起碼也應該會有手機、皮夾、護照這三樣最重要的物品吧？

「除了衣服，還有其他東西嗎？」不知在何時，貝亞已經走到我身後。

「沒有，太詭異了，原來我是個這麼無趣的人啊？」

「介意我翻找嗎？」

「當然不介意，請自己來。」

貝亞彎下腰，俐落地將手插入行李箱夾袋中。

幾十秒後，她直起身。

「你不是說我帶了個隨身碟來？」我問，「裡面裝著劇本檔案。」

「嗯。」

「似乎也不在裡面。」

貝亞沒有回答，眼睛盯視著空氣中某一點，又陷入思考。

「我是個觀光客，沒錯吧？」

她點點頭，「簽合約時，我讀取過你的觀光簽證。」

「所以護照真的不見了。也沒有皮夾跟手機，應該被偷了吧？」

「很有可能。」

「這些物品……跟我掌握的秘密有關係嗎？還有他翻床單到底在找什麼？」

「現在還無法解開這個謎。我剛剛跟保全組的人連絡過，請他們調閱走廊還有電梯的監視器，看能否找出是誰進入你的住宿房還有體驗房。」

我都忘了有監視攝影機這回事了。「沒錯！這樣立刻就可以抓到人了。」

「沒這麼樂觀，三樓、六樓以及電梯的監視器系統已經癱瘓了。」

「什麼？」

她緊緊凝視著我，「看來你所面對的敵人是一名頂尖的電腦駭客。」

「你在開玩笑嗎？」我不敢置信地叫道，「難道我被扯進國際陰謀了？天啊，我一定是幹情報員的。」

「這裡的監視器都是由電腦控制，這名駭客局部破壞了系統，所以保全組什麼都查不到。」

「什麼情況？不能修嗎？」

「他不准我們修。」

「不准？那就別理他呀！」

「這就是事情複雜的地方。剛剛Lindy來找我，是要告知我一件嚴重的事。」

「什麼事？」一連串的狀況搞得我眞的緊張起來了。

貝亞突然閉上雙眼，瞬間又化身爲沉默的雕像。我知道她需要時間整理思緒，因此沒有打擾她，靜靜等待。

「金杰先生，」她睜開雙眼，「你想換房間嗎？」

「換房間？不需要吧，這本來就是我的房間，不是嗎？況且這裡又沒怎樣。」

「那好，我先請人來把床鋪好，然後我們找個地方坐下來，我把昨天的事情講述完，再告訴你，現在面臨什麼嚴重的狀況。」

5.

年代久遠的懸案？眼前的男人神情認眞，完全不像開玩笑。

「馬雅不是時光機，不能讓你回到過去，」我說。

「我知道，」金杰翹起左腿，若有所思地說，「但它能模擬任何情境，對吧？所以它可以模擬過去的場景。」

我沒說話，只是閉上雙眼，靜靜思考。半晌後，對方語氣慌張起來。

「抱歉，貝亞小姐，有什麼不對嗎？」

「讓我猜猜你的意圖，」我睜開雙眼，「某個原因促使你關注這件謀殺案，而這件案子又有一些未解疑點，所以你需要馬雅幫你重建過去的景象來解開謎團。事情很迫切，你可能面臨某種時限，或……危險。」

金杰瞪視著我，欲言又止，他偏頭過去看牆壁，動了動嘴唇，但沒發出聲音。最後，眼神才又回到我身上。

「你說得對，大概就是這樣。關於我爲什麼會想調查這件案子，這件年代這麼久遠的案子……」他緊抿著唇，又鬆開，「是因爲我發現了某個秘密，一個恐怖的秘密。」

「什麼秘密？介意說嗎？」

「貝亞小姐，」他突然露出奇怪的微笑，「這個秘密，你永遠不會想知道的，對很多人來說，那是會讓人崩潰的夢魘，但對我來說，反倒漸漸克服，覺得沒那麼嚴重。重點是，我暫時還不能告訴你。我就是因爲知道了眞相，才會陷入危機。」

我感覺得到他眼裡的認眞。

「好，這點我能跟你達成共識。」

「謝謝，」他點點頭，「至於謀殺案的詳情，我倒是可以跟你多談一點。這是一件懸案，兇手至今仍未落網。」

「你想藉由馬雅來找出兇手。」

「沒錯。這件案子的調查已經進入死胡同，當年的凶宅也全部拆除，什麼線索都不剩了。」

「馬雅不可能百分百正確模擬當年的現場。就算劇本寫得再詳細，也不可能。」

「啊，怎麼說？」

「馬雅會依照劇本內容製造最相近的感官經驗。例如，若你劇本寫著『走進一間漂亮的臥房』，那麼電腦會自動從資料庫搜尋出大部分人會覺得漂亮的臥房形式，再模擬出來。若你寫『走進一間鋪著紅色地毯、有著一張雙人床的臥房』，那麼電腦會確實模擬出紅色地毯以及一張雙人床，其他不明確的細節，電腦會依據劇本的上下文，來決定最貼近劇情的模擬。」

「依據上下文決定最接近的……這是什麼意思？」

「以剛剛的例子來說，劇本沒有提到臥房的大小，這時電腦該怎麼決定臥房究竟有多大？如果上下文沒有其他條件限制——例如提到臥房特別大，或者特別小，或者有什麼奇怪的特殊用途，電腦就會將臥房設定為『一般狀況下，有一張雙人床房間的大小』。當然，有很多細節連上下文的提示都沒有，例如地毯的花紋，這時只能由電腦來決定了。」

金杰點點頭，再點點頭。當我看到這種強調動作，就知道他並非完全理解。

「大致上可以了解，」他說。又點了一次頭。

「這麼說好了，不管你帶來的劇本多詳細，屆時馬雅模擬出來的，只是當年案發經過的一種可能性。只要有一些細節跟現實有出入，就可能影響到謀殺案的調查。這樣清楚了嗎？」

「原來是這樣，我想得太簡單了。」接著他沉默不語，眼神低垂，手指開始互相搓揉。

我給他時間考慮。

「貝亞小姐，」約二十秒後，他抬起頭來，「我原本是想說，如果可以親身經歷案發實景，應該可以激發更多靈感，進而挖掘更多線索。我就老實說吧，這份劇本，內容相當詳細，包含當年的案件報導、所有關係人的證詞，還有調查報告。由於是懸案，不少人做了考究。我把可以收集到的資料都放進檔案中了。換句話說，馬雅應該能夠還原一定程度的案發實景。」

「我剛剛說過了，有很多細節還是無法照實模擬，馬雅畢竟不是調查謀殺案的機器。不過，只要給的資料愈多，馬雅愈有機會將劇本做出最合邏輯的演繹，因此也不能說完全沒有希望。」

「最合邏輯的演繹？那就是我要的。」

「高機率，但非絕對。」

「想要解開這案子，這是最後的方法了，」他停頓了一下，「而且，我沒有太多時間。」

「如果你堅持，那就這麼決定了。」

「我還有一些問題。」

「請說，」我注視著他。

「這劇本橫跨的時間有點長，得花多久時間體驗呢？還有，得要體驗幾次？能一次完結嗎？」

我思考了一下。「金杰先生，你的預算有多少？」

「大約一百萬……台幣，這是我全部的積蓄了。我知道馬雅是目前全世界最奢侈的消遣，像我這種窮酸老百姓的客戶一定很少。」

「這件案子重要到讓你投入畢生積蓄？」

金杰笑了，搖搖頭，「如果你知道我為什麼調查這件案子，如果你知道我剛剛所提的天大秘密是什麼，你就會明白，這點投注不算什麼。」

「要找出謀殺案線索，恐怕不是體驗一次就能了事，一百萬應該不夠。你沒有先上網查看價碼嗎？」

「我只是聽說有人帶了五十萬也能體驗就跑來了……傷腦筋，還是不行嗎？」

「五十萬可能體驗不到你劇本的二十分之一。」

「這……」金杰的面容糾結起來。

「我有個提議。」

「提議？請說。」他雙眼一亮。

「介意讓我閱讀你的劇本嗎？我願意協助你調查這件事，錢的事可以再談。」

金杰不發一語。他的視線來回在牆壁、桌面、我的視線間游移。最後，眼神回到我身上。「很謝謝你這麼熱心，不過，你幫助我的理由是？同鄉情誼？還是別的？」

我還沒回答，他立刻又說：「請別誤會，我說了太多失禮的話，但是有一些事迫使我變得多疑，我的個性本來就不是這樣啊，請貝亞小姐原諒。」他苦著一張臉。

「金杰先生，你想多了，同鄉情誼固然重要，不過還有另一個原因。」

「哦？」

「我喜歡解謎，我覺得你遭遇的事很有意思。」

「喔，哈哈，原來如此啊！」

「你的劇本是個謎，你本身也是個謎，你愈對我不坦然，你給我的謎就愈多。不過無所謂，我喜歡這樣，這才有挑戰性。」

他用充滿興趣的眼神看著我，「貝亞小姐，你眞是個有趣的人。」

「你也是。」

「好，我相信你，就這麼說定了。」

金杰在「是否保持劇本隱私」的項目上勾了「否」。

「謝謝。」我把桌上的隨身碟拿起來，插進桌邊的插槽，「請給我一些時間閱讀這些資料，晚點我會告訴你細節，包括費用、時間等等。」

「沒問題，就照你說的。」

螢幕上出現兩個文字檔案，一個檔名爲「眞相」，另一個爲「青雲山居事件。」

「金杰先生，哪一個檔案才是劇本？」

「啊，」他放下翹起的左腿，傾身向前，看著螢幕。「第二個，青雲山居事件。」

「另一個不需要？」

「不、不需要。」他的語氣有些急促。

我將檔案複製過去，然後歸還隨身碟。接著花了約五分鐘的時間，完成一些身分驗證、住宿還有簽約手續。

「有一些細節要等到我讀完劇本才能確定，」我說，「剩下一半的手續晚點再處理，因爲要協助你，所以採用了非正規的流程，請不要告訴他人。」

「眞不好意思，我不知道怎麼答謝你，請你吃頓飯好嗎？」

「金杰先生，我先帶你去住宿區，並幫你安排晚餐。」

「喔，好。」他摸摸鼻子。

我們出了商談室，搭上電梯，來到六樓。我帶他到二十七號房。C5推著行李箱跟在腳邊。

「哇！那是什麼？」來到房門前時，金杰指著走廊遠端的物體。

「智慧型服務機器人。」

「他在幹嘛？」

「送餐點。如果客戶不想到餐廳用餐，可以請機器人送過來。」

「他只做送餐服務嗎？」

「不，很多服務。你有任何需要，都可以告訴他。」

「我可以過去看看嗎？好有趣！」

沒等我回答，他已經奔過去了，就像個小孩子。我只好跟在他身後。

這是型號ST-59的機器人，胸前刻著名字：Alex。公司的服務型機器人都是做成白色人形，肢體結構與人無異，但粗大些，頭部像橫放的圓筒，而非一般人頭的尺寸。

Alex正推著一個銀色餐車，從二十三號房出來。

「老天，」金杰叫道，「他穿著衣服，還有腰帶，上面好多口袋。根本是人嘛！」

「他是多功能的服務型機器人，所以有很多配備。」

「所以，如果我需要牙線，也可以跟他要嗎？」

「可以，他會從口袋裡拿出來。」

「Hi, May I help you?」注意到我們，Alex轉過頭來，用充滿金屬音質的聲音問道。

「Oh, yes!呃……這個，I……」金杰用求助的眼神看著我，「我不會說英文啊！」

「您好，需要什麼服務嗎？」

「Oh my god!原來你會說中文啊？」

「電腦本來就有多種語言系統可以轉換，」貝亞說，「只要裝進ＡＩ裡就行了。」

「原來如此！」金杰對Alex說，「你提供什麼服務呢？」

「只要是我能力範圍內，都會盡力滿足您的需要。」

「太好了，我才剛住進來，有需要會告訴你的……怎麼招呼你過來？」

「請用房內的電腦呼叫，在服務選單中，我會在三分鐘內抵達。」

「沒問題，也許晚點就會需要你送晚餐來呢！」金杰伸出右手，「很高興認識你。」

Alex也伸出右手，「很榮幸認識你。」

兩人的手握在一起。

「那先這樣了，我進房間放行李。」

「祝您住宿愉快。」Alex微微彎身，右手橫在腹前，左手揹在身後。

「抱歉，我們走吧，」金杰笑著對我說。

我們回到二十七號房前，C5也搖搖晃晃地跟上。

「晚餐就請他送過來吧，」金杰站在門口說。

「你不到餐廳用餐嗎……請將右手食指放進那個洞，那是指紋辨識器。」

「今天累了，而且我想多跟那機器人聊聊。」嗶響後門開了。

「他不會跟你聊太久的，他有很多工作。」我示意他先進房。

「哈，無所謂，我只是喜歡機器人罷了，小時候收集了一堆……哇，這房間還眞大啊！」

「我簡單替你介紹一下房內的聲控系統怎麼使用。」

「沒問題。啊，對了，」金杰轉過來面對我，「走廊有監視器嗎？」

「有。」我凝視著他。

他擠出一個慌亂的微笑，「別誤會，我認爲這裡很安全，只是隨口問問。」

「不必擔心，這裡的防盜系統很完備，沒人能強行進入的。」

「我了解我了解，」他走到沙發前，一屁股坐下去，「眞是舒服！還有電視可看呢！」

就在我啓動牆上的聲控面板時，聽見金杰囁嚅了一句話。音量很小，但仍被我辨識出內容。

「——可是我擔心的不是人呀。」

6.

「不是人，難道是鬼？」我往四周掃視，深怕自己突然看到不該看的東西。

聽完貝亞的敘述，對於整件事不但沒有愈來愈明朗的感覺，謎團反而像滾雪球增大。問號的數目不斷在心中累積，半個都沒化消。

此刻我跟貝亞坐在一樓的餐廳，還有一個半小時才是午餐時間。

餐廳的主要色調是綠色。地板底色雖然是白色，但有著密集的綠波紋，呈現出波動感，彷彿地板是移動的波浪。

天花板也是白底色，但裝飾著許多凸起的綠果凍色塊，每一塊形狀各異，有心形、梅花、蝴蝶結……等。搭配著白桌及綠椅，讓視覺觀感更一致。

最特別的不是這些色調上的搭配。所有餐桌都連結著小型的金色軌道，形成網狀路線。仔細一看，數個類似雲霄飛車的台座正在軌道上快速滑行，上頭裝載著漢堡、濃湯還有飲料。看來這間餐廳利用類似雲霄飛車的裝置，藉由軌道的連接，將餐點從廚房送到各餐桌。奇妙的設計令我大開眼界。

大片的觀景窗環繞著半個餐廳，望出去是一片大廣場，中央有噴水池，再遠方則是一片樹林。這裡應該是靠山區的市郊。

也許是還沒到用餐時間，人潮十分稀疏。有幾名金髮的外國人，說著我聽不懂的外星文，除此之外也有幾名亞洲人，但距離太遠，聽不清楚他們使用的語言。馬雅果然是國際化的娛樂中心。

「你眞的聽到我說那樣的話？」我問。

「我沒聽錯。」

我的面前放著一杯熱可可，貝亞則點了咖啡。

「看來我似乎早料到有人會闖入房間，問題是，不是『人』闖入的？」

貝亞姿態優雅地舉起杯子，啜了口咖啡，沒有回答。

「好吧，該告訴我稍早你說的嚴重事態是什麼了吧？是不是我惹上鬼魂了？他用靈異的力量讓你們系統斷電……」

「不是。」

「那麼是？」

她放下杯子，沉靜的眼神對著我，「九點四十五分，保全組發現部分監視系統故障，但早在八點十三分，辦公室就有同事發現事況：控制大樓機能的中央電腦被入侵破壞了，有部分設施暫時無法使用。」

「啊？」

「聲控系統、服務機器人、高級住宿房中的能量床以及移動牆，還有一些其他設施，目前都無法使用。」

「高級住宿房？我的是普通級的嗎？」

「當然，你的預算有限，房間是最低價的。高級住宿區在八樓，房內有很多高科技設備。」

「金錢萬能啊。」

「八點半時公司信箱來了一封電子郵件，寫信的人自稱就是進行破壞行動的駭客，署名Thirteen Floor。」

「那是什麼意思？」

「應該是指涉一九九九年的一部科幻電影，台灣翻譯成『異次元駭客』，距今已三十二年了，仍舊相當經典。故事描述三名科學家創造出高度的模擬世界，並且發展出進入的方法。故事就在虛實交錯間進行。這種題材即是所謂的simulated reality。」

「貝亞，」我咕噥，「你知道我英文不好。」

「模擬現實。這跟虛擬現實（virtual reality）是不同的概念，虛擬現實是一個科技名詞，指稱ＶＲ技術；模擬現實一詞則來自哲學假設，設想人有可能活在模擬世界中而不自知。因此這兩個詞的使用脈絡是不同的。以『辨識』程度來區分的話，虛擬現實的體驗者可以清楚分辨眞實與虛假，但模擬現實則不可能。」

「原來這兩者概念是不同的，我眞的不曉得。」

「模擬現實正是馬雅所創造的世界。這名駭客針對的是馬雅科技公司，才會故意選用模擬現實的電影名稱來諷刺吧。」

「所以他是名符其實的異次元駭客，」我點點頭，「不過他的目的是什麼呢？還是說，他純粹是名瘋子啊？」

「方便起見，簡稱他爲駭客十三吧。他在信上只要求一件事：不得讓你進入馬雅體驗你帶來的劇本，否則他會繼續進行破壞。」

「什麼？」手中的熱可可差點溢出，沒想到事情跟我有關！

「他說目前為止進行的破壞，只是小警告，這些已被停擺的設施都不足以影響公司的營運。聲控系統可用手動取代，機器人可用人力取代，客房的奢侈設備原本就可有可無……但如果讓你繼續體驗劇本，他會漸次破壞中央電腦，讓整個公司癱瘓。我們已盡全力防守馬雅的系統，至少短時間內確保馬雅仍能使用。」

「那駭客十三一定就是闖入我房間的人了！」

「不一定，也許他在這間公司內有人手。」

「啊，也對，」我搔了搔頭，「不過，我之前為什麼要說擔心的不是人呢？」

「也許你知道對手是駭客吧，以駭客而言，殺傷力不在於物理力量，而是網路的無形破壞力。這是我的猜測。」

「很合理啊，貝亞，我總覺得不管什麼樣的疑問，經你一解釋，就有豁然開朗的感覺，你果然是解謎高手耶！」我對她微笑。

貝亞仍是一副冷冰冰的表情，面容沒有任何波瀾。她啜了一口咖啡。

唉，真掃興。每次想方法逼出她的笑容都失敗，這女人會不會從來沒笑過？

「咳……整件事還有好多謎團，你有什麼看法？」為了不冷場，我只好繼續說，「例如，駭客十三偷了我的隨身碟，是不是為了裡面的另一個檔案？你說他在公司有人手，會不會沒有呢……」

就在腦袋被問號淹沒之際，貝亞靜靜地從口袋中掏出小記事本，攤開，另一手拿出筆，書寫起來。

「你在寫什麼？」

「整理疑點。」她頭也不抬地說。

「啊……」感覺貝亞把這件事當成研究報告了，真是個認真的人。

我試著在腦中整理整件事，但很快放棄，謎團對我來說太複雜了。我只知道自己現在想做什麼：一定要盡快體驗謀殺案劇本，看看我葫蘆裡到底賣什麼藥。說來諷刺，我竟然連自己賣什麼藥都不清楚。無論如何，管他駭客十三還是十四，誰都不能阻止我的好奇心。

「呃……我還以爲在這種地方，已經沒有人使用紙筆了。」我說。

「我不想失去中文書寫能力，所以偶爾會練習。」

眞是個驚人的理由。看來她不像外表那麼洋化。

貝亞放下筆，將有寫字的那頁撕下，遞給我。

上面以清楚、工整的字跡條列著以下內容：

金杰一案疑點

1. 促使金杰調查舊案的動機？
2. 駭客十三的身分？
3. 駭客十三為何阻撓金杰調查舊案？
4. 駭客十三與闖入金杰房間的人是否為同一人？
5. 金杰隨身碟內的檔案「真相」內容是什麼？
6. 金杰的護照、手機、皮夾、隨身碟為何被偷？
7. 為何金杰說他擔心的不是「人」？

「整理得眞清楚，」我喃喃道，將紙片放到桌上，「這樣就一目了然了。」

「舊案的疑點，等你進入馬雅後自然會浮現，」貝亞說，「到時補在背面。」

「我等不及要進去了，什麼時候可以進去？」

「別急，我們先逐步檢討這些疑點，對整件事應該會有幫助，」貝亞用筆蓋點著紙上的第一項。「首先，促使你調查舊案的動機是什麼？」

「這個，照你所說，我曾提到一個『天大的秘密』，就是這個秘密促使我去調查舊案。」

「問題在於，那是什麼秘密？」

「這就考倒我了。誰想得出來啊？根本毫無線索嘛！」

「我認爲這跟第五點有關。」

「第五點？」我瞄了一眼紙片，「啊，你說那個檔案？」

「嗯，我覺得答案就在裡面。」

「怎麼說？那個檔案有可能是任何東西啊！」

「有蛛絲馬跡可循。首先，當我問到哪一個檔案才是劇本時，你的反應很不自然，似乎想要讓我盡快忽略『眞相』那個檔案。」

「唔，似乎是。」

「再者，你只帶這兩個檔案來馬雅，兩個檔案相關的可能性很高。既然一個是跟舊案有關，另一個會不會跟背景動機有關？」

「既然那個檔案不是劇本，我爲什麼要帶著呢？」

「也許你想隨時參閱吧，總之，我不認爲那是跟事件無關的檔案。既然有關，又是你不想讓我注意的內容，必然是你所謂的大秘密了。」

「有道理……但駭客十三怎麼會知道我碟裡有那個檔案，進而把它偷走？」

「我想他不一定知道，只是想取走你的物品而已。」

「什麼意思？」

「站在駭客十三的立場，他爲了要阻止你的行動，所以故意讓你失憶。如果發生什麼事，對他是最不利的呢？當然就是你恢復記憶，或是接觸到任何記錄過往事件的資訊。這裡有兩種可能性。他可能知道碟內『眞相』這個檔案，爲了不讓你讀到，才會偷走隨身碟。也有可能他不知道，但猜測裡頭有會讓你知道過往情事的資料。不管是哪一種，都是他爲何竊取隨身碟的充分理由。」

「你之前說他想銷毀重要證據。」

「這是一個可能性。不過這跟第二個疑點比較相關，亦即他爲何阻撓你調查舊案？如果是因爲你掌握他某些秘密，那他當然猜測你身上帶著證據，這就構成他竊取隨身碟的理由。」

「原來如此，是我搞混了。」

貝亞準確的分析讓我原本糊成一團的腦袋清楚多了。我繼續問：「好吧，關於舊案動機我們有任何進展嗎？我究竟是發現了什麼秘密，得要傾家蕩產來查案？眞是難以理解，簡直是瘋了！」

「要解開這個謎，最快的方式就是找回隨身碟。」

「咦？可是東西已經在他手上啦，難不成要去搶？」

「我認爲駭客十三沒有偷走隨身碟。」

「什麼？可是東西不見了啊！」

貝亞沒有立刻回答，她先啜了口咖啡，放下杯子，才慢條斯理地說：「床單跟枕頭套爲什麼會被掀開？顯然，竊賊在行李箱找不到隨身碟。沒人會先去翻床單，才去找行李的。」

「是沒錯啦，可是這也不代表隨身碟沒被偷啊？」

「你會把這麼重要的東西藏在旅館的床單或枕頭內嗎？」

「啊……」

「旅館的床單跟枕套每天都會換新，如果藏在裡面，很可能會掉出來，甚至無意間被清理掉，或被清潔人員撿走，這樣實在太危險了。」

「對喔！我怎麼沒想到！」

「同理，旅館房間每天會打掃，只要藏在房內，都有丟失的危險。」

「那竊賊幹嘛去翻床單跟枕套呢？」

「當他在行李中找不到東西時，理所當然會轉向其他地方搜尋。」

「……也是。」

「又一次，有兩種可能性：隨身碟如果是藏在房內，必定是藏在一個很難被發現的地方；如果不在房內，那就是在房外。不論哪一種，我都不認為竊賊能順利得手。」

「房外？會在哪裡啊？範圍太大啦。」

「這也是目前卡住的地方，疑點一只能討論至此了。」

「也不能說完全沒有進展，你釐清了好多問題。」

「第二，」貝亞自顧自地說，「駭客十三的身分。」

「這又更難了，完全沒線索嘛！天曉得他是誰？」

「這個人跟馬雅科技公司肯定脫不了關係。」

「哦？怎麼說？」

「從他駭客的手法可以看出，他對馬雅的中央電腦系統十分熟悉，若不是這裡的資訊或技術人員，不可能擁有這種知識。」

「難道這人現在就在公司裡？」

「若他不是現職人員，就不一定會在公司裡。」

「所以還是很難查嘛！」我抓了抓頭。

「再來看疑點三，駭客十三爲何阻礙你調查？」

「稍早討論過，我可能掌握了某秘密，瑞德也這麼認爲。」

「很有可能跟你所謂的大秘密有關。換句話說，我們終究得找出你那遺失的檔案，才能知道更多訊息。」

「還是得靠那該死的檔案。好一個『眞相』！眞相全在裡頭！你們這邊難道沒有什麼精密的雷達搜尋器，或探測針之類的，可以把隨身碟找出來嗎？」

貝亞搖頭，額際的瀏海跟著輕微晃動。「軍方單位或許有，但我們這裡是科技公司。」

「好吧。那第四點呢？你有什麼想法？」

「關於這點，應該可以假定，闖入你住宿房、體驗房的是同一人，同意嗎？」

「同意，應該是同一人。」

「簡稱他爲X，那麼X一定是公司的員工。」

「嗯嗯，仔細想想，眞的是這樣。」

「只有現職技術人員才能隨意開啓體驗房的門，除了用指紋辨識外，還得輸入密碼。若是退職人員，這些資料都會刪除。至於住宿房的門，如果他能偷到解鎖器，就能打開。」

「解鎖器？」

「你可以把它想成備用鑰匙，就放在辦公室。」

「所以這個人一定是技術人員囉。這種人有多少啊？」

「一百個以內。」

「那還是很多啊！」

「回到疑點本身：X是否等於十三？」

我嘆了口氣，「我最頭痛的科目，除了英文，還有數學。」

「你知道Occam's razor嗎？奧坎剃刀原則。」貝亞的臉仍舊毫無漣漪。

「不好意思，我書念得不多。」

「這個原則主張，面對一個問題，當你手中握有多種解釋力相同的解答時，最簡單的那種通常會是對的。」

「所以？」就在我反問的同時，發現答案呼之欲出。

「X等於十三。」她靜靜地說。

「唔，老實說，我喜歡這個答案！乾淨俐落！」

「再來是疑點六。」

「這也是我最不解的一點，失竊的東西太匪夷所思啦！」

「隨身碟的失竊解釋過了，我倒認爲皮夾、手機、護照的失竊不難解釋。」

「爲什麼？」

「很簡單，這些物件提供了身分的相關資訊，容易讓失憶的你恢復記憶。」

「啊，原來這麼簡單！老天，解答近在咫尺嘛！」

「我不敢說一定對，但這是最合理的解答。」

「我看應該就是這樣！」

「最後是疑點七。」

「這你剛剛說明過了。」

「我不敢那麼肯定，這是屬於比較不確定的部分。」

「可是這樣的話，就很難說得通啦！難不成又回到鬼魂論？」

「不，又回到原點，也就是那個丟失的檔案。」

「好吧，我們在繞圈子。」

「結論，你應該也發現要解決整件事，我們只能仰賴你恢復記憶。只要你想起一切，一切問題就解決了。」

「我懂。」

「金杰先生，無論如何，你都要相信自己能辦到。」

「我也很想辦到，可是，記憶不是說回來就能回來的呀！」我感到一陣苦惱。

「我知道，所以我的建議是，你一定要繼續體驗舊案的劇本。這個劇本顯然是事件的源頭，在你失憶之前，必定研究過很多次。如果能利用劇本的經驗來給予刺激，或許你就能夠恢復記憶。」

「可是，駭客十三——」

「不用擔心，我們的網路保全人員也正在反追蹤他。他雖然厲害，但我們也不是省油的燈。」

「不能因爲我而害了你們公司啊。」

「我有對策。」

「不必報警嗎？」

「馬雅科技公司的電腦技術比警方強上好幾倍，根本沒這個必要。記住，除了努力經驗劇本，尋回你的記憶外，還要留心那個失蹤的隨身碟，答案很可能就在裡面。」

「……好吧。」我放棄跟她爭辯。

冷冰冰的語氣與指令，讓我懷疑自己所面對的是否爲一具機器人。恐怕連智慧型機器人都比貝亞有情感。我注視著那張心形臉，明亮卻無情感的眼神。我想從她臉上找出一絲的笑容，不，就算是憤怒或悲傷也好，哪怕只是一點情緒，都能融消她那層疏離的冰霜。

「我們先吃午餐吧，」貝亞說，「用這個電腦點餐。」

每張餐桌的桌邊都附設著一個小型螢幕，以白色爲底的畫面展示著密密麻麻的英文。

我看著貝亞點選菜單，心思卻完全不在上面。

一個念頭倏地閃過腦際。那一瞬間，背脊冷了起來。

我抬起頭。貝亞坐得端正，右手食指觸碰著螢幕，正專心看著。

「貝亞，」我輕喚道。

她微微偏頭，冷靜、沉穩，絲毫沒有被驚動。

「你……」我的語氣顫抖著，「你是不是機器人？」

7.

所有聲音突然都沉寂了，周遭的說話聲、餐具碰撞聲，彷彿都很有默契地消散於空氣中。

貝亞像一座被鑲入眼眸的大理石雕像，定定地看著我，眼皮眨也不眨。而我卻眨了好幾次。

「不，我不是，」不知經過了多久，她才這麼說道。語氣依舊很平穩。

隨著她的話尾一落，周遭的聲響又出現了，人們再度開始談話，餐具開始碰撞，彷彿很有默契地一起湧現。

「你要吃什麼？我選好了。」她看了一眼點餐螢幕。

「你眞的不是嗎？」

「金杰先生，我願意協助你，這並不包括回答你無意義的問題。」

「如果你不是的話，爲什麼你總是這麼地……鎮定？」

她沒有回答我，而是伸出右手點了一下畫面，「在菜色的圖片旁輸入數量，就可以完成點餐動作。你要哪一種？」

她不想回答，好吧，繼續觀察。

「貝亞，你又忘了，菜單都是英文，我根本看不懂。」

「這是多語言菜單，我幫你切換成中文，你同時參考圖片。」

畫面上有許多圖片，每一張都有編號；旁邊的文字說明密密麻麻，每一行看起來都一樣，我頓時懶得細看，決定從圖片來挑就好。

「十九號。」

「牛肉漢堡套餐，辣味，附薯條。」

「這個好，看來好吃的東西是永遠不會消失的。」

「飲料呢？」

「可樂就好。」

貝亞沉默地輸入數量。

「你點那個是什麼？」我問。

「沙拉雞肉堡。」

「喔，你喜歡雞肉堡啊？」實在想像不出貝亞大口啃漢堡的樣子。

「不，我不喜歡。」

我愣了一下，「不喜歡，那爲什麼還要吃？」

「因爲這道菜可以增強腦力，刺激腦部活動。」

「幹嘛要刺激腦部活動？」

「爲了處理你這件事，腦袋當然要保持最佳狀態。」

「吃東西難道不是喜歡什麼就吃什麼嗎？」

「那是非理性的做法，服從於自己的口慾，完全沒有計畫性。」

「難道你連吃東西也要計算目的跟效益？」

「不只食物，採取任何選擇與行動前，都要奠基在對於未來的考量。」

「這樣太累了吧？像我想吃什麼就吃什麼，想做什麼就做什麼，才不會想那麼多。這樣人生多無趣！」

貝亞停頓了一下，注視著我。有好長一段時間，她的眼皮都沒有眨半下。

「對你而言，什麼是美好的人生？」

「美好人生？當然就是過得幸福快樂啊！」

「幸福等於快樂嗎？」

「呃，這……」我搔了搔頭，「幸福就快樂，快樂就幸福啊。」

她搖搖頭，「幸福跟快樂的概念是不一樣的，一個人可以擁有幸福，卻不快樂，感到快樂，卻不幸福。」

「不好意思，小姐，請問現在是在上哲學課嗎？」

「沒錯。」

我差點從椅子上翻倒。

「快樂只是幸福的其中一種條件，並不是每個人都認同擁有快樂，就擁有幸福，」她說。

「那我就是認同的那群。」

「人生的意義眞的那麼單純嗎？你或許想得不夠深刻。」

「是你想得太複雜了。」

這時，桌旁的金屬軌道傳來聲響，兩個形狀不同的小型滑座駛了過來，停在桌邊。其中一個上頭擺了個盤子，盛著大漢堡、一碟薯條；另一個滑座有中空的凹槽，一瓶可樂放在其中。

「酷喔，」我的嘴角彎起，「相當豐盛。」

我取下餐點後，兩個滑座快速地駛離，另兩個則緊接在後。是貝亞的餐點。

貝亞的雞肉堡似乎也不錯，簡直就是大型潛艇堡，全麥麵包中夾著雞肉沙拉，另外還有一杯飲料，看起來像牛奶。

「你沒點薯條嗎？」我問。

「研究指出，可樂、薯條等食品會加速大腦老化。油炸食品中的反式脂肪酸是人造飽和脂肪的一種，對心臟、大腦有害，也易讓人發胖、擾亂內分泌，也會影響正常排卵，導致女性不孕。」

我才剛拿起一根薯條，聽到這段話便喪氣地放下。

「適量的話無所謂，你還是可以吃，」她平靜地說。

我還以爲貝亞在開我玩笑，但她的表情完全沒有戲謔的成分。我在心中嘆了口氣，「算了，我還是先吃漢堡吧。」

貝亞啜了口飲料，沒有答腔的意思。

我拿起漢堡，大口啃了起來。由於漢堡實在太大，一口咬不下去，結果咬歪了，裡面的生菜掉得七零八落，沾得整個嘴巴都是醬料。

我知道自己的樣子一定很不雅，但沒辦法，吃漢堡不就這樣吃？誰吃大漢堡能優雅的？

對了，貝亞吃漢堡還能那麼沉穩鎮定嗎？她會不會也吃得亂七八糟，沾得滿臉、掉得滿桌都是？實在無法想像她張著大嘴巴的樣子。

抬起頭來一看，張大嘴巴的反而是我。

貝亞正用叉子叉著漢堡裡頭的雞肉，優雅地送進嘴裡；每吃一口，左手就用紙巾擦拭一次嘴唇。

「你、你不連麵包一起吃嗎？」

「先吃蛋白質食物再吃醣類食物，能提升腦中L—酥氨酸濃度，讓頭腦更清晰。雞肉便是蛋白質食物，而這杯無糖豆漿則是高蛋白、低碳水化合物的飲料；全麥麵包含複合醣類，晚點再吃。」

原來不是牛奶？「我猜，你一定不喜歡喝豆漿。」

「不，不喜歡。」

「貝亞，」我放下手中的漢堡，「你確定你真的不是機器人？」

她緩緩咀嚼嘴中的食物，吞下後，用紙拭了拭唇，才望著我說：「機器沒有辦法消化食物。」

「也許你沒有消化，只是吞下去，然後再排掉。」

「我不是機器，我是人。」

「我從來沒看過你眨眼睛。」我緊緊注視著她。

「我有，只是你沒看見。」她的語氣泰然自若。

「真的嗎？那讓我看看，你可以持續多久不眨。」

就這樣，我仔細觀察著她。貝亞那張冷漠的臉，彷彿一幅靜物畫；她周遭的時空，凝滯了。

但我的時空卻一直在流轉。

不知道幾分鐘過去了，我終於放棄，我受不了那沉默，也受不了她那晶亮銳利的眼神，彷彿要望穿我似的。

「不可能！」我絕望地叫道，「你絕對是機器人！你完全沒眨眼！」

「你為什麼會認為我沒有眨眼？」

「因為我沒看見呀！」

「你真的沒看見嗎？」

「當然！我又不是睡著了，我剛剛觀察你至少有整整兩分鐘耶！」

「你觀察了我兩分鐘，但你的觀察沒有涵蓋到每分每秒。」

「怎麼可能？我一直看著你啊！」

你是不是當機啦？我原本想嚷出這句話，但忍住了。

「你的眼睛一直盯著我沒錯，」貝亞說，「不過中間你閉了好幾次眼。」

「閉眼？哪有啊？我明明——」

「在你眨眼的時候，你不就閉眼了嗎？」

我的話梗在喉嚨，一時之間吐不出來。

「你、你的意思是說，你在我眨眼的時候眨眼？」

「沒錯。」

「怎麼可能？」

「算準你眨眼的頻率就行了。人在沒有特別去意識時，眨眼的頻率是固定的。我發現你每五秒眨一次，因此我就同步跟隨你。」

「所以你剛剛一直在心裡計算秒數？」

「嗯。」

「太不可思議了！你根本不是人！」我已經搞不清楚心中到底是充塞著讚嘆還是訝異了。

「金杰先生，我想拜託你一件事。」

明明句子的內容很慎重，貝亞還是用同一種語氣說話，沒有起伏、沒有波動、沒有情緒的語氣。

「什麼事？」我還在消化她的怪異，沒想到她話題又跳到另一件事了。

「剛剛的例子證明了一點，你是一個靠感受在主導思考的人，你對外在事物的變化很敏感，觀察也很細微，才會注意到眨眼的事。但是，你的內省能力弱了些，你沒有辦法反省、分析藉由感官所獲得的外在資料。」

「所以呢？你想說什麼？」

「我希望你能記住這個性格上的盲點，若你真有決心要進入馬雅、偵破舊案，就一定要克服這點。」

「你會幫我不是嗎？我進去體驗，你來分析就可以。」

「我當然會幫你，但你也不能完全不留意，畢竟體驗者是你，不是我，你更有機會掌握到我不知道的事。況且，如果你不留心的話，可能會傳遞錯誤的訊息給我，那離破案就更遠了。」

「這麼說也是有道理啦……我知道了，謝謝你的提點。」

她微微點頭，舉起叉子。

我重新拿起漢堡，張大嘴巴，再度咬了一口。新鮮的肉汁在口腔中漾開，飢腸轆轆感愈來愈強烈。

「貝亞，」我一邊咀嚼一邊說，「其實不管你是不是機器人，都無所謂，就算你的大腦是一堆電線，又怎樣呢？我也不可能剖開來看。重點是，雖然你跟一般人很不一樣，但卻不討人厭，反而還給我一種自在感……我還滿喜歡你的，」我趕忙揮揮手，揮掉了幾片黏在指頭上的生菜，「請別誤會，不是愛情那種喜歡，而是說，覺得可以把你當成一個很好的朋友……唉，怎麼說呢？」

她默默將食物送進嘴裡，沒有答話。

「說到這裡，」我乾脆轉個話題，「我反而有個有趣的猜測呢……我所謂『天大的秘密』，該不會是這樣吧：『其實全世界所有人類都是機器人，但他們卻不知道自己是機器人』。如何？」

「很有想像力，不過這爲何能促使你調查舊案？」

「呃……也是，」我尷尬地笑了笑，「當我沒說。」

兩人繼續用餐。

把漢堡啃了一半，見貝亞沒有說話，我再度受不了沉默，只好再開發話題。

「貝亞，呃……我……對一件事感到很好奇，可以問嗎？」

「什麼事？」

我不自覺捏緊了手中的漢堡。「你是否曾經……愛上過任何人？」

我原本預期她聽到這個問題，會眨一下眼，但沒有。連最細微的漣漪也沒有。

「你指的是愛情嗎？」

「愛情？其實都可以啦，友情、親情……我只是想知道，你怎麼對你關心的人表達你的愛？想念他時，你會打電話給他嗎？他悲傷時，你會安慰他嗎？他若離開你了，你會哭嗎？」在她還沒開口之前，我補上一句：「抱歉，我這樣問會不會太突兀？我這個人就是想到什麼問什麼，若有冒犯，請隨時告訴我，」我啜了口可樂，盯著她。

她注視我一會兒，才說：「如果他一直都在，我就不必打電話給他；如果他習慣敞開悲傷，我就能有機會安慰他；如果他不曾離開過我，我就不必哭。」

半晌的沉默。

「所以……」我說，「曾經有過這麼一個人，你關心、你愛的人。但他現在不在了？」

可以感覺得到，周遭的空氣愈來愈沉重。貝亞那無感情的嗓音緩緩傳了過來。

「他失蹤了。」

8.

貝亞突然站了起來。

「我去一下洗手間。」

「抱歉，我不是有意要——」

「沒事。」

她轉過身，很快地消失在餐廳一角。

右手重重捶了下桌子，可樂瓶跳了起來。

我到底在幹嘛？為什麼這麼多事？為什麼這麼多嘴？

可是，忍不住就順口問了。果然是言多必失！

因為覺得太沉默，想找話題，才想說些什麼。

講話不經大腦思考，全憑感覺。現在可好了，捅出簍子來了。

我開始煩惱等等該說什麼來挽回局面，但左想右想，就是想不出好台詞。

腦袋糾結許久後，貝亞突然出現在面前。

「我簡單告訴你午餐之後的行動。」她坐了下來。

我仔細端詳她的臉，完全看不出什麼異狀，仍是一絲不苟的樣子。既然她主動轉移話題，我就當作忘了這件事吧！

「晚點我會把劇本給你，讓你帶回房間閱讀。預定進入馬雅的時間是晚餐過後。」

「好，知道了。」

我沒有再多說，默默把午餐用完。接著，我們離開餐廳。貝亞說餐費已包括在當初我支付的費用中，因此不須另外再付。

轉進一條長廊，左右兩側林立著許多房門。這裡一樣是指紋鎖的設計，貝亞伸出右手指放入門把上方的孔內，小型螢幕立刻泛起紅燈，伴隨著一聲嗶響。

裡面是個小房間，一進入燈就亮起；中央放著一張大型長桌，像個厚實的長櫃，周圍共放著六張白椅；右側牆上設置著類似飲水機的裝置，左邊牆前則立著一個架子，上頭放了一些書籍、文件。

「你先坐，」貝亞說，「我來處理檔案。」

「這裡就是商談室嗎？昨天跟你簽約的地方？」我環顧四周。

「是的。」

「感覺像是心理師的諮商室，不過大些。」

我突然回想起劇本中的情節，我曾經歷過心理治療。一陣不舒服的感覺湧了上來，腦袋立刻忽略那個片段。

貝亞點開桌面螢幕。原來這是一臺桌面電腦，上面出現我從來沒看過的系統介面。她俐落地用手指點開一個檔案，裡面是密密麻麻的文字。

「我原本想直接給你電子閱讀器，但怕你不熟悉操作，紙本閱讀會比較方便。」

「太好了，我對電子產品有種莫名的恐慌。」

「請稍等。」

「慢慢來，我到處晃一下。」

才說完這句話，便發現自己很蠢，這個小空間內根本沒有什麼可晃的。

「呃……我可以看一下書，」我改口道，走到架子前，隨手抓了一張摺頁。

其實我一點也不想看，但又不想再煩貝亞。

把摺頁拉開，首頁大大印著紫色字體：MAYA，其他的都是英文。該死，我又忘了英文這件事。裡面有一些怪異的圖片，很像某種詭異的變形蟲，還有幾張人體跟大腦的解剖圖。

「貝亞，這是什麼東西啊？」我把圖展示給她看，「你們這裡也開設科學博物館嗎？」

「那是馬雅如何運作的介紹，跟神經系統有關。」

「哦？話說回來，我到現在還是不曉得這機器是怎麼運作的。」

「如果你有興趣了解，我可以簡單告訴你。」

「會很難嗎？太複雜就算啦！我苦手的科目，除了英文、數學，還有生物學、物理、化學……」說到這裡，我才發現我好像沒一科拿手的。原來我是個這麼慘的人啊？

「如果你要進入馬雅，我想有必要讓你了解一下基本的原理。」貝亞在面對房門那一側的桌邊坐了下來，她示意我坐在她對面。

她的手指開始快速觸碰起螢幕。雖然是陌生的介面，上頭也都是英文，但我起碼還能發現一件驚人的事：貝亞是顛倒著螢幕在操作。

我瞄了她一眼，實在愈來愈不確定她到底是人還是機器，不過管它的，我決定從現在起不再思考這件事，不重要！

她點開了一個檔案，出現MAYA的logo，「這份投影片是我們爲顧客解說時所使用的，我挑簡單的部分來說明。」

圖片切換後出現一個站立的人形，全身由線狀網絡構成，周遭有著英文註解。

「這是人類的神經系統分布圖，」貝亞說，「神經系統就像一個巨大的通信網，人類得以擁有感官經驗，都是神經系統運作的結果。」

「什麼是感官經驗？」我當然聽過這四個字，但仔細一思考，發現似懂非懂。

「說白一點，就是透過感官所獲得的感覺。例如視覺：看見一隻鳥；觸覺：摸到硬物；嗅覺：聞到臭味。」

「這樣我了解，就是五感吧！」

「精確說，視覺、聽覺、嗅覺、味覺、皮膚覺。」

「皮膚覺？」

「包括觸覺、溫度覺以及痛覺，都是透過皮膚感覺分化出來的感受經驗。」

「我懂了，到這裡都可以了解。」我打了個呵欠。

目前還ＯＫ，要不是講者是貝亞，我可能直接睡著。我發現自己不喜歡複雜的理論。

「其實在五感之外，尚有運動覺和平衡覺。前者是指身體活動所產生的感覺，運動覺的感受器在肌肉的神經纖維末梢、肌腱和關節；人靠著運動覺才能知曉身體各部分相對位置的變動。平衡覺的感受器則在內耳的半規管和前庭，平衡感由小腦控制。」

「唔……」

「人的感覺機制奠基在神經系統。神經系統由中樞神經系統和周圍神經系統組成，前者包括脊髓和腦，腦又可分爲前腦、腦幹、後腦，」貝亞用手碰了一下圖片，圖上的腦和脊髓立刻閃爍起來，讓觀看者能清楚知道其位置，「後者包括軀體神經系統和自主神經系統，由中樞神經系統伸展到全身的神經構成。」貝亞又觸碰圖片，腦跟脊髓以外的神經部分亮了起來。

「還眞複雜啊！」我的頭微微抽痛，「原來人身上有這麼多線路！」

「若把人體中所有神經首尾相接，可伸展七十五公里。」

「七、七十五公里？」

貝亞點頭，「人體中有數百萬個神經和數十億個神經元，神經元是構成神經系統的基本單位，也就是神經細胞。」

她點了下一張圖，出現我剛剛在摺頁上看到的變形蟲。它的一端是圓體狀，延伸出許多樹枝，如太陽放射狀；其中一條樹枝往下伸得長長的，整體看來就像拖著長尾巴的太陽蟲。

「這是神經元，不同部位的神經元有不同形狀，長短也不一。例如在大腦，神經元相當密集，神經纖維很短，只有萬分之一呎；四肢的神經元就比較稀疏，有六十一公分。這張圖顯示了一般神經元的基本構造。簡單說，神經元由包含細胞核的細胞本體、稱為軸突的線狀神經纖維、稱為樹突的樹狀神經纖維所組成。」

「像鞭子的——呵——」我打了第二個呵欠，「……還有像樹枝的嗎？」

「沒錯。」

「爲什麼長這麼奇怪？」

「這是便於傳遞訊息。神經元接受刺激訊息後，形成一種電位傳導，即神經衝動，會由樹突傳至細胞體，再傳遞到軸突，再由軸突末端傳到另一個神經元。」

貝亞點了一下螢幕，圖上出現一個亮點，沿著神經元的樹突跑動，經過細胞體，再跑到軸突的末端。

「神經元依照性質可分三類：感覺神經元、運動神經元、中介神經元。感覺神經元將身體各感覺器官接受到的刺激，產生神經衝動後，送到中樞神經系統。運動神經元負責將中樞神經系統傳來的神經衝動，傳導到負責動作反應的反應器——例如肌肉或腺體。中介神經元中介前述兩種神經的信號傳遞，只存在於脊髓和大腦。」

「呃，貝亞……我有點快窒息死亡。有沒有活潑一點的理解方式？」我壓住第三個呵欠。

她點了下一張圖。圖上畫著一個人形跟一顆蘋果，人體用透視的方式畫出裡面的神經系統。

「舉例會比較清楚。當一個人看見蘋果，到伸手去拿蘋果，這之間發生了什麼事？首先，眼睛接受到刺激，在視神經形成神經衝動，沿著感覺神經元傳送到大腦的視覺區，」她碰了一下螢幕，圖上人物從眼睛的地方亮起一條線連接到大腦，「大腦收到訊號，分析後知道那是蘋果，因此你才『看見』了蘋果。」

「啊？傳到大腦才看見啊？」

「神經衝動每秒速度可達兩百公尺，某些部位更快。因此幾乎是接受到刺激的一瞬間，大腦就產生『感覺』了。」

「原來如此！其實還滿有趣的嘛！」終於沒出現第四個呵欠。

「知道是蘋果後，大腦下達命令，要手去拿取。於是神經衝動沿著運動神經元傳送到手部。」貝亞再次點了螢幕，另一條線亮起，從大腦通向手部。

「這樣我了解啦！」

「人類對外在世界的感受與反應幾乎都建立在這個基本模型。而馬雅能做的，就是模擬所有的神經訊號。」

「太不可思議了。」

「簡單說，透過頭罩內的神經探針，馬雅的電子線路能夠連接大腦的神經末梢，模擬出感覺器官所傳導的電能。因此只要控制電能的輸入量，就能製造感官經驗。你以爲自己看到一個蘋果、伸手去拿、品嚐、吞嚥，其實都是錯覺。」

「等等……你是說馬雅製造假的訊號給大腦，那大腦下達指令後的那些訊號呢？」

「馬雅會將它吸收掉。否則體驗者就會在機器內做出相應的動作了。舉剛剛蘋果的例子，馬雅會先製造一個關於蘋果的視神經衝動，大腦接收後，你便看見了蘋果；你決定伸手去拿蘋果後，馬雅會吸收從大腦釋出的命令訊息，讓它在經由脊髓傳到手部前就消失了。同時，馬雅會再製造其他神經訊號，讓你看見自己的手拿取蘋果，讓你感覺到蘋果的硬度……等等。

這整個運作過程相當複雜，剛剛說的只是一個基本型而已，實際的運作沒那麼單純，但讓你了解到這樣的程度就夠了。簡言之就是馬雅能夠透過欺騙人腦，模擬所有的感覺歷程。事實上，以二十一世紀初的科學進展，要做到現在馬雅的模擬水準是不可能的，少說還要再一百年，但神經科學在二〇一二年之後有了驚人的突破，加州一科學團隊研發出馬雅的雛形，經過將近二十年的改良才有現在的成果。外傳都說公司是獲得了外星人的科技。」

「眞、眞的假的？」

「這是我們公司的商業機密，你沒有必要知道，我只是順便提一下。」

「好吧，反正我也不感興趣。」

「還有任何問題嗎？」

「這個嘛，我想想……對了，你之前說過關於體驗者做出偏離劇本的事。爲何不讓馬雅將大腦發出的神經訊號吸收掉，並且不再發送其他相應的神經訊號給大腦呢？這樣不就可以抑制體驗者做出偏離劇本之事了？」

「看來你有進入狀況。這樣做不是不行，只是如此不就等於有超自然般的神力干涉？體驗者會無法得到現實感。以之前提過的例子而言，若在你要動手殺害美女時，馬雅沒有模擬出相應幻覺，你發覺手臂在意念下完全沒有移動，那就失去模擬現實的意義了。」

「我懂了，以維持現實感爲優先。」

貝亞彎下腰，瞬間消失了蹤影。當她再出現時，手上多了一疊紙。看來是印好的劇本。

「我幫你裝起來。」

她走到一旁的架子，取出一個透明資料夾，將文件裝入，再遞給我。

「我建議你先讀完劇本。機器只能製造經驗，不能製造記憶，加上你失憶了，所以到時可能會影響你與劇中人物的互動，造成機器需要對劇本做太多修正。請盡量符合當年羅奈威的行動。」

「沒有想像中多，」我感到手上的資料還算輕盈，「還好這不是考試，不然我會直接放棄。」

「裡面包括你沒有要體驗的部分，若時間不夠只看重點即可。」

「我知道。」

「我帶你回房間。」

回到六樓二十七號房，貝亞簡單告訴我房內一些設施的使用方式，並要我早點洗澡、漱洗、換上輕便的服裝，不要喝太多水。這是為了進入馬雅前的準備。我們約好十點碰面，她便離開了。

一直到現在才有機會好好審視房間。我把劇本丟在床上，走到那四十六吋的螢幕前。

經過貝亞的說明，我才稍微會使用這神奇的玩意兒。

這裝置完全使用觸控式，不但能充當電視使用，也是一台電腦，具備所有電腦所擁有的功能；更新奇的是，它同時也是一扇窗戶！

畫面上有虛擬的拉把，可以透過控制拉把來拉起百葉窗簾或轉動葉片，也能調節環境進光量，感覺就像真的窗戶一樣；而這扇窗戶竟然是一扇單面鏡，從裡面可以看出去，外面卻看不進來。

我的手指往拉把一滑，窗戶被拉起，略微刺眼的光線射了進來。

外頭的視野被山擋住，只看到一片青綠色，山勢巍峨。

我將窗戶重新拉上，轉身回床邊，盯著床頭那面牆。床頭有個面板，就像一個小型的電腦螢幕，那是操作界面。

貝亞剛剛告訴過我，透過這個面板，可以操控房內的電器。我按下wall light，整面牆的色澤立刻切換成紅色，瞬間房內泛著紅光。

眞是有趣，原來可以改變房間的顏色。

我上了床，把枕頭立起來，背靠其上，舒適地伸著雙腿，將劇本拿出來閱讀。

密密麻麻的文字，還沒開始讀，腦袋就先一陣暈眩。

後面的紅光照在白紙上，令人更眼花撩亂。我回頭調整面板，乾脆把變色效果關掉。

摸索一陣終於找到房內燈光的控制鈕，開了大燈，這才覺得眼睛舒服點。

重新坐下，翻開劇本，還沒開始看就打了一個長長的大呵欠。

簡單地快速翻閱後，發現內容跟我原本想像的有些不同。

原本以爲，會是眞的「劇本」，但其實只是類似刑案實錄的記述。當中包括來自不同報紙的報導、網路新聞，還有摘自專書研究的章節。乍看之下內容多有重複，只是詳細程度不同罷了。

這也難怪，如果我先前眞的在調查這件案子，所彙整的當然就是報章雜誌等新聞資料，總不可能自己還把它寫成「劇本」吧！

到時馬雅將實景模擬出來，就是在呈現新線索，應該對案件會有新的啓發！

隨便翻了翻，首先翻到的是一張平面圖，青雲山居的平面圖。

山莊是三層樓長方形建築，每一層格局相同，一條長廊將長方形切成上下兩半，上半部被電梯與樓梯切成左右兩邊，隔著長廊與大廳相望，大廳的寬度與樓梯加電梯的寬度相同，也將下半部切成兩半。每層左右半部各有十間房，五間五間面對面夾著長廊。

瞄過圖後，我先從報紙還有網路新聞的資料開始閱讀，因爲比較簡短。過沒多久，開始覺得文字會飄動，而且逐漸失去意義。

揉了揉眼睛。爲什麼這些資料不能做成漫畫啊？這樣不是更方便閱讀？

就在我開始戰力不支時，突然響起一陣鈴聲。

貝亞方才說過，門外有門鈴可按，看來我有訪客。

我下床，走到門前。門上裝設著一個小型螢幕，只要按下鈕便會顯示門外的畫面，可以知道來者是誰。貝亞說，這是因爲門內裝設著數位攝影機，等於是傳統窺孔的加強版。

按下面板上的鈕，畫面出現門前的影像，但空無一人，只有綠色的牆壁。

我將門打開，踏上走廊，左右廊道上都沒有人影。

搞什麼？

就在我打算轉身回房時，突然瞥見地上有個東西。

低頭一看，一陣冷意從背脊快速襲上。

地板上，一個棕色皮夾靜靜躺著，一把金柄匕首插在上頭，閃閃發亮。

9.

我彎身將匕首連同皮夾拾起。

沒想太多，手上持著這些物品，直接快步沿著長廊走，很快來到轉角處。

空無一人。

我回到房門前，進了房間，關上門。

將匕首從皮夾拔出，丟在沙發旁的透明圓桌。碰撞的瞬間發出清脆的聲響。

打開皮夾，裡頭空無一物。

有種奇怪的熟悉感，這似乎是我的皮夾。

匕首插在我的皮夾，這意思是……警告！

一定是駭客十三發出的警告，要我離開這裡，中止調查。

原本對這敵人還沒那麼大厭惡感，現在竟然跑到我門前插刀，一陣怒氣瞬間湧了上來。

無論如何都要完成這項任務，把這該死囂張的傢伙揪出來！

本來想立刻通知貝亞這件事，但等我聯絡上她，對方早就安然逃逸了。這麼狡猾的傢伙，沒那麼容易被逮到。

如貝亞所說，要知道這位幕後黑手的身分，唯有體驗劇本、找回記憶！

我行的，一定行的！

把皮夾丟下，跳回床上，再度拿起劇本閱讀，這次聚精會神。

黑色的文字像浪潮一波波推過眼前，一開始堅實厚重，逐漸地，波浪開始渙散，終成微小漣漪，最後變成一灘死水。

不知經過了幾個小時。

我丟下劇本，揉揉雙眼，從沙發上起身。一旁的圓桌擺著稍早送來的晚餐——沙拉雞肉漢堡、薯條、無糖豆漿。爲了刺激腦力，我學了貝亞的吃法。有沒有用，天知道。

房內那臺電腦也有點餐功能，餐點會直接經由設置好的軌道送進房內。沙發旁的牆上有一扇小門，打開後可看見金色滑軌，餐點仍舊以雲霄飛車的方式送來。看來整個樓層以樓下的餐廳經營方式爲模型，巧妙地在牆壁間搭建輸送系統。或許這層樓附近也建置了另一個廚房吧！

這臺電腦也有智慧型機器人的呼叫選單，但因爲目前無法使用，貝亞沒有介紹操作方式。

把剩下的餐點吃完，我在房內踱起方步，同時將劇本在腦中跑過一遍。

整份文件我只消化了約百分之五十，很多細節跳了過去。不過我在猜，這會不會是我這輩子讀書最認眞的一次？在僅有的幾個小時內，注意力配額已耗盡。

資料很繁瑣，但我已掌握事件全貌，也記下重要人物的名字。希望別忘得太快。

這眞是一件很詭異的案子！想不到我即將要扮演起名偵探，進入模擬世界中追查眞相！就連福爾摩斯也沒辦過這麼瘋狂的案子吧！

房門再度打開之際，我已洗完澡，換上乾淨的衣服，面對站在門外的貝亞。

「準備好了嗎？」

她穿著一件白襯衫，餘下打扮跟白天一樣；身上散發出香氣，似乎洗過澡了。

「我有東西給你看，」我說，「先進來一下好嗎？」

我告訴她匕首的事。

「這是我的嗎？」我展示圓桌上的皮夾，遞給她。

貝亞端詳了一陣，「沒錯，我記得上面的花紋。」

「看來眞的是給我的警告。」

「沒想到他會用這麼粗糙的方式。」

「這顯示出他很沒種！我準備撕下他的假面具，要他好看！我們快走吧，我等不及了。」

貝亞從口袋中掏出一條紫色手帕，她用手帕將匕首包覆起來，「這是很重要的證物，我先替你保管，等整件事結束後再呈交給警方。」

「當然，你拿去吧，這東西放這裡只會愈看愈火。」

「先服下這個，」將匕首收好後，貝亞右手掌亮出一個白色橢圓形藥錠。

「啊，這是……」我覺得很眼熟。

「我們稱它爲S-Substance。」

「對對，當初要從劇本脫出時，幽靈也給過我一次。他說得要靠它才能正常關機，但沒解釋細節。」

「解釋細節會牽涉到一些專業術語，我簡單說明吧。S-Substance能夠暫時中止你的意識，讓大腦暫停分析神經訊號，這時你的腦進入所謂suspending——懸置的狀態，馬雅才能介入。馬雅與腦部建立連結的過程稱爲connecting——連接，之後你的意識會再恢復。這整個過程稱爲relay——接續。不這麼做，馬雅產生的神經訊號就會與你身體原有的訊號混雜。如果讓你的大腦同時分析兩組訊號，會發生虛實不清的認知危險。」

「那太可怕了。」我喃喃道。

「訊號混雜的結果也可能會讓腦部受傷，不可不愼。S-Substance可說是模擬現實的切換開關。這個發明的靈感部分是從兩部年代久遠的科幻電影產生的：*Total Recall* and *The Matrix*。」

「嗄？」

「台譯『魔鬼總動員』及『駭客任務』，分別是一九九〇與一九九九年的電影。片中主角要從模擬世界脫出時，都被要求服下類似S-Substance的藥物。另兩部二〇一四和二〇一七年的電影，*Simulated Mind*——『模擬心靈』，以及*Fatal Illusion*——『致命幻覺』，將藥物發展成進出模擬空間前都要服用，便是奠基在我剛剛說明的理由之上。這在當年還只是想像階段，但馬雅研發過程中，發現這樣的處理方式的確相當合理。」

「所以這些電影準確地預知了未來呀。」

「這在科幻作品中屢見不鮮。科幻之父Jules Verne在十九世紀的許多小說就已經準確地描繪二十世紀的科技發展了。」

「Ju……」我皺起眉頭，「他是誰？」

「讀過《地心歷險記》嗎？」

「啊，我知道了。」聽過但沒讀過。

貝亞走到門邊的飲水機前，倒了一杯水，遞給我。我將藥丸服下。

「藥會在半小時內產生效果，我們快走吧。」

離開房間，重新回到三樓。貝亞在三之一號房停下，出電梯左邊第一間。

「早上的房間嗎？」我問。

貝亞點頭，右手食指伸入指紋辨識器。

一聲嗶響。貝亞又按了旁邊的鈕數次，顯然是在輸入密碼。她將門推開。

柔和的白色房間亮著幾盞白色小燈。瑞德從電腦後抬起頭來，嘴巴仍不停地嚼著。

「Hey dude，氣色不錯。」

「托你的福。」

「托……福？」他笑了笑，「Sorry，這個我聽不懂，你是說TOEFL嗎？」

「豆、豆腐？什麼豆腐？」

「Ready？」貝亞打斷我們。

「Ready，」瑞德回答，「就等他。」

「金杰先生，請你先上個廁所吧。身體上有什麼需要打理的也可以趁這個時候完成。」

「沒問題。」我往浴室走去。

在白色的浴室中，我站在馬桶前小解，微微舒了口氣。望著天花板淡藍色的方塊，沐浴在靜謐的氛圍下，心中升起一股奇異的感受，覺得自己好像正處在另一個空間。某種意義而言，進入模擬世界就跟到外太空旅行一樣吧！都是前往「異世界」。

這段旅程就要展開了。一股興奮感洋溢了起來，但同時也有某種程度的不安。

在劇本中，主角羅奈威與未婚妻前往一棟山莊進行祕密婚禮，但她卻慘遭殺害。他們感情應該是很好的，不然也不會進行私奔式的婚禮。

如今我即將扮演羅奈威的角色，去體驗他那於甜蜜頂點轉爲悲慘的故事。

我即將去接觸他的愛。

一個可笑的念頭突然升起：我會不會愛上她呢？

雖然這個人實際存在過，但我接觸的畢竟是她的模擬影像，如此想來，因爲這樣而產生的情感顯得很不正常……

不，不能亂想，我是去當偵探的，不是去談戀愛的。

沖了水，拍了拍頭，我試圖讓自己清醒點。

出了浴室後，瑞德對我揮揮手，「過來吧，dude。」

馬雅一側的艙門已經拉開，露出裡頭的白色鋪墊。貝亞站在一旁。

「用default就行了嗎，dude?」瑞德問。

「什麼?」

「我忘了解釋，進入前得要設定體驗者的『預設值』，就是你的初始狀態。」

「呃……請解釋一下。」

「初始狀態就是關於外貌的設定。外觀是否有要改變？要套用目前的外觀或是要做變化？例如變臉、變身材甚至變性別？頭髮要長一點、手短一點或鼻子尖一點……再來就是衣服、鞋子要直接套用或指定變更。這些外在設定一般是直接套用啦，這樣最快，但有些顧客會有特殊需求。你第一次進入時是直接套用。」

「那就直接套用吧。」

「OK，請進。」瑞德指了指馬雅。

我脫掉鞋子，爬了進去。

「請躺下，」貝亞說。

我把頭靠上白色的枕頭。「這躺起來眞舒服。」

「馬雅的一切都是經過設計的。如果沒有舒適的機艙，長時間的體驗會讓身體疲憊僵硬；如果沒有安靜以及黑暗的環境，體驗者容易受到外在的干擾，接受到模擬訊號之外的刺激，影響體驗品質。」

瑞德的聲音從遠處傳來，「這就是爲何我說許多科幻作品還是有不對勁之處呀！以前科幻電影中類似的裝置實在設計得很不合理，不是坐在硬椅子就是躺在硬床上，連枕頭都沒有！而且環境不但沒有隔音也不安適。體驗個幾分鐘就算了，如果是幾小時甚至幾天，身體根本吃不消，也容易被干擾。」

貝亞說：「電影畢竟只是想像，很多實際的細節要等到眞正實現才會浮出。在我提過的電影《異次元駭客》中，所謂的經驗機器只是一具形狀像耳機的裝置，戴上後隨時隨地都能進入模擬世界；不像馬雅是用電極頭罩，還得連通電腦。技術面而言，電影中那樣的裝置是幾乎行不通的。」

「那應該是外星人等級的吧，那部電影有外星人嗎？」

貝亞沒回答，她挨身進來，將掛在內側的頭罩拿下，套在我身上。

視線一片黑暗，柔軟的眼罩蓋在眼皮上；頭頂有微弱的刺激感，神經探針抵住頭皮，撩起身體深處奇怪的感受。

「呃……等等針會刺進我頭部嗎？老實說，我有點怕痛。」

「會有點痲木感，請忍耐一下。」

「好吧。」

「你準備好了嗎？」

我舉起右手，比了個「ＯＫ」的手勢。

貝亞說：「現在時間是二十二點三十分，預定體驗八小時。在劇本中，則是從羅奈威抵達山莊那天早上開始，直到當天午夜。」

「咦？不是要一次體驗完嗎？我以爲直接體驗到謀殺案那天。」

「分成兩次比較好。理由之一，我怕你一次吸收太多線索，無法消化。理由之二，中斷一次，出來與我進行討論，再進行第二次，這樣你再進入時，更能知道該留意什麼事。」

「唔，的確沒錯。」

不得不佩服貝亞的深思熟慮。說實在的，我現在好像已經有點忘記劇本內容了。一次吸收太多，果然消化不良。

貝亞繼續說：「最後要提醒你脫出的方式。你必須於晚上十一點之前進入設置在山莊中的移轉器。」

「在哪裡呢？」

「你設定好了嗎？Reid？」

「十四號房，」瑞德的聲音從外頭傳來，有些模糊不清，「機器旁會有一顆S-Substance，吞下後再進入，就像你第一次脫出的過程一樣。」

「既然在模擬中，移轉器與S-Substance只是一種形式吧？」

「當然。由於你在劇本中無法『真正』服下S-Substance，透過模擬一樣的程序與外在刺激，會讓你產生與服下它相同的效果，目的是欺騙你的腦進入suspending，如此馬雅才能順利disconnecting——斷接與腦部的連結，神經系統才會恢復正常的運作。」

「了解了。」其實我有聽沒有懂。

「務必記住，」貝亞接口，「沒有藉由正確程序切換回現實，會對你的大腦造成傷害。設定時間一到，不管你有無遵照程序，馬雅都會自動切換，你一定要在這之前進入移轉器。屆時會有倒數聲提醒你。」

「倒數聲？」

「這是我們植入的警告程式。」

「我會記住，還有什麼要交代的嗎？」

「在模擬世界中，若出現頭痛或身體不舒服的異狀，不用太過擔心，那是馬雅的人工神經訊號與你的腦出現了排斥反應，不會持續太久，而且通常不會發生。我們會持續觀察你的腦波，如果發生立即性的危險，會立刻用幽靈程式進入處理。」

「ＯＫ！」

「Connecting還有loading的過程需十五到二十分，馬雅會逐漸透過電極頭罩對你的大腦發生作用，請閉上雙眼，放鬆身體，挖空心思。」

「貝亞，放心，我一定會逮到兇手的。」

「Good luck，dude。」瑞德代替貝亞回答。

我聽見艙門關上的聲音。完全的黑暗降下，我彷彿突然被投入深淵。沒過多久，頭上的探針動了起來，頭皮傳來一陣刺激，幸好並不痛，我鬆了口氣，這可是進入前最擔心的事。

探針在頭部持續作用，我將意識轉離，心思放空，並試著全身放鬆。逐漸地，可以感覺到意識開始進入貝亞所說的suspending狀態。另一個世界即將到來。那是一場模擬感官的謀殺風暴。

我的「馬雅任務」就此展開。

PART II
MISSION BEGINNING

「你怎麼可能愛上我？我根本不是真的。你不能愛上一場夢。」

——《異次元駭客》（*The Thirteen Floor*）

1. 馬雅（一）

雙眼緩緩打開，米黃色天花板映入眼簾。

頭有些昏沉，但不至於不舒服。

周遭空氣相當清新，帶著一股冷冽，吸了幾口，精神提振起來，但同時感到口乾舌燥。

我發現自己躺在一張雙人床上，蓋著棉被，左右側各有溫熱的物體摟抱著，窗外還有鳥鳴聲。

這裡像是旅館房間，沒錯，一定就是「青雲山居」。

劇本開始啓動，我正置身在馬雅中。

五感——視覺、嗅覺、味覺、觸覺、聽覺……皆與眞實無異。一切都很完美。

棉被裡的溫熱物體動了一下。

對了，這位應該就是……

我的未婚妻。

我現在不叫金杰，叫做羅奈威，這是羅奈威的未婚妻，不是我的。

以目前的狀況來說，就是我的未婚妻啦！

可是爲什麼另一邊也有一個人抱著我？

愈想愈不對勁。突然，一個恐怖的念頭浮上來——

難道，我在搞外遇？

不對呀，搞外遇的話，正牌的未婚妻怎麼會在這裡？

還是說……

一個更恐怖的念頭浮上來——

我的外遇對象有兩個啊？

羅奈威，你這小子真夠變態的！

我的右手緩緩拉住棉被上沿，用力一掀。右側的溫熱物體突然飛動了起來。

「哇呀！」

我大叫一聲。一團白色棉花糖躍上空中，又落了下去，然後轉過身來看著我。

白色毛球搖著尾巴、伸著舌頭，用力甩了甩毛……嘴巴半開，好似在微笑。

原來是一隻狗，約十公斤的中小型犬。應該是母狗。

差點忘了劇本中有提到，羅奈威與未婚妻養了一隻狗，不過名字我忘了。

「威寶，你在幹嘛啊？」

一個女聲從棉被中傳出，一顆頭探出來，睡眼惺忪，頭髮凌亂。

「威寶跳上來跟我們一起睡，」我說，「天啊，我身上都是狗毛。」

「你在說什麼啊？」女人用右手撐起身子，甩了甩散亂的長髮，「雪菲又不是威寶。」

「雪、雪飛？」我陷入呆滯狀態，「雪飛是哪位仁兄？」

「你還沒睡醒啊？雪菲看起來很開心呢，」女人伸出左手食指，用力在我的額頭上推了推，「肚子好餓喔，我們下去吃早餐。」

扶在床邊的左手突然覺得濕濕的，有一個軟軟的東西在碰觸。轉頭一看，小白狗正瘋狂地舔拭。

我甩了甩手，「好啦，威寶，不，雪飛，到一邊去，我要下床了。」

才剛說完，立刻覺得不對勁，這麼說來，威寶是在叫我囉？

正想拉住那名女人，她早已兩手綁著頭髮，下床去了。

要叫住她時，卻想不起名字。這下糟糕了！

雖然目前失憶中，但我可以感覺到自己一定是很不喜歡讀書的小孩，討厭密密麻麻的文字。雖然盡力K過劇本，一進來馬雅就幾乎全部忘光。

該死的劇本，該死的課本。

雪飛又在舔我的手了，尾巴晃得誇張。如果她每天都做這麼紮實的甩尾運動，尾巴應該很結實且有力。

晃到一半，小狗突然跳撲過來，前腳不偏不倚正中我的下盤。

我慘叫一聲，彎下腰，雪飛逮到機會，立刻昂首猛舔我的臉。

「冷靜冷靜，」我靠坐在床邊，左手按著下面，右手把狗頭推到一邊，「就算你叫做雪飛，也不用眞的飛過來吧。」

「你很好笑耶，」女人站在大鏡子前說，「不用幫人家改名字吧！她的菲又不是那個飛。」

對了，好像是草字頭的菲……

雪菲又跳了過來，這次我用兩手接住她，手掌覆在她的白毛上，毛絨絨的，摸起來很舒服。

毛絨絨……對啦！我想起來啦！

她叫做蒨蓉！

我站了起來，對著鏡子前正在整理頭髮的女人大叫，「蒨蓉！」

她轉過身，斜眼看我，表情很疑惑，「蒨蓉在另一間房，你幹嘛叫她？」

啊？不對！蒨蓉是另一個朋友的名字，搞錯了！好吧，那她到底叫什麼？重點是，羅奈威應該會用暱稱稱呼自己的未婚妻吧？問題是這資訊刑案實錄中也不可能寫啊！

「呃……」我搔了搔頭，「只是突然想到，蒨蓉不知道會不會對狗毛過敏，我怕雪菲對大家造成困擾……」

「不會啦！她家也有養狗，她可是愛狗人士呢！你要先洗臉嗎？」

「你先洗吧。」

對方走進浴室後，我打量了一下房間。

一張雙人床、閱讀桌、衣櫃、電視、沙發……尋常的旅館房間，色調典雅，牆上掛著幾幅風景畫，牆壁則是米黃色。

我走到窗邊，將窗戶往左推開，一陣涼風吹了進來。探出頭去，秀美山景盡收眼底，令人心曠神怡。底下是一個小廣場，停著幾輛車，顯然是旅館的前庭。

好地方！原來高雄市的郊區這麼棒。

我捨不得將窗戶關起來，空氣實在太好了，每吸一口腦袋就更清楚。

「威寶！換你囉！我要擦保養品。」女人從浴室走出。

很想問她這暱稱的由來，但爲免對方起疑，還是算了。

走進浴室，裡頭相當整潔乾淨。乾濕分離的設計，將隔簾推開後，露出白皙的浴缸。

漱洗後，轉過身，望見雪菲站在門口搖尾巴，嘴巴開開的模樣相當可愛。

「來！」

我快步跑起來，衝到窗戶前，雪菲也飛快地跟上。

伸手抓弄她，她開心地躺在地上擺動著四肢，露出粉紅色的肚子。

摸了一陣狗後，我直起身，身體突然被一雙手臂環抱。

淡淡的水果香湧上，她的下巴靠在我的右肩上。

「我們明天就要結婚了耶，好開心喔。」

「嗯，是啊，這可是個重要的日子呢。」

她兩手扶住我的面頰，將我的臉轉向她。

仔細一看，她留著一頭過肩長髮，皮膚白皙，身材中等，比我矮些，約一百六十公分左右。

她的臉……怎麼描述呢？有一種女王的尊貴氣質，卻又潛藏著稚氣，彷彿某種嚴肅的玩笑，彷彿撲克牌的連體皇后另一端是小丑。

這是哪門子的矛盾感啊？

她將我的臉左右轉了轉，好像在審視什麼貨品，唇角詭秘地彎起。

「有、有什麼問題嗎？」由於臉頰被抓著，我很難清楚說話。

「你明天後就完全屬於我了。」

她直勾勾地盯著我，然後愈靠愈近，溫熱的呼息灑在我臉上。

這是……

我不自覺地閉上雙眼，感到頭暈目眩。終於知道馬雅恐怖的魅力了，任何你要的愉悅經驗，馬雅都可以製造出來，包括與一名才剛認識的女人接吻。

心臟怦怦直跳，可以感覺得到她愈來愈近……

那是……她的唇，帶著一股極度的濕潤感；在我還沒熟悉她的唇時，她的舌就翻湧了上來，像某種失了頭緒的軟體生物。然後，我碰到奇怪的硬物，好像是尖利的牙齒。

利牙？某種恐懼感升上心頭。

睜眼一看，我大叫一聲！

一顆狗頭笑嘻嘻地望著我，嘴巴開開甩動舌頭，好像在說：終於被我得逞啦！

「媽呀！這傢伙什麼時候出現的！」我向後跌坐在床上，「哪裡有衛生紙？噁心死了！嘔……」

「你怎麼可以說雪菲噁心啊？」她站在鏡子前，兩手交叉胸前，「養狗本來就是會跟狗親來親去啊，還沒習慣嗎？」

「可、可是她什麼時候跑出來的……」

「我突然想到你被我懲罰了，要結婚後才能親你，」她偏著頭，語氣從小丑恢復成女王的模樣。「因此就讓給雪菲啦。」

「懲罰？我犯了啥罪？」

「連自己犯了什麼罪都不知道喔？好吧，懲罰延長一天。」

「喂──」

「閉嘴！換衣服，下去吃飯。」

我衝進浴室嘔了一陣，然後虛弱地走回房間，「我的衣服在哪裡？」

「你是有失憶症喔，在行李箱啊！」

我的確有失憶症啊……

她站在床邊，背對著我，兩手往上一提，將那件粉紅色睡衣脫下。我趕緊轉過身。雖然只有短暫的一瞬間，但我瞧見她沒穿內衣。

「行李箱，行李箱……」

我在床邊發現了一個黑色行李箱，將它打開。裡面有一堆衣服。

翻找了一陣後，才想起自己身上早就穿了一套休閒服──藍色圓領T-shirt配上灰白色長褲──這就是我的預設値嘛，沒必要再換了。我所要做的只是穿上擺在牆邊的棕色運動鞋。「未婚妻」已經著裝完畢，站在床邊等我。

她穿著藍色運動長褲，玫瑰色長袖上衣，有著花朵圖案。

「你要穿這樣就好？」她問。

「這樣就可以了吧，只是吃個早餐。」

「那走吧！」

她又詭秘地笑了一下。那瞬間，連體撲克牌翻轉，皇后消失，小丑出現。我打了個寒顫，才交手沒幾回合，我就快被這女人搞到精神分裂了。她迅速拉起我的手，把我推向門邊。雪菲跟在後頭。

來到外面的走廊，地板爲紅黑色混合圖案，搭配淨白的壁面與天花板。門關上時，我注意到門板上黏貼著金色號碼：「二十六」。

二十六號房位在長廊中段，電梯以及樓梯隔壁，對面是二十五號房。這旅館呈長方形，前後兩排房間夾著筆直的走廊。我喜歡這種簡單的構造，有簡潔的美感。

來到樓梯前，一對男女從長廊另一側走來，女的留著赫本頭，穿著一件白色洋裝，挽著男人的手臂，一副小鳥依人的模樣。

「佳甯！早啊！」女子朝我們揮了揮手。

佳甯？我想起來了，就是這個名字！謝天謝地！這位應該就是蒨蓉了吧！

「昨晚睡得怎樣啊？」佳甯問。

由於階梯很寬，四人便兩兩並肩走下。樓梯間的角落立著一尊白色石像，一名戴頭冠、穿披風以及草鞋的捲髮男子昂然挺立，手上拿著一個奇怪的樂器，類似ㄩ字形的豎琴。可能是希臘神話的場景吧。

「一覺到天亮囉！」蒨蓉回答，「昨晚開車上來，小朋友他也很累了，我們不到十二點就倒下去了。你呢？我記得你很會認床的！」

「床是很舒適啦，可還是我家的席夢思好睡，加上這傢伙打呼聲超大聲的，根本就睡不了啊！」佳甯冷不防敲了我的頭。

「我會打呼？沒有吧？」

「明明就會！」她又捶了一下我的背。

蒨蓉說：「我家小朋友才煩人，吃飯時也要玩遙控飛機，所以才叫小朋友啊！」

「是遙控直升機，不是飛機，」戴黑色膠框眼鏡的瘦削男子說，「都說過幾次了！」

「好，是直升機，」蒨蓉擺出尷尬的笑臉。

一行四人來到一樓。面對樓梯的是一片玻璃門，應該是旅館大門。左側長廊一道高大的人影走來，是一名留短髭的光頭男人，看起來三十出頭，面容粗獷，穿著長袖格子襯衫與卡其長褲。他邁著充滿自信的步伐朝我們走來。

「唷！早！」他用雄渾的嗓音問候。

「老大早！」蒨蓉朝他招招手。

「大家都在餐廳了，趕快過來吧！昨晚睡得好嗎？」厚實的手掌搭上我的肩。

「還不錯，」我在心中暗忖這是哪個角色，後來判定他應該是旅館主人，羅奈威的國中同學，名叫張迅。

「今天早餐準備了很多不錯的菜色，」他繼續說，「有中式的——哇！」

這位高大男人突然發出大叫，然後迅速跳到牆邊，用驚慌的眼神看著張開嘴巴、以好奇眼神注視他的雪菲。

原來他怕狗啊？看起來這麼勇猛的男人竟然怕狗？真是有趣。

「雪菲，過來！」我叫道，一邊把往前衝的狗直線拖回來，「真抱歉，不該帶狗來的。」我在心中猜想，帶狗一定是佳甯的意思，她就是一副狗比人重要的模樣。

「不、不要緊，」老大揮揮手，「基本上，她是你們最重要的朋友吧，當然要來參加婚禮。不用管我，會慢慢習慣的。」

話雖如此，他的臉色卻一陣青一陣白。

以平面圖來說，餐廳位於右翼上部，在十四號房隔壁，頭尾各有一扇門，是原本的十六、十八、二十號三間房打通的寬敞空間。

來到門口，裡頭已有幾名男女坐著，朝我們招手。

因父母反對這樁婚事，便帶著未婚妻來到朋友經營的山莊，舉行秘密婚禮，只邀請死黨參加——這就是這齣劇本的背景。

在這片和樂融融的氣氛下，我的心底升起不安與遺憾。

難以想像，現在熱切牽著我的手的女人，將在明晚遭逢毒手。而我的任務就是——揪出殺害她的兇手！

2.

餐廳很大很空曠，擺了兩行圓桌，前方是表演舞台，後方則有個隔間，大概是廚房。看來明晚的婚禮應該就在這裡舉行。

兩男一女坐在第二行最前面的桌旁。一名短頭髮、豐滿的中年婦女跟一名瘦巴巴的高個子女人推著餐車，正將一盤盤的菜端上桌子。兩人都穿著工作服，應該是旅館的員工吧。

「這兩位昨晚見過面了，還沒跟你們正式介紹，」老大說，「這是李媽媽跟她女兒小蒂……蒂是蒂法的蒂喔，玩過太空戰士七代吧？基本上，這兩天的食宿打理由她們負責，有任何問題都可以找她們……順便一提，小蒂是佳甯的大學學妹呢！」

「眞的嗎？」蒨蓉睜大眼睛，「佳甯我怎麼都不曉得？哪個系的啊？」

「話劇社認識的啦，那時她才大一，我大四。」

「上禮拜看到學姊時，眞的嚇了一跳呢，」小蒂臉色有點靦腆。她留著一頭俏麗的短髮，乍看下容易誤認爲男孩子。「這麼久沒碰面了，沒想到在這裡遇到。」

「嗯，眞的很巧吶。」佳甯說。

「佳甯你有參加話劇社啊？」蒨蓉說，「唉，要是跟你同一所大學就好了！我也想去演戲啊！」

「我不是去演戲的，是被招攬去寫劇本！」她加強了語氣，「我對演戲一點興趣也沒有！奇幻小說還比較有趣！」

「對喔！你是作家呀！」

「先吃再聊吧！」老大招呼著，「來，大家先坐！」

李媽媽笑咪咪地說：「多吃一點，吃不夠再告訴我，廚房還有……啊，需要我準備食物給狗吃嗎？這邊還剩一些麵包。」

我這才想到雪菲也在。此刻她正搖著尾巴站在餐桌旁，口水都從嘴邊流出了。

「給她吃一點吧，」我說，「她看起來很餓耶。」

「不用了，謝謝！」佳甯很快地說，「我們晚點再給她吃飼料，狗不能吃人的食物呀！」

說完狠狠瞪了我一眼，並暗暗踹了我小腿一腳。我腿一軟往後跌坐在地，雪菲撲過來又補上一吻。

「奈威你跟你們家狗感情眞好耶！」蒨蓉笑咪咪地說，「還會親嘴唷！」

「呃，我——」佳甯蓄勢待發的腳讓我住嘴。

李氏母女推著餐車離開了。眾人陸續入座。八人圍成一桌，好不熱鬧。

「來，大家用！」老大擎起筷子，指指桌上的飯菜，「有中式的還有西式的，請自行取用，不用客氣！」

除了稀飯和配菜外，還有包子跟饅頭，以及三明治、漢堡。

漢堡在馬雅科技公司已經吃過了，我決定選稀飯。

一口稀飯再配上菜瓜，那口感讓我覺得又熟悉又懷念。品嘗不同文化的美食，可以感受到不同的時代氛圍。中式早餐有一種清淡、古樸感，我覺得自己彷彿成了準備科舉的書生，正在客棧吃著早餐。漢堡則蘊含了飽足、豐富感，大口吃的同時好似也把西方文明速成式地吞了下去。前者是淡雅的山水畫，後者是鮮明的風景畫。

我忘了腿部的疼痛，然後想到自己置身於馬雅內。

無法想像，桌上這些美味的食物，竟都是假象，吃了等於沒吃。但對我而言，覺得「好吃」就夠了，眞不眞，假不假，隨便它。反正我現在得忘掉身處模擬現實，盡力融入情境就是。

大腿有物體在碰觸，低頭一看，雪菲睜著大眼望著我，口水已經流到氾濫了。

我看了一眼佳甯，她正專注地在舀稀飯。我伸手抓了一顆小饅頭，往桌下一探，塞進雪菲嘴巴裡。

「你在幹嘛？」佳甯冷不防轉頭。

「啊，我在跟狗玩，」我趕忙露出誇張的微笑。

「這應該是雞肉堡吧，」倩蓉說，「那我就吃一個好了。」

佳甯的注意力被轉移過去，我鬆了一口氣。要是讓她看到雪菲大快朵頤的表情，我應該會直接被踢出餐廳。

「一大早就吃漢堡會不會太奢侈了？你不是藥師嗎？這樣吃太不健康了，」坐在我對面的男人說道。他戴著一副金框眼鏡，面容端正，舉止沉著，眼神十分銳利，聲音有種穩重的權威感。

「我是藥師但不是營養師啊！我其實很少吃漢堡呢，」蒨蓉回答，「不然早肥死了。倒是宗杰你有點過瘦，才應該多吃一點漢堡呢！」

陳宗杰，他應該是羅奈威的大學同學。

「我看蒨蓉的前世一定是日本人，」佳甯一邊夾菜一邊說，「她最愛吃的其實是日本料理，每個禮拜都要吃一次！」

「照你這樣說，」宗杰推了推眼鏡，「不就每個愛吃日本料理的人前世都是日本人啦。」

「當然不一定啊，不過要知道前世是什麼，可以用催眠的方法來確定，叫做『前生回溯催眠法』。」她一副專家口吻。

「佳甯，聽說你之前有去參加催眠課程，」蒨蓉說，「原來就是學這個啊？」

「嗯，那時幫一個男生作回溯，沒想到他前生竟然是一條眼鏡蛇！」

「嚇死人啦！好恐怖喔！」蒨蓉尖叫。

「小聲一點，」小朋友說，「你這樣才恐怖。」

「什麼前世今生的，」老大滿嘴饅頭，「基本上就是所謂的輪迴，對嗎？」

「對，」佳甯說，「不滅的是靈魂，靈魂不斷寄生在新的軀體內。說起靈魂學這門學問可是很有趣的！我的碩士論文有做詳細的討論。」

我無言了。這女人真是愈來愈教人驚奇，搞不好還會直接宣稱自己是女巫呢。

「可你不是基督徒嗎，」宗杰慢條斯理地說，「怎會有靈學跟輪迴這些信仰？」

「那些不相信的人才奇怪，」佳甯笑道，「可能因爲我是女巫的後代吧。」

我嘴裡的食物差點噴出來。

大概是講到自己感興趣的話題了，佳甯開始滔滔不絕，「有時你覺得某人很熟悉，其實就是上輩子看過。前世今生會有關連的，例如有些人佛經一聽就懂，就是上輩子修過，是佛教徒。」

蒨蓉說：「好像有聽說前世的習慣會延續到今生之類的。」

我對這話題興致缺缺，便觀察起其他人。我注意到有一對男女很安靜，年紀跟我差不多，三十出頭。男的有一張三角臉，面目清秀，身子瘦小。女的看起來頗文靜，綁著一條蜈蚣辮，眼睛細長，琥珀色。

兩人顯然比較不擅社交，一直讓他們沉默下去也不是辦法。

「你們兩個漢堡還沒拿呢，」我旋動桌上轉盤，將漢堡轉到他們面前，「多吃點。」

「夏江不喜歡吃漢堡啦！」蒨蓉說，「啓恩倒是該多吃點。」

太好了，知道名字了，明明才剛讀過，卻忘得一乾二淨。

「喔，我不用，」啓恩輕聲說，聲音小得跟蚊子一樣。

「啓恩課修得怎麼樣了？什麼時候畢業？」老大問。

「大概再兩三年吧。」

「不簡單耶，念到音樂所博士，基本上博士就不是人唸的。要不要現場來表演一段？」

「不是明天婚禮時再表演嗎？」蒨蓉說，「說好每人都用樂器獻上一首曲子。」

「有說好都用樂器嗎？基本上我連五線譜都看不懂，不過這裡有卡拉ＯＫ，我用唱的就行。」

「他豎琴放在樓上呢，」夏江說，她的嗓音尖細得像隻貓，「啓恩，你要上去拿嗎？」

「在樓上就不用麻煩他了吧，」宗杰說，「那邊不是有鋼琴？叫奈威表演一段就好。」

「對啊！怎麼沒想到，基本上我們這邊就有個鋼琴大師，上吧！兄弟！」

老大推了推我肩膀。

我、我會彈鋼琴？完全沒印象。不過馬雅能模擬任何經驗，所以應該也能模擬彈鋼琴的經驗吧。如果我不會彈琴，它也能讓我誤以爲自己正在彈琴……

「那我就來試試吧！」我站起身來，「鋼琴在哪？」

「在舞台上啊！你沒看到嗎？」老大比了比前方。

「好，交給我。」我往前走去。

突然，整個人被扯了回來，佳甯拉住我的手臂把我轉過來，湊近臉龐，低聲說：「好好表演，別丟我的臉。」

她用力捏了我一把。我慘叫一聲。

「快去！」她把我推開。

走上舞台，打開黑色平台鋼琴的琴蓋，我的腦中一片空白。

馬雅，就靠你了。要是出糗，這個故事恐怕就演不下去了。

坐上椅子，兩手放上琴鍵。我微微轉頭瞥了一眼台下，數對期待的眼神像星星注視著我……除了佳甯。她一副「你不好好彈就死定了」的眼神。

我吸了口氣，手指動了起來。

一連串的旋律流洩出來，手指不停舞動，就像被一股莫名的力量控制，不斷製造出悅耳旋律。不知過了多久，當我停下來時，才發現剛才腦袋完全沒有進行意識動作，是本能在驅使我。

心中有一種熟悉的感覺——對鋼琴的熟悉感。我的確會彈琴。

台下響起熱烈的掌聲，就連站在角落的李媽媽跟小蒂都熱烈拍著手。

「你的即興鋼琴還是那麼強啊！」老大的響拍砸得特別猛烈，「基本上就是有職業水準！」

佳甯注視著我，唇角彎起。那是個特別的笑容。讓我聯想到幸福。

❖ ❖ ❖ ❖ ❖ ❖

「這才像話！」回到房間後，佳甯把我撲倒在床。她壓在我身上，托著腮，臉上掛著微笑。有一瞬間，我以爲她要趨身吻我，害我也傾身向前，但她立刻抽離開來，讓我撲了個空。

「喂喂！別得意忘形，懲罰還沒結束呢！」她又恢復皇后的姿態。

「我到底犯了什麼罪啊。」我呻吟道。

「不能抱怨，」她用食指戳著我的鼻子，一臉不懷好意的笑容，「不然再延長一天喔。」

……我已經不知道該說什麼了。

「不跟你廢話啦！要來趕今天的進度了，有一篇插畫快截稿了。」她說。

桌上放著一臺白色小筆電，旁邊則有一個灰色的方形面板，上頭擺著一枝筆。從我目前收集到的資訊得知，佳甯也喜歡用繪圖板畫圖。她不但替自己的小說畫插圖，也會接案，賺賺外快。

「女王請便。」我說。

外面突然有人大聲講話，然後是一陣喧嘩。

「怎麼了？」我看著佳甯。

她聳聳肩，「我好像聽見蒨蓉的聲音，要不要出去看看？」

我率先走到門前，佳甯緊跟在後，雪菲則蹦蹦跳跳跟在最後面。

走廊上沒有任何人，聲響似乎是從底下的樓梯間傳來。

來到樓梯口，望見蒨蓉、老大還有李媽媽母女等人，站在角落那石像前，嘰嘰喳喳地在吵些什麼。

「發生什麼事了啊？」我高聲道。

所有人都轉過頭來，臉色僵滯。

對了，警告開始了。

老大往旁邊移動，露出掉在地上的物品。碎裂的石塊。

「這是怎麼回事？」佳甯在我背後叫道。

「我剛剛下樓時看到的，」蒨蓉的聲音很平板，「石像有一部分碎裂了，我也不知道發生什麼事。」

3.

我跟佳甯走了下去，擠到那堆人身旁。

「你什麼時候發現的？」我問蒨蓉。

第一次跟她面對面近距離談話，才發現矮我半個頭，身高約一五五公分吧，臉上有清晰可見的顴骨斑。

「就……剛剛啊，」她嘴唇抿成ㄇ字形，「小朋友說他想再吃個饅頭，我就去跟李媽媽要。走到這裡，就發現了。」

「現在是幾點？」我問。

眾人面面相覷。

「小蒂，去大廳的時鐘看看，」李媽媽揮動著長滿繭的手掌。

瘦高的女孩跑下樓了。

「這碎裂的部分是什麼？」我彎下腰，盯視人像手中的物品。那把豎琴狀的東西被砸出一個缺口，凵形右邊的上緣斷掉了。

「小威，你什麼時候變成福爾摩斯了？我不記得你愛看偵探小說啊？」老大說，「基本上，你只差手上沒拿放大鏡。」

「這事不尋常，總得調查一下吧。你難道不知道這雕像是什麼嗎？」

「呃，不一定要知道才能買吧？」

「這是阿波羅，」佳甯開口，「他手上那東西叫做kithara，是希臘的豎琴。」

老大目瞪口呆看著她，「連我這老闆都不知道了，你怎麼會曉得？」

「拜託，我是寫奇幻小說的作家耶，神話多少有涉獵一些！」

「它怎麼會碎掉呢？」蒨蓉說，「不太像是自己破的。」

「你的意思是，它是被打碎的？」老大道。

「我不知道，只是隨便問問，因爲看起來怪怪的。」

「我不懂，太詭異了，」他捻了捻鼻子下的短髭，皺著眉。

小蒂在樓梯底下大叫：「現在是九點五十五分！」

「蒨蓉，你是多久前發現的？」我問。

「十分鐘前吧。我發現後，趕忙到樓下要告知老大。我以爲他人還在餐廳，結果在裡頭先碰到了李媽媽跟小蒂，一起回到樓梯口時，老大從房間走出來。」

「我聽見他們的聲音，便出來看看。」老大補充。

「我們離開餐廳時是幾點啊？有誰記得？」我說。

「應該是九點半左右，」李媽媽說，「我那時有注意時鐘。」

「大家上樓時，石像都沒異狀吧？」

「有的話一定會發現。」蒨蓉說。

「誰是最後一個上樓的？」

佳甯捶了一下我的頭，我差點叫出聲來，「你忘了嗎？大家一起上去的啊。」

「啊……對喔，這麼說來，應該是有人上去又下來。」

或者是……有人從樓下上去。我的眼睛不自覺跟老大對上。

「蒨蓉說得沒錯，也有可能是自己破掉的，」老大眨了眨眼，「基本上，這東西很舊了。」

「這材料是什麼？大理石嗎？」我伸手摸了摸石像。

「我記得是石膏。」

「石膏會因爲老舊而自己斷掉嗎？」佳甯問。

又是一片沉默。看來，大家的專業知識都不夠。

「好吧，」老大攤攤手，「我想不用大驚小怪，只是件小事而已……把地上清一清吧。」

「我來就好，你們去忙吧，」李媽媽說，「小蒂，去拿垃圾袋。」

「沒關係啦，多一點人幫忙也比較快啊，」蒨蓉邊說邊彎下身去撿拾石塊。

雖然李媽媽堅持自己清理，但佳甯和蒨蓉還是幫了忙，把碎塊丟進小蒂拿來的垃圾袋，李媽媽則一邊用掃把清理地板。我瞄了那破碎的缺口一眼。

「走啦，你在看什麼？」佳甯拉著我的手，踩上階梯。

「喔，沒什麼。」

我看到斷裂的碎口附近有黑色的痕跡，像是鐵鏽。

❖ ❖ ❖ ❖ ❖ ❖

回房後，佳甯跟我沒多談石像的事，她大概不想破壞婚禮的甜蜜氣氛吧！

「我要去畫一下圖，」她說，「你自己看要幹嘛。」

就在佳甯於書桌前埋頭苦幹的同時，我躺在床上，兩手枕在腦後，思索到底該怎麼進行調查。

老大說得對，我對偵探小說完全沒概念，要怎麼進行推理也毫無頭緒，但腦袋中隱約還是有某些偵探卡通的記憶——例如「名偵探柯南」。片斷的電影、漫畫以及動畫，這似乎是失憶後少數能提取的記憶。看來我是個喜愛影像勝於文字的人。

仔細想想，石像絕不是自己破的，上面的鐵鏽說明了有人用鐵鎚敲擊過，這是人爲事件！

但怎麼推理出是誰幹的呢？想到這裡，不禁嘆了口氣。

根本毫無頭緒啊。

不知不覺便到了午餐時間。我跟佳甯下樓去。

來到一樓，原本走在腳邊的雪菲突然往山莊大門奔去。玄關有簡單的休憩區，兩張沙發面對面靠牆放著，沙發前各有一張長桌。雪菲撲向左側的長桌，前腳抬起靠在桌上，張嘴不斷望著桌上的物品。

一個放在台座中的銀色地球儀擺在上頭，球體佈滿線痕。大概是拼圖地球儀。

「老大這邊有不少有趣的藝術品呢，」我說。

「當然，人家可是收藏家呢！」佳甯答道。

「看來雪菲想玩球。」

「雪菲不行！那個不能玩！過來這邊！」佳甯厲聲下指令。

雪菲猶豫了一下，發出不情願的叫聲，默默地放下前腳，走了回來。

「這樣才乖嘛，」佳甯彎下腰來搓揉雪菲的頭。狗狗倒也一副享受的模樣。

這女人對狗比對人好，總覺得她的結婚對象應該要是雪菲啊！

來到餐廳，發現我們兩個是最晚到的──不，應該說「我們三個」，雪菲也算是一個！

午餐是一般的合菜，山產居多，有養生雞湯、東坡肉、醉雞、山豬肉……等等，豐盛的菜色令人食指大動。

飽餐一頓後，老大請眾人移師到對面的娛樂室。這房間大小跟餐廳相同，在十三號房隔壁，由十五、十七、十九號房打通。裡面除了有小客廳外，還有吧檯、撞球桌。圖書區在角落，牆角立著幾座書架，地上鋪著木板，三套閱讀桌椅立於其上。書架旁的牆上還掛著一幅書法卷軸，以工整的筆法寫著「書中自有黃金屋」。

環顧四周，娛樂室牆上掛了許多稀奇古怪的東西。

「傳說中的珍品收藏王──張迅，」宗杰故作嚴肅地說，「終於展示他的寶庫了。」

「你沒看過我的收藏品嗎？」老大捻捻鬍子。

「你搬來這邊前也只看過一次啊……這是……？」

宗杰走近一張長桌子。桌上排列著許多骨牌，構成英文字「HAPP」的圖形，每個字母的顏色都不一樣。

「你也玩起這種東西啦！」宗杰說。

「有趣好玩嘛！小心別碰倒了，我還有一個Y沒排。」

「這不是十字弓嗎？」我看到牆邊的櫃子裡擺著一副黑弓。

「沒錯，上次你看到的那副啊，美國的豺狼十字弓，箭速可達每秒三百一十五英尺。」

蒨蓉一臉驚訝，「聽說十字弓不是要申請執照嗎？還是說不用啊？你該不會違法持有吧？哈哈！」

「哈，當然是合法的啦！但偶爾用用而已，不算專業的。倒是小威你要試試看嗎？你上次說想用用看呢。」

「這樣嗎？好啊，晚點吧，現在剛吃飽。」

「基本上你想玩的話就自己拿去用。」

「哇！這又是什麼？」蒨蓉盯著另一面牆上的物品，「有點嚇人耶！好怪的面具，演戲用的嗎？」

那是一副金色套頭面具，有點類似「歌劇魅影」中怪人戴的面具，但表情不同，有著一張苦澀的臉，細長的眼洞呈「八」字形，嘴唇也彎成倒U形。面具下吊掛著一件黑色斗篷。

「哦，那是一位做表演藝術的朋友送我的。」

老大向蒨蓉解釋起那位朋友的來歷，該劇團的歷史，以及這套服裝出現在哪齣戲……講得口沫橫飛，一副專家模樣。由於內容冗長無趣，我便走到一旁。

啓恩坐在長桌邊，神情專注，面前立著一臺黑色筆電，畫面上是一名勇士正在斬殺怪物，鮮血濺得到處都是。

「呼，這是哪款遊戲啊？」我搜尋自己的記憶，卻是一片空白。看來我是個不愛打電動的人。

「絕冬城之夜。」啓恩用蚊子般的聲音說，視線仍舊盯著螢幕。

「你玩得不錯呢，很熟練。」

「他呀，最愛打電動了呢。」

夏江不知在何時來到身邊，她個子頗高，跟我差不多，臉上畫著煙燻妝，看起來有些老氣。

「跟他一起打嘛，」我說，「促進感情。」

「才不要，我希望他婚後不要也這樣。」

「聽到了沒？」我碰了碰啓恩的肩膀。他沒反應。

「你應該也不愛打電動吧？還是你也會拉著學姊一起打？」

「噢，我不感興趣，佳甯更不用說了。我算是男人的特例吧。」

「欸，你們，」佳甯不知在何時湊到我身邊來，一副興沖沖的樣子，「老大說旅館後面有後山步道，要帶我們去走走，一起來嗎？」

「我跟你們去好了，」夏江看了啓恩一眼。

「怎麼樣，還有誰要跟？」老大走了過來，背後是蒨蓉。

「就我們三個，」佳甯一副很high的樣子。

這時候雪菲突然搖著尾巴跑到她身邊。

「不，四個，說錯了。」她蹲下身搓揉著雪菲的臉。小白狗一臉陶醉。

「呃……咳，」老大吸了吸鼻子，將視線從雪菲身上移開，「那兩個男人要打撞球，不去了，你們跟我來吧。」

一行「五人」跟著老大出了娛樂室，把撞球聲跟砍殺怪物聲拋在身後。

「後面那條森林小徑還不錯，」老大一邊走一邊說，「全部要繞一圈的話，基本上要半小時左右。」

「那是什麼樣的步道啊？」我問。

「那是——啊！」

老大這聲突如其來的大叫驚到我差點摔倒。只見他撲向大廳的沙發前，彎身探看桌上的物品。

我快速繞到他身邊，其他人跟了上來。

拆碎。

桌上銀色的拼圖地球儀被拆開了，有一大半被拆成碎片——不是還原到基本單位，而是連紙板都被拆碎。

4.

老大的眼神在破碎的地球和雪菲之間游移，頭頂彷彿在冒煙。

「不，不是雪菲，」我趕忙說，「她剛剛不是都在我們身邊嗎？」

「你確定？」老大提高音量，「那麼長的時間，你不可能注意力都放在她身上吧？」

「雪菲不會亂咬東西，」佳甯拾起桌上的碎紙板片，「而且這看起來不像被咬碎的啊，是撕碎的。」

「這眞的很奇怪，」老大捧著碎片觀看一陣後說，「早上是石像破掉，現在變成拼圖碎掉，搞什麼？」

「我就說嘛，早上我就覺得有問題了，石膏像哪有可能無緣無故碎掉……現在可好了，又有一個東西遭到破壞，會不會是旅館內——」

「我不相信是旅館內的人幹的，」老大打斷蒨蓉，「我們裡面沒有這種壞人，一定有醉漢潛進來。」

「這附近會有醉漢嗎？」蒨蓉問。

「呃……基本上，我是沒看過啦，不過不代表不會有啊！」

「還是附近旅館的人幹的？」佳甯說，「你同業的競爭對手。」

「這個嘛……也不能說沒有，你這麼一說倒是有可能，這附近有一家旅館叫做『白霧仙莊』一直很不爽我搶走他們的生意，搞不好是他們……」

「有必要報警嗎？」蒨蓉一臉擔憂地問。

「小威，你覺得呢？」老大望向我，「這兩天是你的場子，你決定吧。」

沉默了一陣。

「只是拼圖壞掉，警方不會理我們吧？」

「說得也是，況且警局離這裡很遠……也不太算警局啦，只是小分駐所。」

「現在報警不會有什麼結果，我們應該先搞清楚是不是有人惡作劇。」

當年羅奈威等人應該也是認爲嚴重性不夠才沒有報警，若是我現在報了警，故事就沒辦法照著劇本走了。

「那這樣好了，」老大捻捻鬍子，「你們自己去散步，我來調查這件事。」

「調查？」我瞪大雙眼，「你要怎麼調查？」

「我找找看有沒有外人入侵的痕跡，順便查一下我說的那家旅館是否有奇怪的動靜。」我還沒開口，老大就揮揮手，「不用擔心，基本上應該沒事的，總得要確定有沒有醉漢躲在裡面吧！」

「我也覺得這樣比較好，」蒨蓉說，「不然實在是覺得怪怪的，也許那個醉漢躲在床底下呢！老大你可要好好找……對了，帶支球棒防身會比較好吧！不過你這邊有球棒嗎？」

「沒有球棒，但我會拿把菜刀。」

「不是聽說你有練過跆拳道嗎？」蒨蓉說，「好像練到黑帶對吧？三段還是四段？如果有歹徒你應該能對付。」

老大搖頭苦笑，「別開玩笑了……那個，後山入口很好找，後面那片森林就是了，快去吧，天色暗得很快。」

就這樣，我們四人加上雪菲，離開了大廳，來到戶外。從外面看，青雲山居果然是一棟長方狀的旅館，三層樓，外觀是紅色混雜著五顏六色的圓環圖樣，基調是四個圓環上下並排，第五個圓環介於四圓之間。

旅館後頭延展著一片草坪，草坪再過去則是森林，應該就是後山了。

從四周的山勢看來，這裡的海拔其實很低，充其量只是丘陵地罷了，外頭的空氣有些冰涼，但還不至於冰冷。

森林入口有一道木製階梯，佇立一旁的指示牌註明：翠林步道。還畫有小地圖。

這是一趟愉快的健行。翠綠樹林搭配優雅原木棧道，好不享受。我突然有股衝動，想躺下來，盡心品嘗這片美景，永遠不要離開。

蒨蓉與夏江走在前頭，她們很識趣地自顧著聊天。

「你剛剛是不是有打給我啊？調震動現在才看到。」蒨蓉說。

「哎呀，眞不好意思，最近總是會自動撥號，後天要拿去修了……」

雪菲跟在身旁晃來晃去，尾巴高舉著，顯然心情很好。我總覺得她的臉有點像佳甯。

佳甯緊緊握著我的手。感受著那溫度，我突然發現，她對我的在意，絕對不在雪菲之下。想到這裡，我也不自覺緊握住她的手。

她停了下來。

「怎麼啦？」我問。

她起先沒說話，似乎在思考什麼，然後轉過頭來看我。「我在想，要不要解除對你的懲罰。」

「哦？眞的呀。」

「嗯，看你表現良好，也許可以假釋唷。」

「那你決定如何？」

「好吧，親你一下。」

電視劇或電影中，好像都會有這種場景吧。男女主角接吻之前，那種含情脈脈的凝望。這就是我正在做的事。我頓時臉紅心跳。

兩人傾身向前，就在正要交會之際——

佳甯突然往旁錯開，我往前跌去！

「哇！你幹嘛啊？我差點摔倒耶！」我趕忙穩住腳步。

她兩手交叉胸前，偏著頭說：「不行，我改變心意了，不能太便宜你。」

我苦笑道：「我從來沒有要你便宜我啊。」

她用右手食指戳戳我的額頭，「但我說你表現好是真的。」

「恭謝女王。」

「開心嗎？要跟我結婚了。」

「很開心，一切就像一場夢。」

「不是夢，我們好不容易才走到這步。」

是夢，你只是我夢中的一個角色。

「雖然不是夢，」我說，「不過就像『夢中的婚禮』一樣浪漫。」

「你什麼時候有作家的天份啦，」她咧嘴而笑。

由於我們走的速度不快，中途也停下來聊了幾次天，等回到步道入口時，已經過了一個多小時。

「在草坪這邊坐一下好不好，」蒨蓉提議，「腳快痛死了，這種鞋子不適合走路，早知道穿球鞋出來……啊，我好像也沒帶。」

「當然好，」佳甯答道，「我也累了。」

就這樣，我們面對旅館後側，在草坪上坐了下來。雪菲也趴在地上，前腳交叉，一副優雅樣。

「各位不介意我暫時把鞋子給脫了吧，」佳甯說。還不等任何人回答，兩隻平底鞋已經躺在草地上。

「這旅館的牆壁圖案好怪喔，」蒨蓉望著前方，「好像奧運的標誌，可又不太像，有特別的意義嗎？」

「老大好像有提過，」佳甯回答，兩腿盤了起來，「五個圓圈代表五穀豐收。」

「中間那圓圈有點像靶心耶，」我瞇著眼盯視著。

「這倒讓我想起以前大學時修過的壘球課，」佳甯說，再次搓揉起雪菲。

「壘球課？」蒨蓉瞪大雙眼，「啊對！我想起來了，那時你修壘球我修高爾夫，我記得你打桌球也滿猛的！看不出你這文人也是運動好手呢！」

「我從不自詡爲文人啊！我雖然都宅在家裡寫作，但運動還是很強的！」

「你說壘球課跟那圓圈有什麼關係啊？」我插嘴。

「喔，以前期末評分時，就是考投球啊！」

「投球？」

「牆壁有畫靶心，每人投五十球，至少要三十球擊中才算通過。」

「三十球？那很困難耶！距離多遠啊？」蒨蓉叫道。

「三十球還是幾球？我忘了啦！距離我也忘了，反正有點遠就是了。」

「咦，那是什麼東西啊？」一直默不出聲的夏江突然開口了，手指著前方。

一樓右邊算來，第二扇窗戶前，出現一道人影。

「啊！」蒨蓉頓時發出尖叫。

那人站在紗窗後面，戴著稍早在娛樂室看到的金色面具，身披黑斗篷。

「是、是誰？」夏江的聲音顫抖著。

面具突然消失了蹤影。

「是惡作劇吧！」佳甯用一派輕鬆的語氣說，「大概是老大的玩笑啦！」

「是嗎……好像也對，」蒨蓉臉色稍微鎮定下來，「有可能喔！一定是他！剛剛那麼仔細地解說那面具，現在想拿它來嚇人！」

「眞是幼稚無聊的把戲！」佳甯搖頭。

其他三人說起老大的壞話，我卻陷入沉思。金面具的影像在腦中縈繞不去。

❖ ❖ ❖ ❖ ❖ ❖

稍後，所有人聚集在飯廳，準備祭五臟廟了。

我這才注意到佳甯跟夏江吃飯前都有禱告。看來，夏江也是基督徒，搞不好都曾經上同一所教會。

蒨蓉開始高談美食經，其他人紛紛加入討論，大家好像都忘了拼圖的事。我認爲這是個好機會。

「嘿，老大，」，我耳語道，「結果你調查得怎樣？」

他眉毛瞬間鎖得死緊，「基本上，啥都沒有。但這不代表沒有人溜進來。」

「什麼意思？」

「除了晚上的時間，大門一直是敞開狀態，誰都能進來。」

「旅館內沒有外人進來的痕跡嗎？」

「沒有，」老大停頓了一下，「至少我沒發現。」

就在我欲繼續追問之際，突然被蒨蓉打斷，美食討論蔓延到這裡來了。我只好加入他們的話題，就這樣一路聊到晚餐結束。

下一波恐怖攻擊是在晚飯後，大家魚貫進入娛樂室時。

「那邊是怎麼了？」宗杰伸出右手指著圖書區的木製地板。

一本書被打開，以頁面朝下的方式覆蓋在地上，封面寫著：《揭開外星人的神秘面紗》。

此外，原本掛在牆上的書法卷軸掉落在一旁，中間被人割開了。「書中自有黃金屋」這排字縱向裂成兩半。

「怎麼回事？」老大撲向卷軸，「這是前幾天小蒂特地從家裡帶來要幫我裝飾用的，該怎麼跟她交代！」

所有人默默移動到閱讀區附近。

我彎腰把書拿起。蝴蝶頁被垂直撕開一條縫，剛好斷在「面紗」兩字之間。

「夠了，一定有問題！」老大放下斷裂的卷軸，直起身子，「是誰幹的？這已經是第四起了！」

「第四起？」宗杰說，「在這之前還發生了什麼嗎？」

老大的視線落在我身上，然後望向佳甯，臉色有些猶豫不決。

「沒關係，」佳甯說，「就告訴大家吧。」

「好吧，」老大嘆了口氣，「各位，是這樣的……」

就在老大述說完白天發生的破壞事件後，現場一片沉默。

「有人在搞鬼……」蒨蓉的語氣顯得驚恐，「白天有石像被敲壞，然後拼圖被打碎，現在又有兩件……」聲音細小到聽不見。

「面具，」我環顧四周，「那個面具在嗎？」

「什麼面具？」老大問。

「對喔！」蒨蓉說，「都忘了這件事！下午我們看到有人戴著那個金面具，不是你嗎？」

「你在說什麼？我聽不懂。」

「面具跟斗篷都不在了，牆上沒東西。」我說。

我對老大說明了下午看到的人影。

「不、不是我，」老大慌忙揮手，「哪那麼無聊！」

「那麼是誰？」

老大環視所有人，臉色緊繃，「各位，我想一定是『白霧仙莊』的破壞計畫！」

「你是說你的競爭對手……」蒨蓉說。

「沒錯，他們本來不叫這個名字，是模仿我的旅館改名的……他們恐怕派了人潛進來，那座山莊在一公里外……」

「你的意思是，這旅館躲著外人？」綽號小朋友的文智一臉嚴肅地問。

「怎麼會啊？太可怕了吧！」蒨蓉驚叫。

眾人陷入七嘴八舌的討論，我注意到佳甯默然不語。

「怎麼了？」我問。

她的神情不太對勁，雙眉微蹙，似乎正深思著。

「佳甯？」我又呼喚了一遍。「你沒事吧？」

她轉過頭來。「喔，沒什麼。」

我正要接話時，才發覺她眼睛根本沒在看我，而是轉向老大那群人。老大跟蒨蓉正爭論著到底要不要報警或採取調查行動，其他人則有一句沒一句地插話。

「不需要報警！」佳甯突然高聲說。

所有人停了下來，轉過頭來看她。

「我想不會是什麼白霧仙莊主導的破壞行動，」她說，「這事情沒有危險性，讓我們忽略它吧！」

「可是，佳甯，」蒨蓉一臉擔憂，「感覺就不太對勁呀！爲什麼不理會？還是說你知道——」

「我目前什麼都不知道，」她停頓一下，「還不到知道的時候……重點是，我只確定沒有危險性，我不想讓這件事破壞我跟奈威的婚禮。」

「佳甯，」老大咕噥，「你眞的不知道——」

「照我的話就對了！報警我們就不用結婚了！」她的語氣急促且具壓迫感。

「好好，」老大似乎也感覺到佳甯有些發怒，「這是你們的場子，你怎麼說我們怎麼做。」

「佳甯，眞的沒問題嗎？」蒨蓉的嗓音有些顫抖。

「相信我，」佳甯把雙手搭在蒨蓉肩上，看著對方，「不必擔心，這只是惡作劇罷了。」

「惡作劇？」

「學姊，」夏江突然開口，「難不成，這是婚禮的餘興節目？」

「這倒是個可能性，」文智用單調的語氣說，「老婆，你就別緊張了，你這樣子破壞人家的婚禮，多掃興。」

「是這樣嗎？」蒨蓉說，「好吧，我知道了……不過，也不必弄得這麼恐怖嘛……欸，佳甯，眞的是餘興節目？」

佳甯臉色鬆緩了些，「算吧，總之，說破就不好玩了。今晚到此爲止，好嗎？」

眾人又是一片沉默。

「好吧，」老大攤攤手，語氣有些無力，「散會。」

❖ ❖ ❖ ❖ ❖ ❖

「小甯，你是不是知道什麼事？」

蒨蓉邀我們到她房間聊天，消磨兩個小時後，我跟佳甯回房。

「你在說誰？我討厭不熟悉的名字，」她走到桌邊，把筆電掀開。

「呃，這是最新的暱稱。」我還以爲是正確的暱稱，原來錯了。

「我不喜歡。」

「那叫甯寶如何？因爲你都叫我威寶。」

「你不要命了嗎？」她轉過頭來，面無表情。

「算了，我只是想問你，關於剛剛的事——」

「我不想談。」

「爲什麼？」

「我只想高高興興地舉行婚禮。」

「可是，這件事好像有點嚴重啊？有人在婚禮會場搞破壞，你不在意嗎？」

她走過來，站在我面前，視線冰冷。「我非常在意，這就是爲什麼你不要再問的原因。」

「我不懂，你——」

「我現在不想談爲什麼，只能跟你保證沒事，好嗎？忘掉這件事！」

她的眼睛直勾勾地注視著我。我一時語塞。

「你不想娶我嗎?」

我看著她的雙眸,「想,當然想。」

「那就別提。」

「好吧,我不提了。」

「……我先去洗澡。」

「嗯。」

佳甯拿了衣服,進入浴室。我踱步到窗邊,看著外頭黑暗的山群。

想起來了,劇本有提到,反對報警的人就是佳甯,理由是不想破壞婚禮。

不管我怎麼看,都覺得這個理由不夠強。從佳甯的反應看來,她明顯知道內情。可爲什麼不說?

佳甯暗中安排了餘興節目嗎?但卻發生兇案。是不是什麼地方走岔了?

或者,餘興節目只是個幌子?背後有更複雜的隱情?

我甩了甩頭,覺得腦袋快燒爛了。這件馬雅中的案子,混亂程度跟科技公司的駭客事件有拚。沒有貝亞的協助,我一個人完全理不出頭緒來。

仔細想想,不管破壞行動是不是餘興節目,佳甯被殺都是事實,這就代表,存在著一名兇手,而他破壞的最終目的是殺人。

說到破壞行動,我完全不能明白背後的意義。純粹只是要引起恐慌,還是還有別的涵義?

重點是,這個人到底是誰?

我腦海中掠過旅館內的所有人:老大、蒨蓉、文智、啓恩、夏江、宗杰、李氏母女。

今天跟這些人接觸後的感覺就是,實在不太相信裡面會有殺害佳甯的人。不可能,他們都是好人!

我開始認眞思考起老大提過的可能性：外來者。如果是外來者殺了佳甯，那麼絕不會是什麼旅館業的商業間諜，應該是跟她有仇恨的人。

愈想愈覺得說得通，這人一定跟她有感情糾紛，想要破壞她的婚禮……但是，旅館內眞的有這樣的人躲藏著嗎？

又開始覺得頭痛，果然還是不適合做思考工作。我看，這麻煩事還是丟給貝亞吧！我收集資訊，她來動腦。不對，老早就這麼說定了不是嗎？

就在我打算癱躺到床上時，視線剛好停在佳甯的筆電。

對了，也許裡面會有什麼線索！假設眞存在跟她有感情糾紛的人，電腦裡頭會不會留有相關信件還是訊息？

我瞄了浴室一眼，她進去不到十分鐘，要偷看就趁現在。

迅速坐到桌前，我操作起小滑鼠，桌面有一個資料夾捷徑：Thalia的文件。大概是佳甯的英文名字吧。我點擊圖示。

出現許多資料夾，瀏覽一陣，我的目光很快被其中一個給吸引：信件。

點入後又出現許多資料夾，其中一個是：給J。

看起來好曖昧的名稱！難道……眞的被我猜中了？

資料夾裡有三個WORD檔，分別命名爲一、二、三。

我用顫抖的手指點開離游標最近的檔案一

5.

Dear J,

今天我很愉快，謝謝你。

堤防的晚霞很漂亮，可以的話，想再去一次。不知何時才有機會就是了。

這幾個月我覺得好像在作夢，無法置信自己所遭遇的事。

遇見了你，從原本的陌生，到發現你就是我的真愛，只是一瞬間的事。

與你談話中，一抹靈光乍現，讓我窺知了真相。原來近在咫尺，就在眼前。

從你身上，我看見了過往的一瞬間，雖然都跟你提過了，但忍不住想再回憶一遍。

看著你說話的姿態，某個片段畫面湧現，然後是更多的畫面。

一對男女赤著腳，坐在河邊的小橋上，四條腿踢著水，看著水中的小魚。小女孩手上抓著幾朵小花，拋到空中，紅色花瓣散落，就像紅色的雪。兩人笑得開懷。男女年紀不超過六歲，男孩衣著體面，女孩卻穿著破爛的布衣。

一對男女站在同樣的河邊，岸邊圍著許多人，不少孩子在戲水。兩人卻只是靜靜凝望。男孩非常安靜，緊緊牽著女孩的手。他們已經長大了，約莫十來歲。

一對男女，盛裝打扮，女孩穿著白色衣袍，上頭畫滿紅色的花朵；男孩身著寬大的黑袍子，戴著眼鏡。這似乎是場日式的婚禮，也許是二十世紀初期的日本吧。許多盛裝打扮的人聚在一旁，臉上充滿了喜悅，祝福著這對不到二十歲的新婚伴侶。

一對男女，處在一間和室中。女人躺在榻榻米上，蓋著被褥，神色相當痛苦。男人彎身看著她，神情十分落寞。四名小孩圍在一旁，最大的不超過六歲。

男人緊握著女人的手，兩人的視線緊連在一起。女人的視線逐漸消逝……

女人死了，在不到三十的年紀。

J，你知道嗎？這就是我們的上上輩子，這些畫面是我從你身上看到的。我知道我們上輩子是夫妻，上上輩子也是，這輩子，沒有理由不成為夫妻。

但是，前世的記憶，直到我遇見你後才甦醒，無奈我已經跟R在一起了。

現在還不遲，我們會在一起的。

我知道我們會在一起的，永遠在一起。

永遠愛你的T

我將游標移到工作列角落的時間顯示，今天日期是二〇一一年十月十五號，佳甯遇害前一天。

心跳愈來愈快。T應該就是佳甯的英文名字縮寫，而信中提到的R是指我嗎？羅奈威的羅馬拼音開頭好像是……R。這麼說來，佳甯的確有著秘密情人！

懷著忐忑不安的心情，我繼續閱讀檔案二中存放的信件。

Dear J,

非常抱歉，昨天本來要跟你碰面的，但R竟然臨時跑來找我，說要給我一個驚喜。他做事情就是這樣，每次都不事先告知。我沒機會打手機給你。我把手機調成靜音，你撥了這麼多通電話來，讓你擔心了。抱歉。

我趁他在樓下跟我父母聊天時，偷偷寫這封e-mail。

Dear J，也許這就是冥冥之中的安排，命運的注定，上帝讓我們再相遇。感謝神吶！我一定會想辦法跟你在一起的！

他似乎上樓了，我會再寫信給你。

愛你的T

我聽見浴室的水聲暫停了，佳甯似乎快洗完澡了。這個檔案只剩一點，我得把握時間看完。

Dear J,

必須告訴你一件嚴重的事。

R又開始在提結婚的事了，因為他父母反對我們的婚姻，因此他決定自己舉行秘密婚禮，這周末他要帶我去他朋友的旅館探勘場地，他打算在那裡結婚。先舉行婚禮後再去辦理登記。具體結婚日期未定。

你去國外旅行什麼時候才會回來？R隨時都有可能舉行婚禮！我不知道怎麼脫身才好！這件事來得太突然了，我無法照原定計畫進行。

J，我該怎麼辦？你有什麼好辦法？

檔案到這裡結束。我遏止不住心中的震撼。

羅奈威被未婚妻背叛了，有一名隱藏的第三者。這個人，很可能就是兇手。

這些信件應該是e-mail的底稿，佳甯先在word打完，複製再貼到信上，如果是這樣，這三封信之間或之後也有可能有好幾封沒在word留下底稿。不管怎樣，對方不可能沒有回信，問題是，回了什麼？佳甯最後又爲什麼會被他殺害？這之間究竟發生了什麼事？

就在我打算打開outlook查看時，浴室傳來聲響。

我趕緊關掉視窗，蓋上電腦，正要跳到床上時，差點被雪菲絆倒。小白狗哀叫了一聲。

「雪菲怎麼啦？」

佳甯圍著浴巾從浴室走出來。

「沒事，我不小心踢到她。」

「你是怎樣？」她站在鏡子前望著我。「臉色好怪。」

「沒啦，我在跟雪菲玩。」

「你不要故意逗狗喔！我爸就是最喜歡逗到她生氣，這樣容易讓狗脾氣不好！」

「我知道，我沒那麼誇張啦。」

她拿起桌上的吹風機，「還好有帶吹風機來，還是自己的用得比較習慣……你趕快去洗吧。」

「……好。」

我裝作一副若無其事的樣子，從行李箱拿出換洗衣物，進入浴室。

沖澡的過程，我一直試圖讓心情穩定下來，但方才三封信的內容卻不斷浮現。

佳甯眞的是背叛者嗎？我看不出來！

畫虎畫皮難畫骨，知人知面不知心。這句古諺，此刻悄悄爬上心頭。

半小時後，準備就寢，佳甯熄掉房內的燈光，我與她躺在床上，雪菲則躺在地板上。室內一片黑暗，我隱約可聽見她的呼息。

「好期待明晚，」她轉過身來，面對我。「我們終於要結婚了。」

「我可以問你一件事嗎？」我說。

在黑暗中注視著她的臉，我不禁迷惑起來。

「如果是無聊的問題我就不回答。」

「你眞的愛我嗎？」

「拜託！你在說什麼啊！」

「我的意思是，」我猶豫了一下，「你愛的不是別人？」

「這就是無聊的問題！你在發什麼神經？我要延長你的懲罰，你一個禮拜內都不准碰我！」她轉過身去，背對我。

「佳甯，我——」

一陣急促的鬧鈴聲突然響起，在靜謐中，格外清晰。

聽起來很像是手機的鬧鈴。

「是你的手機嗎？」我問。

她沒有回答。恐怕是故意裝作沒聽見。

「佳甯，」我搖了搖她，「是你的手機嗎？」

她用力甩掉我，把棉被往身上拉。

我靜聽聲音的來源，好像是從桌子那邊傳來的。

跳下床，走到桌邊，一支手機放在佳甯的電腦旁。

是我的手機。我睡前擺在桌上。

我將手機拿起來，上頭是備忘錄鬧鈴，螢幕顯示著三個字：移轉器。

糟糕！我忘了時間！

我迅速將鬧鈴關掉，手機時間是十點半。我記得貝亞說要在十一點前進入移轉器，否則將啓動自動切換。

難怪佳甯沒聽見鬧鈴，那是只有體驗者才能聽見的警報。

我撈起丟在椅子上的衣褲，快速穿好，把手機塞進口袋。

「你要去哪？」我走到房門前時，佳甯在身後叫道。

「沒事，你趕快睡吧，我馬上回來。」

沒等她回答我便關上門。

來到走廊上，靜悄悄的，幽深的長廊勾起心底的一陣空寂感。

我記得瑞德說移轉器在十四號房，應該在一樓。

來到樓梯口，輕踩著腳步下樓。

一樓空蕩蕩的，只有走廊的小燈亮著。

下了樓梯往左，第一間房是十二號房，那是李媽媽跟小蒂的房間，對面是十一號房；這裡的房間構成是單數房與雙數房夾著長廊對望，因此十二號房隔壁就是十四號房。

我走到門前，轉動門把，上鎖了。

忘了這裡的房間都是關上就自動上鎖，得要有鑰匙才行！

鑰匙應該在老大那邊。

十一號房就是老大的房間。

長廊顯得陰暗深邃，餐廳傳來微弱燈光，大概是李媽媽跟小蒂在準備明天的食物吧。

敲門後，門往後開，老大那顆光頭背著燈光出現，他穿著白色睡衣與棉質室內拖鞋，一臉疑惑。

「怎麼啦？」

「呃……你可以給我十四號房的鑰匙嗎？」

「十四號房？你要幹嘛？」

糟啦，連藉口都還沒想好就跑來敲門了。

「那個……我有一張重要的記事紙條不小心掉在走廊上了，它滑進了十四號房底下的門縫。」這個瘸腳的理由連我自己聽來都十分不可信。

老大皺著眉，一副聽不太懂的模樣，「哦？這樣啊。」

「我開一下馬上就還你。」

「你等我一下。」

老大消失了一陣，再出現時手上多了一把鑰匙，繫著一塊塑膠牌，寫著：十四。

「謝啦。先休息吧，等等再來敲你門。」

門關上後，我轉身走向十四號房。

站在房門前，我將鑰匙插入，打開門，進入，將塑膠牌插在門邊的發電槽，按開電燈。

裡面的擺設跟其他房間一模一樣，空氣有些不流通。我在室內繞了一圈，完全沒看見移轉器的蹤影。

印象中它的長相跟馬雅類似，細部構造略有不同。還是大幅更改形態了？

既然貝亞沒特別提醒，應該是沒改才對啊……

我繼續尋找，掀開衣櫃、查看浴室，連床單都翻開了，就是沒有。

瞄了一眼手機時間，已經十點四十七分了。

糟糕！快沒時間了！

心跳開始加快。我已經失憶一次，如果再來個神經損傷，大腦恐怕就完蛋了。到底該如何是好？究竟出了什麼差錯？爲什麼找不到移轉器？

十四號房，十四號房……不是十四號房的話……

對了！我知道了！

我一定是將「四十」聽成了「十四」！

瑞德在告訴我移轉器地點時，我人已經躺在馬雅內，他坐在機器後邊說話，那時就覺得他的聲音有些模糊，因此我才會聽錯！

沒錯！移轉器鐵定在四十號房！

四十號房的話……應該是在樓上！

我飛奔出了十四號房，將門甩上，重新回到十一號房前，急促地敲門。

「喔，好了嗎？」老大從門後出現。

「呃，可以給我四十號房的鑰匙嗎？我記錯了，我東西掉在四十號房，不是十四號房？」

老大一臉疑惑地盯著我，我在他開口前接著說：「趕快給我鑰匙吧，我有點趕……」

「等我一下。」

我把十四號房的鑰匙遞還他，他很快找出四十號房的鑰匙，遞交給我。

「小威，」老大說，「基本上我眞的不知道你在搞什麼，不過還是早點睡吧，明天是大日子呢。」

「謝啦！」我輕點個頭，然後轉身跳上階梯。

來到二樓，右手邊第一間房是十六號房，左手邊第一間房則是二十六號房。

雙數號再延伸過去的話的確有可能到四十號，因此我朝左邊走。

二十六、二十八、三十、三十二、三十四……三十四號房是最後一間。已經是走廊盡頭了。

看來四十號房在三樓。

再不快點就完蛋了！

我轉身朝樓梯奔去，三步併作兩步跳上三樓。

這時，底下傳來急促的腳步聲。

我在往三樓的樓梯間平台停下來，望向二樓走廊，一道人影閃過，朝走廊左側轉去。

心中升起不祥的預感。

快步下樓，來到二樓第一級階梯，隱約聽見門移動的聲音。

有個人站在我的房門前，右手握在門把上，似乎正在開門。

「喂！」我踏上走廊，大聲叫道。

那道人影轉過頭來。

在走廊昏黃的燈光下，我辨認出對方的臉孔。

他戴著樓下那副金色面具，身披黑斗篷，手上戴著黑色手套。

「你是誰！」我朝對方撲過去！

金面具突然做出一個匪夷所思的動作：在我碰觸到他之前，他手探入斗篷中，然後迅速彎腰，好像把某個物品扔在門邊，然後往長廊底端退去。

他丟了什麼在地上？

撲到門前的我本能地彎身，伸手在門板邊亂摸，結果什麼也沒找到。

就在那一瞬間，對方迅疾地奔過我身邊！

原來只是想轉移我的注意力！

我立刻直起身追在他身後。

對方很快地下了樓梯，來到一樓的長廊，往右邊拐去。

我緊跟在後。對方跑了沒幾步，立刻轉入右邊第二個房間。不知爲何，房門是開著的。第一間房是二號房，那是老大父母的房間，目前人不在；對面一號房則是老大的辦公室。

我也轉進房內。

金面具奔到窗邊，用力扭開窗戶和紗窗，爬了上去。

我沒追過去，只是呆立在當場。

透過窗外的月光，隱約可看見一台近似馬雅的機器與床鋪並排，它的形狀神似巨型的麻糬，側邊的門拉開，露出裡頭的空間。那是我曾見過的移轉器。

金面具跳出窗外，消失了蹤影。

我轉身回到房門邊，門上貼著金字號碼「4」。我忽然明白了。

當時瑞德並不是說「十四號房」，而是「是四號房」！我並非是因爲聽不清楚而聽錯，而是對方說中文的口音而聽錯！

難怪我覺得奇怪，如果是十四號房，入口怎會鎖起來？這樣不就妨礙我進入了？這個房間一定是在時間逼近時會自動開啓，剛好金面具無路可逃，發現這扇門是開的，才讓我誤打誤撞發現移轉器。

掏出手機一看，已經十點五十七分了！我得趕快找到S-Substance！

由於沒有鑰匙，無法開啓這個房間的電燈，我只好打開手機的手電筒功能，搜索著移轉器四周。

機艙內放著一個小碟子，上頭是一個白色藥錠，還有一小杯水。

我迅速吞下藥錠，接著把手機擺小碟子上，再把整個碟子移到地上。

爬入移轉器，我取下掛在艙內的電極頭罩，仰躺下來，將頭罩戴上，眼前頓時一片黑。

套上的那瞬間，我突然想到一件事。

那名戴面具的人進入三十一號房到底打算做什麼？謀害佳甯嗎？可是佳甯隔天才被殺。在原來的事件中，剛剛的追逐戲碼應該是不存在的，這只發生在馬雅內。換句話說，面具客的侵入沒有被我打斷。

他被其他事情打斷了？或是沒有，並且做了某件不爲人知的事？

總之，至少佳甯今晚應該沒有危險。

不知爲何，想到這點便覺放心許多。

也許是爲了心安，我順手將滑門拉上。閉上雙眼，此刻視覺、聽覺一片空白。

移轉器開始啓動，可以感覺到電流湧入頭部，頭皮又開始有刺激感。

我逐漸失去了意識。

MAYA（1）

1.

意識到自己，意識到自己的意識。但意識的內容一片空白。

意識感，逐漸從心靈世界蔓延到軀體。

視線所及一片漆黑，我緩緩動了動雙手，伸手捧住頭罩，取下。左邊的門自動滑開，光線滲透進來。我瞇起雙眼。

一名女人的臉出現在開口處。那張心形臉，明亮的雙眸與柔順的瀏海……我想起來了，是貝亞。一瞬間，記憶湧入腦中。

總算交接回自己的神經系統了吧。

我將電極頭罩掛在機艙內的掛鉤上，坐起身，從艙門爬出。

「Welcome back to Maya Inc., dude。」瑞德的聲音從後側傳來。

我扶著馬雅的機殼，站穩身子，轉過頭去。美國人做了個舉手禮，臉上掛著微笑，嘴唇依然不停地咀嚼。

「感覺如何？」他問。

「頭有點重，不過還好。」

「很快就會過去的，你的神經系統被電腦掌管了一陣，現在正恢復中。」

「我差點以爲自己回不來了。」

「哈，眞是驚險。你找不到移轉器嗎？不然怎麼拖這麼晚？」

「我記錯位置了。」

「難怪。原本想送幽靈程式進去幫你導引，但我發現你的腦部在最後一刻終於進入suspending，就知道relay沒問題了。」

「老天，我有很多事要報告。這一切太不可思議了……我從未有過這麼奇妙的經歷。」

「你現在能討論案情嗎？還是需要休息一下？」站在一旁的貝亞問。

我伸了伸懶腰，「我很好，只是肚子有點餓。」

「我請人送早餐過來，你可以先去浴室洗把臉。」她對瑞德使了個眼色。

「這時候電腦叫餐最方便啦，」美國人說。手指開始在鍵盤上舞動。

十分鐘後，高個子的紅髮女人Lindy出現了，她端著一個黑色方形托盤，上頭是三份麵包，還有一杯咖啡、兩杯牛奶以及一疊面紙。

Lindy把托盤放在向日葵造型的矮桌上。

「謝啦。」我微笑。

「No problem。」她也微笑。

Lindy與其他兩人交談幾句話後便離開了。我聽不懂他們說了什麼，大概是寒暄吧。

瑞德走過來拿了他的早餐，又回到電腦前坐下，一邊敲著鍵盤一邊啃著麵包。我則與貝亞面對面坐在矮桌旁，開始用餐。

我的餐點是培根蛋貝果，咬了一口再配上牛奶，眞是美味。貝果沒有烤到過硬，牛奶的濃度也恰到好處。餐點份量剛剛好。

「可以開始了嗎？」當我解決早餐後，貝亞問。

「當然……這貝果眞不錯。」

「要的話可以再叫呢，」瑞德說。

「謝了，我想先這樣就好，」我拿起面紙擦擦嘴，「貝亞，我要怎麼報告呢？告訴你我的想法就行了嗎？從那台電腦，」我指了指瑞德的方向，「你們不是可以知道所有發生的事？」

「那些都是數據資料，只有體驗者能掌握實質內容。所以還是得請你大致描述事件的流程，不用鉅細靡遺，快速告訴我重點就行了。」

做報告我最不擅長了，只好想到什麼說什麼。我從一開始在房間中與佳甯接觸說起，直到最後誤打誤撞找到移轉器爲止。過程中貝亞問了一些問題，導引我更快速簡潔地講述事件經過。這花了約半小時。

「雖然你還沒有體驗後半部的劇本，」貝亞從口袋中取出一張熟悉的紙條，「但我們已經可以記錄下目前的疑點。」

她將紙條放桌上，拿出筆，開始書寫起來。

陳佳甯一案疑點。

1. 兇手是誰？

「你有什麼想法？」她抬眼問。

「我認爲不是旅館裡的人。」

「理由呢？」

「怎麼說呢？羅奈威的那些朋友，怎麼看都不像是會殺人的人。我覺得應該是外來者幹的。」

「但你沒有證據。」

「……我知道，可是，我相信我的直覺。」

「直覺很重要，證據也很重要。」

「那我就不知道該說什麼了，兇手一定是佳甯信中提到的那個男人。」

「那只是個可能的選項。你會再進入馬雅一次，我幫你寫個調查備忘錄。」貝亞攤開筆記本，撕下一頁，然後在上面寫下兩行字。

調查備忘錄

1. 徹查住甯人際關係

「金杰先生，」貝亞看著我的眼睛，「別忘了我先前提過的，你性格上的弱點。不要被先入爲主的意念阻礙了其他可能性。徹查旅館外的人，但也要徹查旅館內的人。」

我攤攤手，「我懂。」

「你得要調查所有人的不在場證明。」

「什麼不在場證明？」

「破壞行動的不在場證明。總共有八起破壞事件，目前你經歷了四件。你得做個記錄，註明所有人在每件破壞案發生時，是否擁有不在場證明。」

「記錄？怎麼記錄啊？」

貝亞從筆記本中掏出一張早已撕下的紙，遞給我。上面畫了一個整齊的表格，第一行列出了所有案件關係人，第一列則列出八件破壞行動的名稱。

「把這個表的格式記在腦中，」貝亞說，「你進入馬雅後，自己畫一張，一邊調查一邊將結果塡上去。」

「可是……我不能將那張紙帶出來吧？那是虛擬的啊！」

「所以你得把結果背起來，回到現實後，將結果塡進我畫的這張表格。」

「這麼瑣碎的東西，我怎麼記得住啊？又不是福爾摩斯！」

「多抄寫幾遍，自然就記住了。」

「抄寫?唉，好吧，我知道了。」沒想到都一把年紀了還得當小學生。

貝亞在備忘錄寫下第二項：

2. 關於破壞事件，徹查所有人的不在場證明。

「注意調查時別太明目張膽，萬一兇手就在旅館內，容易讓對方有戒心。」

「偵探眞是不好當啊，我會盡量。」

「我認爲這一系列的破壞事件應該都是同一人做的，徹查不在場證明可以幫我們鎖定人選。」

「OK，我了解。」

「請記住重要的一點：不在場證明以你或佳甯作證爲主，不要輕易相信他人的證詞，包括發現者。」

「啊?」

「必須避免作僞證的情況發生。」

「這麼嚴格?」

「爲求謹愼起見。這樣可以嗎?」

「我知道了。」

接著貝亞在案件疑點的字條上寫下第二點：

2. 殺人動機?

「這是我很不能理解的一點，」我說，「信中那男人不是跟佳甯彼此深愛嗎？怎麼會殺了她呢？」

「你已經認定那不知名的人就是兇手？」

「啊，抱歉，」我搔了搔頭，「我是說，如果他是的話。」

「思考看看，如果他是的話，有什麼可能性。」

「這個嘛……他可能跟佳甯私奔不成，起了衝突，失手殺了她。」

「還有其他可能性嗎？」

「我覺得這是唯一的可能性。」

「你有察覺旅館內誰對佳甯懷有敵意嗎？」

「當然沒有！這就是爲什麼我懷疑兇手是山莊外的人。」

「關於動機，目前沒有更多線索。看看第三項吧。」貝亞又動手寫了起來。

3. 破壞者與殺人者是否為同一人？

「老天！」我倒抽了一口氣，「這、這實在太令我吃驚了！我一直以爲……」

她看了我一眼，「兩者是同一人？」

「難道不是嗎？」

「兇手先破壞物品造成警告，最後再下手殺人……你是不是這樣想的？」

「沒錯啊！你之前提過什麼剃刀法則的，說不要假設太多東西……」

「我並沒有說兩者不是同一人，邏輯上我不能如此假設，純粹保留這個可能性罷了。根據奧坎剃刀原則，破壞者等於殺人者，這樣事情會簡單得多。」

「我投這個假設一票。」

「關於這點，就暫時這麼認定，但不百分百說死。來看下一項。」

貝亞在紙上寫下：

4. 破壞行為背後的意義？

「這是什麼意思？」我問。

「這可細分成兩個問題：（一）破壞行動所想要造成的效果是什麼？（二）破壞行動本身的涵義是什麼？」

「我看不出差別。」

「破壞行動可以引致恐慌，進而阻止婚禮發生，這種說法便能回應（一）。」

「喔，我了解了，意思就是破壞的目的是什麼。」

貝亞點點頭，「阻止婚禮發生只是我的猜測，也許還有其他目的。」

「那（二）呢？」

「兇手總共破壞了八件物品，是任意破壞，還是選擇性破壞？如果是後者，代表這八件物品的毀損必定有其意義。」

「啊，有這麼複雜嗎？不就是隨便破壞的？」

「被破壞物本身有某種特殊的擇定性，不像隨意破壞。」

我突然想起那本被撕壞的書，開始了解貝亞的意思，「有道理……要搞破壞的話，大可將書架上的書散落一地，幹嘛只抽一本出來撕封面。」

「很明顯地，這是某種訊息。」

「訊息？」

「破壞物本身有某種模式，找出模式，離眞相就更進一步。」

「唉呀，太困難了，」腦袋又開始有打結的感覺，「這就像解暗號一樣……」

貝亞在備忘錄上寫下：

3. 徹查八件破壞物的相關資訊。

「查清楚這點，也許會有幫助。」

「好吧，我知道了。」

接下來是疑點五。

5. 佳甯隱瞞了什麼事？

「這點我覺得有非常大的疑問，」我說，「佳甯反對報警，並堅持沒有問題，我總覺得她知道些什麼。」

「餘興節目？她是這麼說的吧。」

「她隨口說的，可是我眞的不了解她的意思。」

「你覺得她知道什麼？」

「再怎麼想都跟她的秘密情人有關。他們一定策劃了什麼破壞婚禮的計畫。」

「這是一種可能性。」

「難道不能在下次進入馬雅時盤問佳甯嗎?想辦法讓她說出實話。」

「目前無法證實她知道的事與兇案有絕對關係。而且你這麼做的話，很容易做出偏離劇本的舉動。」

「這樣啊……旁敲側擊總可以吧?」

「你得自己斟酌。」

「好吧，下一個疑點是什麼?」

貝亞在第五條下面寫下:

6. 面具客是否就是兇手?

「破壞者、殺人者、面具客不見得都是同一人，」她補充，「得了解這名面具客的目的是什麼。」

「依照你的奧坎剃刀原則，應該都是同一人。」

「最後一個疑點:面具客進二十六號房打算做什麼?」

「這的確是很怪的一件事。從資料看來，那晚我房間似乎沒有東西被破壞，因此他應該不是進去搞破壞的。」

「如果他不是破壞者，破壞當然就不是他的目的。」

「的確，但這樣變得好複雜。我得詢問佳甯那晚她有沒有發現異狀。」

「我幫你記下，這是備忘錄的第四點。」

寫好後，貝亞將備忘錄、疑點單、不在場證明表格交給我。

「好好複習一下吧，」她用制式化的口吻說。

我將紙條塞入口袋，「OK，讓我再翻翻劇本，整理一下這些資料……我想吃過午餐後就可以進行下一次體驗了。」

「午餐後？」

「沒錯，我們得盡快解決這案子不是嗎？駭客十三有什麼消息沒？」

貝亞搖頭，「系統還沒修復，我們還沒追蹤到他，不過可能是我們的防守起了作用，對方暫時沒動靜。」

「總覺得是暴風雨前的寧靜……這事不宜拖太久，午飯後可以吧？」

「你早點準備好，一點整我到你門口去接你。」

「……我突然想到一個奇怪的問題。」

「請說。」

「也沒什麼啦，」我交叉著十指，「你說馬雅模擬的劇本只是一種可能性，可是我進行調查行為的同時，不會改變了這個劇本嗎？」

「你的意思是？」

「好難說清楚……」我咬著唇，「舉個例，像不在場證明這件事好了。如果下次我進入馬雅盤問某人時，某次破壞行動發生了，那麼我在盤問的這個人就擁有不在場證明了。問題是，當年的案件中，我應該沒有盤問的行為，所以這個人的不在場證明怎麼能成立呢？」

「我明白了，這你不用擔心。我以前就說過，馬雅模擬的狀況是不與原劇本衝突的一種可能性，而且會是最合理的一種。就算因為體驗者的未脫軌舉動——注意，是未脫軌——而產生了新的發展細節，這些細節也都會與原劇本相容。因此，以剛剛你說的那個狀況為例，若你盤問的人就是馬雅內定的兇手，那麼馬雅會設計讓線索仍指向他，這有很多種方法，例如讓他沒有不在場證明，有可能是讓你一直沒有機會盤問到他，或者是盤問時突然出了狀況，導致他提不出不在場證明。」

「我懂了，有點像另一個平行世界，情節發展不同，但基礎事實不變。」

「沒錯。還有疑問嗎？」

「沒有了。就這樣說定。」我站起身來。

「Hey dude，」當我走到門邊時，背後傳來瑞德的呼喚聲。

我轉過身，還沒回話，他右手一揮，一顆金色小球飛過來。我迅速接住。

「再吃一顆吧，」他眨了眨眼，「See you later。」

「謝啦。」我舉手致意，然後看了貝亞一眼，「那我先走啦。」

「我送你出去，」貝亞說。

「不必麻煩了，」我打開門，「我認得路，你們忙吧。」

一踏上走廊，正要把門帶上時，我注意到右手邊的電梯有動靜。

電梯門正打開，一道身影迅速閃入。

對方在電梯中轉過身來。

我僵住了。

那是一個機器人。

2.

電梯關起前那短暫的瞬間，我看見對方的容貌。

他全身白皙，頭形如橫放的圓筒，四肢多處有稜角狀，腰部繫著一條有著許多口袋的棕色帶子。一看就知道不是人類。

「貝亞，那是……？」我對著房內叫道。

「什麼？」貝亞走了過來。

「我看到電梯裡有一個白色的機器人，從長相看來很像你描述過的……服務型機器人。」

貝亞搖頭，「系統還沒修好，機器人不可能動。」

「可是我眞的看到了，他進了電梯。」

「你一開門就看見？」

「他衝進電梯，好像不想被發現的樣子。」

「服務型機器人不可能動，除非……」

「除非什麼？」

貝亞看著我，「有人從公司外面遙控。」

「等等！難道……是駭客十三？」

我們四目對望。

我快速抬頭看了樓層顯示燈，電梯停在七樓。

「事情不對勁。我上去看看。」沒等對方回答我便朝一旁的樓梯奔去。三步併作兩步，立刻飆上了好幾個樓層。來到七樓時，我已氣喘吁吁。踏上長廊，立刻望見那機器人站在不遠處，側身對著我。

他一看到我，馬上轉身，以不自然的機械姿態拔腿狂奔。

我追了上去！

那道白色影子在前方轉角處左拐，上了另一條走廊。我的速度比他還快，眼看就要追上，卻在這時一個踉蹌，腳步沒踩穩，跌了個狗吃屎。

等我扶著膝蓋站起來時，機器人已經消失在走廊盡頭。

我咒罵一聲，一跛一跛地繼續往前跑，來到盡頭，才發現那裡還有一道樓梯。

糟糕，他是往上，還是往下呢？

我站在樓梯口，猶豫不決，最後決定往下。

來到六樓，正打算踏上走廊搜索時，瑞德從底下奔上來。

「怎麼了？」我問。

「Rebecca說你發現不明機器人，我趕快上來看看。」

「你們有看到他逃下去嗎？」

「沒。他往下逃嗎？」

「我也沒看到。可惡，讓他溜了。」

「他也有可能進了房間，可能性太多了。」

「沒辦法把他找出來嗎？」

「這有點困難，」美國人嘴巴咀嚼了起來，看來他還含著糖，「如果他跑進房間，我們根本無權搜索。我會通知保全組，請他們留意一下可疑的機器人。」

「我不懂，這機器人在門外幹什麼？」

「這你就得去問幕後黑手了，dude。」他拍拍我的肩膀，「我知道這件事很棘手，你要相信自己解決得了。」

「晚點再問你調查結果。」

「ＯＫ。」

與瑞德分手後，我回到自己的房間。

牆上的變色裝置已經被我關掉，此刻一片凝滯。

我在房內來回踱步。看了一眼多功能螢幕上的電子鐘，十一點。

一點之前得把該做的事做完。

拾起丟在床頭櫃的劇本，把貝亞給我的紙條掏出來，踢掉鞋子，坐到床上，伸直了兩腿。

從頭快速翻閱了一遍劇本。

稍早在馬雅中經歷的事，完全符合這份刑案紀實的資料。當然，有很多細節是這份劇本中沒有記錄的。劇本提供骨幹，馬雅製造枝葉。

馬雅所創造的，不過是一種合乎邏輯的可能性，依照當時狀況所模擬出來的最合理解答。二十年前的案子，難以查證，只要有說得通的解釋，就應該被重視。

稍微翻閱了劇本後段的內容，沒有太令人意外的發展。主要就是另四件破壞事件，最後的高潮則是謀殺。

在婚禮舉行的前一刻，佳甯遇襲。

我放下劇本，往後貼靠在枕頭上。閉上雙眼，佳甯的面容浮現。

回想起她溫暖的緊握，可以感覺到她的真摯，感覺到愛。

假若她真的愛上了別人，那麼她對羅奈威便是虛情假意。但她卻不像在演戲。

我覺得她對羅奈威的情感是真的。

轉念一想，發現主觀感受並不可靠。我感覺她沒有在作戲，不代表她真的沒有。這就如同在馬雅中，我看見了某物，並不代表我真正看見了。

事實是，我所認識的佳甯，並不存在。

而我即將目睹一名不存在的人被謀殺。

❖ ❖ ❖ ❖ ❖ ❖

熟記貝亞給的三張紙條後，我用點餐系統叫餐。畫面預設是英文介面，貝亞說過可以切換成中文，但我懶得操作，我對這高科技電腦有一種莫名的排斥感。反正點餐很容易，也有圖片可參考，沒看文字說明也無所謂。瀏覽了幾頁後，我挑了一份疑似牛肉焗烤的餐點。不久雲霄飛車便快送食物過來。嚐了一口，果然是牛肉焗烤。

說實話，這間公司提供的伙食至今很讓人滿意。有些人對吃比較隨便，但我發現自己應該是個講究食物品味的人。

用完餐，漱洗一番，整理一下衣著。時間是差十五分一點。

瞪視著矮桌上的皮夾，聯想到那把匕首，心想一定要給駭客十三致命的反擊。

這種敵暗我明的狀態，眞的是讓人很不快。

在房內踱步幾回，電鈴響起。我走到監視板前，螢幕上是貝亞的影像。

我打開門。

「準備好了嗎？」她依然是一副泰然自若的模樣，沒有特別的漣漪與表情。

「可以了，走吧。」

進入電梯後，我開口問：「機器人的事查得怎樣了？」

「稍早就通知了保全組，但目前沒有進展。監視系統還沒修復。」

「沒有清點機器人數目嗎？看有沒有多出一個。」

「沒有。應該是有人從外部控制了裡面的機器人。目前無法得知是哪個出了問題，除非把中央電腦修好，這樣或許可以攔截到訊號。」

「不考慮報警嗎？感覺事態愈來愈嚴重！」

「報了警，你覺得你還能繼續使用馬雅嗎？你的行動肯定會被限制。」

「啊……」我從來沒想過這個問題。

「況且目前機器人尚未做出犯法之事，公司也只遭遇駭客攻擊而已。上頭決議，除非有更嚴重情事發生，否則暫不與警方接觸。最近是淡季，顧客不多，我們都問過了，他們只想使用馬雅，對於失去部分服務設施並不以爲意。」

「好吧。」

電梯門開啓，我們踏上長廊。

來到電梯前的三之一號房，貝亞將左手食指按入指紋感應器，接著推開門。

靜悄悄的，一片黑暗。

「奇怪，Reid應該已經到了才對，」她說。

貝亞按下開關，幾盞白色小燈亮起。

燈亮的瞬間，一陣冷顫襲過我的背脊。

瑞德仰臥在門邊的地板上，一動也不動。

3.

我奔過去，將瑞德扶起。

他緩緩睜開雙眼，左手按著額頭。

「Hi，dude，」他虛弱地說。

「發生什麼事了？你還好吧？」

「沒事。」

他試著站起來，但搖搖晃晃。我扶住他，聞到濃濃的古龍水。在我的攙扶下，瑞德終於穩住身子。

「謝啦，dude。」他嘴巴動了起來，「噢，我的泡泡糖還在嘴裡。」

「Reid，究竟怎麼了？」貝亞問。

他聳聳肩，「我過來這邊做開機準備，因爲等下dude就要使用……結果門外有人按鈴。我就去應門了。」

「你沒看監視面板？」貝亞說。

「呃……要是有看就好了，我沒想太多，以爲是你們。結果門一打開，那該死的ST-59就站在那裡，手裡拿著一罐噴劑，往我的臉上噴了一下，我就不省人事了。」

「Sleep Fast。」貝亞說。

「什麼？」我問。

「一種防身用品，是從過去的防狼噴霧劑所進化來的，但效用不同，能讓人快速陷入昏迷。」

「這傢伙進來幹嘛？應該就是我稍早看到的機器人吧！」

「我也正覺得奇怪呢，難不成……」瑞德的臉色突然變了。

「糟了。」貝亞看向馬雅。

瑞德搖搖晃晃地衝向電腦，我欲上前攙扶，他揮手拒絕。只見他坐到電腦前，迅速敲了幾個鍵。從我這個角度看不到螢幕。我也沒有打算上前觀看，反正也看不懂。

「Reid？」貝亞說，「是不是……？」

美國人的臉色變得相當凝重，連咀嚼泡泡糖的動作都停了下來。

他說：「劇本的檔案被刪掉了。」

「什麼？」我叫道。

「那傢伙把檔案刪掉了，game over。」

「刪掉就救不回來了嗎？難道沒有辦法——」

「我試試，」瑞德的手指在鍵盤上飛快起來。

瑞德搶救檔案的同時，我和貝亞保持沉默。第一次感覺到這房間十分陰冷。

「不行，」十分鐘後，瑞德搖頭，「這人是高手……他好像利用了ST-59身上的特殊電路來反阻任何檔案回復的方式，難怪他要遙控這型的機器人……」

「備份，」貝亞說，「樓下還有備份，就在我一開始接待金杰的房間中。」

貝亞提的，應該就是一樓那個商談室吧。

「我跟你下去看看，」我轉向貝亞。

她點點頭，迅速往房門走去。

下樓的過程中我倆都沒有開口。來到大廳後，貝亞先往櫃台去。紅髮的Lindy在那裡值班。由於兩人用英文交談，我完全沒輸，只好晾在一旁。只見Lindy頻頻搖頭。

「走吧。」貝亞對我說。

我們離開大廳，轉進左側的長廊。

走廊左右兩邊都是房間，她停在右側第一間房。

正是先前貝亞講解神經系統的房間，也是失憶前的我第一次跟她會面之處。

解開指紋鎖後，她立刻打開桌型電腦，等待開機時她開口了。

「我剛剛問過Lindy，她說沒有看見任何人進來這裡。」
「我看她在櫃台都低著頭，哪看得到？」
「這就是問題，現在沒有監視系統，也沒辦法調閱畫面。」
「就算現在淡季客人少，但沒有監視保全系統，他們還願意住下去？」
「我們沒有告訴顧客保全系統壞了。」
我一時之間有些意會不過來背後的涵義，不過很快就了解了。
桌面上出現畫面，貝亞動手操作。因爲對畫面沒概念，我開始有點恍神。
「沒有，」一陣之後她說。
「沒有？檔案不見了？」
「被刪除了。」
「一樣救不回來嗎？」
「似乎不行，對方用了一樣的手法。」
「可是……這房間他怎麼進得來？不是有指紋鎖？」
「這種電子類的裝置有時比傳統鎖更不可靠，如果有高超的技術，複製破解指紋鎖可能還比複製一把鑰匙容易。現在我更確定一件事了。」
「什麼？」
「駭客十三一定跟公司有關。只有公司內的人才有可能知道劇本會在這裡留下備份檔，也才有可能清楚ST-59的晶片構造，進而操控並利用。」
「確定是內賊了，可是你說他人在公司外吧？是今天休假的人員嗎？」
「我說從外部操控ST-59的意思是，不經由中央電腦控制。這個人也有可能使用自有的電腦系統，於公司內進行操控。」

「追蹤不到嗎？」

「如果擁有強大的反追蹤機制，那就很困難。」

「好吧，」我攤攤手。這簡直就是在演科幻電影。「現在該怎麼辦？」

「你的房間還有一份紙本。」

「對喔！我怎麼沒想到！」

「我們回去拿。」

於是我跟貝亞再度回到六樓。

進入房間後，我走到床邊，心中一陣愣然。

「怎、怎麼不見了？我明明擺床上啊？」

貝亞沉寂一陣，說：「恐怕被銷毀了。」

「這太扯了！」

「等我一下。」

貝亞從口袋中掏出黑色面板，在上頭點了幾下，隨後出現了瑞德的影像。

「商談室的檔案也被刪除了，連當初印下的紙本也失蹤。」也許是爲了讓我聽懂，貝亞刻意用中文交談。

瑞德對著螢幕吹了聲口哨。

「刪去的檔案救得回來嗎？」貝亞問，「我記得通訊組的Jefferson是高手。」

「Well，雖然我不太看好，但很難說……Anyway，還是可以試試。我立刻叫他過去看看。」

「嗯。」貝亞切斷通話。「我們回商談室去。」

沒過多久，一名高大的捲髮男子便來到商談室，從外形判斷應該是美國人。他跟我們打個招呼後便開始檢查起桌型電腦。過了一陣子，他對貝亞說了幾句話，貝亞轉過頭來對我說道：「先找個地方休息吧，需要一段時間。去餐廳好嗎？」

「也好。」

再度來到充滿前衛風格設計的餐廳，午後時段人潮不多，有些冷清；金色軌道上的送餐飛車是唯一顯眼的移動物件，反而展露出生氣。貝亞點了一杯紅茶，我則點了柳橙汁。

沒多久飛車送來兩個小玻璃瓶，一瓶橙色，一瓶紅色，上頭貼著英文標籤，瓶口皆用同瓶身等寬的蓋子蓋住，側邊還附有把手，整體看來很像是杯與瓶的結合體。貝亞拿了紅瓶子——或紅杯子。

我原本以為蓋子只是輕蓋在上頭，後來才發現是稍稍旋緊的。大概是怕飛車運送時會濺出吧。

正當貝亞要扭開瓶蓋時，我說：「我幫你開。你手指受傷了對吧？右手食指。」

她停下動作，那對明亮的眼眸緊盯著我。「你注意到了。」

「你剛剛兩次開指紋鎖時都改用左手食指。我看你右食指沒有割傷痕跡，是不是夾傷了？」

「你觀察眞仔細。」

「沒有啦，那種要辦案的觀察我就不行了……我猜你是開關馬雅艙門時指腹被夾到了吧？」

「嗯。」貝亞似乎想再說什麼，但欲言又止。

「拉門很容易發生這種意外，請小心。」轉開瓶蓋後，我把瓶子放到她面前，並將把手轉到她的左側。

「先用左手拿吧。」我微笑道。

「謝謝。」

「萬一修復不了，該怎麼辦？」我啜了口果汁，轉了個話題。

目前我最擔心的就是這件事，檔案回不來的話，遊戲就結束了。

「那就只剩一個方法：找回你遺失的隨身碟。」

「唔，我差點忘了。」

「駭客十三可能還沒得手，隨身碟一定被你藏在某處，請盡量再回想看看。」

我困惑地皺起眉，「眞是個難題，完全沒印象啊……」

「如果無法再體驗劇本，這個檔案就是我們最後的希望。若這條線索也斷掉，恐怕就只能認輸了。」

一想到栽在駭客十三的手中就心有不甘，那把插在皮夾上的匕首又閃現腦際。不行，我一定要想辦法扳回一城。

我與貝亞又討論了一陣，Jefferson突然來了電話。貝亞拿起黑色面板接聽。交談幾句後，貝亞切斷電話，看著我：「還得再等一段時間，Jefferson嘗試過各種挽救方法都無效，現在要回去拿工具，試試最後一種方式。」

「殺手鐧嗎？」

「嗯。」

「這樣啊……那現在該做什麼？」

「我有個想法，你趁這個時間回房去找隨身碟，看能不能回想起在哪裡。那是一個金色的老式隨身碟，現在已經很少人用這麼舊的產品了。」

「……也好。」我把柳橙汁一口飲盡，「那我先回房去了。」

「如果檔案救得回來，我會立刻過去找你，請先待在房裡。」

「好。」

我站起身。這一瞬間突然發生了一件事。

貝亞拿起杯子啜飲——也許是想把紅茶喝光，但不知爲何沒有使用左手，可能是在思考案情所以忘了吧？總之可以猜測，她指腹一用力時，可能因疼痛而五指瞬間鬆開，這導致杯子翻覆勾在拇指上，紅茶整個溢出，傾倒在她的胸口。

「啊！」我叫出聲來。

雖然遭遇這種意外，貝亞仍是一臉冷靜，沒半點波動。她緩緩將杯子放回桌上，然後伸手拿取桌上的布製餐巾擦拭。

紅茶的量有些多，而且都集中在胸口。貝亞穿的是白色襯衫，衣服很快因吸水而顯露出底下的內衣。

「餐巾給我，」我說。

沒等貝亞回答便一把扯過餐巾。我坐了下來，取來桌上另一條餐巾，將它們平鋪在桌面上。

「金杰先生——」

「等我一下，很快就好。」

我用最快的速度將兩條餐巾疊在一起，然後開始「摺紙」。這一切動作都由本能完成，沒有想太多。我應該是老早就會吧！

很快地，一朵大蓮花成形。

「用餐巾遮著不好看，我把它做成這樣，你用兩手捧著，剛好可以遮住，又不失美觀。」我把蓮花塞到她胸前。

貝亞捧著蓮花，臉上仍舊沒有表情，不過眼神微微發亮。

「謝謝，」她說。

「趕快回房去整理吧，你的房間應該坐個電梯就到了。我跟你一起去。」

幾分鐘後，當我在六樓踏出電梯時，回身望了一眼捧著花的貝亞，她的身影很快消逝在關閉的電梯門後。

我突然覺得，雖然她是個很冷的人，但捧花的樣子卻還是挺可愛的。

回到房內。

環視房間。檔案，該死的檔案究竟在哪裡呢？

貝亞說過，如果藏在房內，應該很容易被清潔人員發現，除非藏在很難找的地方。難道這裡有什麼暗格？

仔細檢查地板、牆壁、床鋪和沙發，什麼都沒有，這才覺得有暗格的想法眞是可笑。我甚至還猜想會不會塞在多功能螢幕中，但如果把螢幕拆開大概就壞了吧！我發覺自己腦中完全沒有電子設備或資訊科技方面的知識，我對此道應該是一竅不通。萬一把螢幕搞壞我可沒錢賠，這裝置看起來價值千萬，還是不要輕舉妄動吧！

我打開送餐窗口，會不會藏在這裡面呢？一看到裡頭構造便覺不太可能。這個空間裡只有軌道，仔細探尋後徒勞無獲。有沒有可能藏在更深處呢？我伸手沿著軌道往裡邊搆抓，空無一物。

接下來要檢查浴室。浴室位於床頭的正後方，中間以變色牆作爲分隔。要前往浴室，只要進房後沿著房間的圓周走，繞過床鋪，經過沙發，就可抵達。

裡頭飄散著淡淡的芳香。昨晚我用噴霧淋浴洗過澡，聽貝亞說裡頭加了精油，洗起來很有熱帶叢林的感覺。

不會藏在水療按摩浴缸內，有的話早被發現了。一旁的置物架上也只有毛巾跟衣物。

會不會藏在天花板呢？抬頭一看，天花板裝設著類似銀河的發光裝置，只要調整牆壁上的開關，上頭便會出現星星的亮點，還可以改變顏色，讓浴室呈現綠、藍、黃或紅色的光澤。

上面是一片光潔的圓拱形，無法藏任何東西。

我把浴室爬梳了一遍，至少花了半個多小時。零收穫。

眞的不在房內的話，就一定在房外了。房外範圍那麼大，簡直是大海撈針嘛！

頭又痛了起來。接觸這件事以來，得要不斷地動腦筋，只要一動腦筋我就頭痛，我發現自己一定是個行動派的人。

搜索徒勞無功，我想到外頭走走，但貝亞隨時會過來，便打消念頭。乾脆休息一下好了。

在床上坐了許久，卻是睡意全無。只要按下操控面板上的控制鈕，這個床可以左右搖晃，像搖籃一樣；本想讓自己放鬆些，但搖動的結果只讓心情更浮躁，只好站起來起踱方步。

時間不斷地被消磨過去，螢幕上的電子鐘顯示七點的時候，電鈴響了。

我打開門，是貝亞。她穿著一件靛藍色洋裝，更添沉穩感；脖頸圍著金色心形項鍊，相當符合她的臉型；左手腕圈著一環金手鍊，上面鏤著細緻的花紋。她那專業的冰冷感消失了，取而代之的是更可親的知性美。

雖然她的表情還是沒有漣漪，但我卻很喜歡這樣的她。

「你找到隨身碟了嗎？」貝亞問。

我搖搖頭。

「體驗房的電腦救不了，」她說，「但Jefferson覺得商談室的電腦應該有希望，他剛剛透過友人從外頭調了一些更先進的設備，有消息前我們先去吃飯吧。」

「不用這麼麻煩呀，我在房間吃就可以。」

「這餐比較特別。」

「哦？」

「請跟我來。」她轉身朝電梯走去。

不知道她葫蘆裡賣什麼藥，只好跟上去。

進了電梯後，貝亞按下十一樓的樓層鈕。

「屋頂花園？」我問，心中有些驚訝。

她點點頭。

「聽起來很酷。」

「上去就知道了。」

電梯很快來到十一樓，門往兩邊開啓。貝亞示意我先出去。

這個空間周遭環繞著觀景窗，裝潢洋溢著米黃色調；左邊有一個櫃台，但目前沒人；右邊則可見好幾列桌椅，靠牆處還有小舞台與一架鋼琴。這裡顯然是用來辦活動的室內用餐區。

更廣大的用餐區在戶外。

「出去看看吧，」貝亞對我點點頭。

我往前走，伸手推開玻璃門，向外踏出的那一刻，簡直不敢相信自己的雙眼。

4.

廣闊的頂樓，遍佈鋪著白色餐巾的餐桌；綠色的樹叢、花叢蜿蜒在其中，空氣瀰漫著芬芳。

遠處望去，一片燈火通明，大概是鄰近的市區吧。馬雅科技公司的位置果然在市郊。

一彎弦月吊掛在天空，猶如一道細眉。

其中一張桌子，正對著室內用餐區的出入口，桌上擺著一盞玻璃台座，裡頭散發出黃色光暈，更增添羅曼蒂克的氛圍。兩副餐巾還有刀叉整齊地擺放在上頭，桌子兩邊各有一張覆著黃色椅套的椅子。

一名金髮女子穿著白色制服站在桌旁，臉上掛著笑容，制服上有著紫色的MAYA字樣。

貝亞說：「我包下了整個屋頂花園。」

「包下？這……」

「我說過現在是淡季，客人不多，今晚原本只有一對夫婦要在這裡用餐，我說服他們明天再來。」

「貝亞，不用這麼麻煩吧？爲什麼你要這麼大費周章？」

「爲了向你道謝。」

「道謝？道什麼謝。」

「答謝你的花。」

「啊，原來是這件事。你太客氣了！那根本不足掛齒呀！」

「別多說了，快坐吧。我怕沒有道謝的機會了。」貝亞挑了右邊的位子坐下，面對夜景。

我在她對面落座。侍應生遞給我們菜單。

「這裡回到傳統點餐方式嗎？」我一邊翻著菜單一邊問。

「沒錯，這麼漂亮的屋頂花園若再興建雲霄飛車或電腦，就太破壞自然美景了。」

「唔……這菜單沒有中文啊。」

「我幫你翻譯，你再告訴我要點什麼。」

「這是什麼菜啊？」

「法國料理。」

我不記得自己有吃過法國料理，沒想到貝亞帶我來吃這麼高檔的餐點。

在貝亞的協助下點完餐，沒過多久便送上前菜。

「檔案的事怎麼樣了？」我將叉子插入凱撒沙拉中。

「Jefferson說有希望，也許我們用完餐後就會有好消息。」

「關於駭客十三還是一點線索也沒有嗎？」

貝亞搖頭。「唯一的希望就寄託在你身上，只要你想起一切，一切就解決了。」

我覺得有一股沉重的陰霾壓在身上。由於不想打壞用餐的心情，我換了個話題。閒扯一陣後，談話轉到這間公司上。「馬雅這機器，眞是太讓人感到不可思議了，是不是從以前的科幻電影得到的靈感？」

「不是。」

貝亞的回答讓我感到有些訝異。「不是嗎？」

「馬雅的原始概念是一位美國哲學家提出的，在他死後，科學家依照他的概念創造出馬雅。」

「哲學家？他說了些什麼？」我對哲學一竅不通，腦中有一股模糊的印象，哲學是瘋子才會去唸的。

「一九三八年，羅伯・諾齊克（Robert Nozick）在紐約布魯克林出生，後來成爲哈佛大學的教授。他在一九七〇到八〇年代於英美哲學界相當活躍，與另一位著名的哲學家約翰・羅爾斯（John Rawls），兩人一同復興了在英美學界消沉已久的政治哲學。」

「聽起來是個大人物。」

「的確是。」

南瓜濃湯送上來了，搭配著麵包以及松子醬。

我遇到這種話題似乎都會昏昏欲睡，但美食當前，讓我忘了枯燥。

貝亞繼續說：「諾齊克最著名的一本書叫做《無政府，國家及烏托邦》（*Anarchy, State, and*

Utopia），其中一個小章節討論了『經驗機器』，短短幾頁內容造就了他最有影響力的哲學論證，對後世的哲學討論造成巨大影響。」

「主要是在說些什麼？」

貝亞吞下一口麵包，舉止優雅地用紙巾擦拭嘴唇後，才說：「哲學中有一個領域叫作倫理學（ethics），討論的核心主題是『人生該如何過？』經驗機器便是出現在這個脈絡。」

「人生該如何過？這有什麼好討論的？自己想怎麼過就怎麼過呀！」

「那的確也是一種想法。不過，哲學家總是希望可以提出更嚴謹、更具體的說法，來說明什麼樣的人生觀才是最好的。簡單說，就是在探求人生的意義。哪些事值得做？那些事必定要做？什麼才是最理想的生活方式？自古以來哲學家不斷試圖說明什麼才是『美好人生』。大多數人都會認同美好人生就是擁有幸福，但什麼是幸福？其中一種很有影響力的觀點，認爲幸福就是快樂。」

我突然想起貝亞先前提過類似的事，「難怪你之前問過我什麼是幸福……原來跟馬雅的緣由有關啊！」

「嗯，經驗機器這個論證，便是與『人生有意義嗎？』這個人們常問的問題有很深的關聯。」

「可是，人生的意義跟模擬現實有什麼關係？」

「我會慢慢談到。從古希臘以來，有一種很有影響力的哲學論點，稱爲『享樂主義』（hedonism）。」

「我知道，就是縱慾主義對吧！」

「兩者並不完全等同。你說的這種叫做『庶民享樂主義』（folk hedonism），也就是把享樂主義等同於縱欲，這是一般人的用法。事實上享樂主義不僅止於這種版本，但基本上，最主要的想法便是把『快樂』作爲人生中唯一美好的事物。例如，『審慎享樂主義』（prudential hedonism）便認爲，快樂能讓人們的生活變得更好，換句話說，快樂能讓人擁有幸福，擁有幸福，就擁有美好的人生。」

「好複雜……」我感到腦袋又開始打結了，趕緊吃了一口沾了松子醬的麵包，讓美食的味道來解消打結感。

「人應該追求『會讓你感到快樂的經驗』，亦即，『感到快樂』是人生的意義之所在。人應該想辦法獲取最大的快樂，讓痛苦的經驗減到最少。審愼享樂主義跟縱慾主義不一樣，縱慾主義者會一味追求快樂，而不去思考短暫的快樂可能帶來更大的痛苦。但對審愼享樂主義者而言，他們要的是在長遠的人生中，快樂的經驗必須多過於痛苦。因此如果短暫的快樂會帶來更多的痛苦，這個選項不會是他們要的。」

「原來是這樣啊！那我眞是誤解享樂主義的意思了。沒想到這裡頭還有這麼複雜的區分。」

「爲方便說明，我就把審愼享樂主義簡稱爲享樂主義。在關於什麼是幸福的討論之中，享樂主義一直擁有很大的影響力。把幸福等同於快樂，看似非常合理，也是一般人會支持的說法。但諾齊克反對這種說法，他用『經驗機器』這個哲學論證來反駁享樂主義。」

「經驗機器跟享樂主義會有什麼關係？」我終於開始覺得有趣了。

「諾齊克要我們設想一個狀況：假若未來的科技發展到一個地步，科學家製造出經驗機器，藉由操控你的腦神經，它可以創造任何你所欲求之經驗——當然，包括任何快樂的經驗——那你只要進入機器中，便能獲得極致的快樂，完全沒有痛苦。

諾齊克更進一步設想，經驗機器被企業化經營，業者提供了許多預先設計好的『快樂人生』劇本，供消費者選擇。如果你沒有頭緒要體驗什麼樣的經驗，你可以從這些劇本中自行挑選你所想要的快樂人生，將它輸入電腦，便能進入體驗。總之，不管是藉由業者提供的劇本，或是你自行設定的劇本，體驗者對於要經驗的內容擁有最大的自由設定權。」

「簡言之就是馬雅。」

「是的，不過他所設想的比馬雅還要更遠。在諾齊克所假想的狀況中，體驗者在進入之前，可以自由擇定在裡頭所停留的時間。不管是兩星期，兩年都無所謂。只要時間一到，你便從機器中離開，花個幾分鐘再挑選下一個劇本，反覆進行，直到你在機器中自然老死。也就是說，經驗機器提供維持生理機能的機制，體驗者可以長時間待在裡頭，這是馬雅辦不到的。此外，一旦你開始進行模擬體驗，機器會讓你『自動忘掉』進入機器的記憶，你不會知道自己在模擬世界裡。你會以爲『這一切都是眞的』。」

「這是進化版的馬雅……」

「沒錯，諾齊克所說的是一個理論上的可能性。但在現實中，要做到這樣的地步很困難。光是要自由控制體驗者的記憶就需要很先進的技術了，更何況是讓體驗者在機器中維持長時間的生理機能。要完美處理這些問題，可能得等到下一個世紀的科技。」

「這樣的機器聽起來很美好。」

「這恐怕是世界上最美好的發明。依照諾齊克的描述，當你的劇本結束，回到現實世界挑選下一個劇本時，你會因爲『大夢初醒』而感到沮喪，他稱這時刻爲『沮喪時刻』。但這只是短暫的，只要你再度進入機器，便會忘掉一切。沮喪時刻在你整個人生中帶來的痛苦，根本是微不足道，無法勝過經驗機器帶來的最大値快樂。」

「所以經驗機器跟享樂主義有何關聯？」我還是一頭霧水。

「我整理成論證的形式給你看。」

「論、論證？」突然有不好的預感。

貝亞掏出黑色面板，在上面觸碰了一陣，然後遞給我。

「哇……這樣反而更難理解！你一定要把事情搞得這麼複雜嗎？」連第一行都沒看完，我的頭就隱隱作痛。

「是嗎？這樣不是一目了然？」

「饒了我吧，那是對你這種腦袋好的人而言。貝亞，你也太怪了吧？複雜的事情竟然被你認為是簡單的。」

「邏輯的形式才是最好理解的，我不明白為什麼這樣比較難懂。人們習慣了混沌的理解方式，反而無法讀懂簡單清楚的事物。」

「既然如此，那就拜託你用混沌的方式告訴我吧！」我把剩下的松子醬全塞進嘴裡，藉以緩和不適感。

「你所認為的簡單表達方式反而更困難。」

「沒關係，至少我聽得懂。我是平凡人的等級。」

「你願意進入經驗機器，在裡頭度過一生嗎？」

「你是在問我嗎？」我愣了一下。

「當然。」

「這個嘛……我……」我其實想說我可能願意。

「你會猶豫，就表示你有疑慮，表示還有必須考慮之處。諾齊克認為，大多數的人，在經過深思熟慮後，會拒絕進入經驗機器消磨人生。什麼是幸福？如果幸福就是擁有快樂，那麼每個人都有十足的理由進入經驗機器，在美夢中度過一生。如果我們拒絕這樣的念頭，那便說明了人生中有比快樂更重要的事需要被滿足，否則，我們便不能說自己擁有幸福。由此證明，有某些事比快樂更重要，因此享樂主義是錯的。」

「原來這麼簡單啊！你一開始這麼說不就得了！繞了那麼多圈！」

「我不覺得自己在繞圈子，」貝亞的語氣輕描淡寫，「我認為簡單的事物反而被你視為困難。」

「你的腦袋構造眞的跟一般人不一樣，我輸給你了！」

這時候主菜送了上來，是羊膝與牛排。

「那麼，諾齊克認爲什麼事比快樂更重要呢？」我問。一邊動起刀叉。

「他提供了三點理由。首先，人們希望自己是眞的做了某件事，而不只是擁有做了那件事的經驗。」

「可否舉例？」我覺得還是有點抽象。

「例如，如果你夢想有自己的鋼琴演奏會，比起只擁有模擬鋼琴演奏會的經驗，你更想要的應該是自己眞的做了那場演奏。諾齊克認爲，人們是先有想要做某事的慾望，才會進而想要擁有做那件事的經驗。因此最重要的是人們『眞的』做了那件事。」

「我懂了，你解釋得很清楚。第二點呢？」

「人們都會希望自己成爲某種人，而成爲什麼樣的人，奠基在你做了些什麼事。一個一生都在經驗機器中度過的人，他什麼事也沒有做，就只是躺在那裡。他既不是勇敢的人，也不是體貼的人，也不是溫柔的人。他沒有任何作爲，你沒有辦法描述他是一個什麼樣的人。我們不能接受自己變成這樣的人，因爲人們眞正在意的，不是自己的時間如何被消磨掉，而是我們做了什麼事來成就自己。」

「他想得好深遠，」我喃喃道，「我從沒想過這麼多。」

「第三點理由可能是最重要的：經驗機器無法讓我們接觸到眞實世界。人設的世界永遠不可能比眞實的世界更重要、更深沉、更複雜。」

「唔……」

「他補充說，縱然許多宗教更強調與『超驗現實』的接觸，因而達致極樂或涅槃，但並沒有人替這種宗教體驗與經驗機器的體驗做出區分。另外有些宗教觀點認爲，這樣的接觸是服從造物者的意志，是一種無上的愉悅。但諾齊克說，如果這『更高的存在』其實是某個外星人，人們反而無法接受。」

「外星人？」我瞪大雙眼，這個出乎意料的詞彙讓手中的叉子停了下來。

貝亞點點頭，「如果是某個外星人利用經驗機器來製造『超驗現實』，人會無法接受這樣的生命狀態。這其中的差異，是相當耐人尋味的。」

「外星人嗎……仔細想想好像也不是不可能。」

「諾齊克在這裡提了一個有趣的比喻。許多會影響意識的藥物能製造幻覺，對於不贊同毒癮的人來說，毒品就如同經驗機器，是我們不願意使用的。但對那些吸毒的人來講，情況正好相反，毒品所製造的世界，才是一個更深沉的現實，因此讓他們不顧一切追求。諾齊克似乎在暗示，那些對經驗機器成癮的人，跟患上毒癮沒有兩樣。」

「讓我想到S-Substance。」

「你的直覺是對的。雖然我並不清楚後世關於模擬現實的科幻電影是否受到諾齊克這篇文章的影響，而有了類似S-Substance的情節設計，但馬雅的製造過程中的確受到了諾齊克關於藥物討論的啓發，字母S代表的正是simulation——模擬。這藥物不但有功能性的作用，也有象徵性的意義——意味著開啓通往模擬世界之門的鑰匙。」

「這位哲學家沒有去當科幻作家眞是太可惜了。」

「諾齊克的結論是，經驗機器最惱人的地方在於，是機器替我們活了這輩子，而不是我們自己。總括他提過的三點理由，重點就是人所眞正希冀的是活在現實，而這點是經驗機器無法滿足的。」

「所以，活在現實比快樂更重要。」

「沒錯。」

「我終於懂了，」不知道為什麼，懂了一個哲學論證，讓我覺得很有成就感。

「諾齊克在文章的結尾點到另一個延伸的討論，關於自由意志。」

「自由意志？」

「你覺得在經驗機器中的人有自由意志嗎？」她緊緊凝視著我。

5.

「這個嘛……」我搔了搔頭，「應該說有，也或許沒有吧！看你從哪個角度談。」

「在經驗機器中度過一生，等於沒有自己的自由意志。人生是由不斷的選擇所造就，沒有自由意志的人生，一切都是命定的，是否眞能讓人接受？」

「可是在馬雅中，似乎還保有某個程度的自由意志。」

「沒錯。諾齊克的文章沒有講得太清楚，是否思緒、感受都由機器操控。但不管如何，體驗者的確沒有完全的自由意志，因爲在大方向上，人生都受到了控制，一切都不是因爲自己的選擇而得來，這種狀況恐怕無法爲大多數人所接受。這也是經驗機器的另一個隱憂。」

「所以諾齊克成功打倒享樂主義了嗎？他已經證明了快樂不是最重要的事。」

「經驗機器論證的確是給了享樂主義致命一擊，但反駁的聲浪還是沒有停歇過，只是威力都沒有諾齊克強。」

「而他也啓發了馬雅的製造……眞是不可思議。」

「經驗機器的實現是可以預見的事。在哲學的領域中，一個相當重要的子領域稱爲『心靈哲學』（philosophy of mind），主要研究心靈、意識活動的本質。關於心靈的哲學理論自古以來所在多有，但眞正在英美學界自成領域，最晚也是二十世紀的事。」

由於不知道該接些什麼話，我只好繼續將食物往嘴裡塞，等待貝亞說下去。一談到學術性的話題，她就停不下來。

「法國哲學家笛卡兒（Descartes）提出了二元論（dualism），指出世界上只存在兩種『實體』（substance）——亦即能獨立自存並持有某些性質的事物——那便是心與物。笛卡兒給了心靈本體論上的地位，如此一來，心靈活動本身便不能化約到物理現象。

隨著神經科學、腦科學等相關學科的進展，『物理論』（physicalism）的呼聲愈來愈高。物理論又稱唯物論（materialism）是某種實體一元論（substance monism），認爲最終存在的實體只有物理事物，心靈事物其實也是物理事物，所有心靈現象都能化約成物理現象。一個人的所思所想、情緒感知等心靈狀態，全都能用神經的活動來解釋。

近代的理論多數支持心的奧秘在於大腦。物理主義者認爲，人類的大腦就像電腦，所有的心靈活動可視爲大腦進行資料處理的運作。」

「意思是，大腦其實就是電腦囉？可是好像不完全一樣。」

「描述電腦可以有兩個層次。首先是物理特徵的層次，例如物理組件如何組合，哪些組件帶有電荷，電荷可以產生何種作用……等等。物理性質的描述比較繁複，但理論上做得到。第二個層次是從電腦的執行程式和處理的資訊來描述，只描述電腦的執行功能，而不提物理狀態和運作過程。」

「我聽不太懂。」

「用大腦來做比喻就很容易了解。物理論者認爲，人腦正是可以用這兩種層次來描述。神經科學便是物理描述的層次，他們研究神經系統的物理狀態，解析神經細胞複雜的組合形式，如同在研究電腦的物理結構一般。而心理學的角度即爲執行功能的描述層次。以心理學來描述人的行爲，就如同根據處理的資訊和執行程式等兩個元素來分析電腦。心理學研究人如何處理這些資料，而神經科學研究人處理這些資料時，在物理層面上發生了什麼事。」

「哦！我大概了解了。」其實還是似懂非懂。

「爲了揭開心靈的眞相，光靠單一學科的研究是不夠的。一九五〇年代中期，來自不同領域的學者開始發展出奠基在複雜表徵還有電腦程序的心靈理論。一九七〇年代中期，認知科學協會（Cognitive Science Society）正式成立，並發行《認知科學》期刊。此後世界上超過七十所大學陸續設立認知科學課程，整合了腦科學、認知神經科學、認知心理學、心靈哲學、語言學、生物醫學、人工智慧、人類學……等等。藉由相關學科的相輔相成，才逐漸揭開心與腦的奧秘。」

「具體研究些什麼啊？」我才剛問就後悔了，鐵定是很複雜的事物。

「主要就是沿著腦科學與認知神經科學的體系去發展。意識經驗與腦神經系統及結構的關聯；關於類神經網路模型如何結合腦科學，以便探討心靈現象的物理機制；研究邏輯與計算理論在認知研究上的基礎與應用；此外還有較偏向哲學性方面的許多理論，例如心理概念的形成以及意向性理論。」

「……頭都暈了！」

「隨著腦科學、神經科學的躍進，物理論被愈來愈多學者所支持，心靈的奧秘終被物理現象所解釋。循著這個脈絡，過去四十年間更多突破性的進展陸續出現。二〇一四年，馬雅的基本雛型被構想出來，開創了一個新的世界。經過了近二十年的進化，才達到今天的成果，使得世人重新定義何謂眞正的現實。」

「原來如此。」

「這個浪潮仍未停歇，科學家努力讓馬雅朝著終極的版本發展——諾齊克的經驗機器。」

「超乎我的想像了。」

一陣停頓後，貝亞注視著我，「你知道馬雅的意思嗎？」

早先的時候，貝亞都還會稱我「金杰先生」，但我注意到，她開始不使用這個稱呼了。

「馬雅的意思?」我迷惑地問,「什麼意思?」

「馬雅這兩個字的意義,或者說,MAYA這個詞的意義。」

「我當然不知道啦!原來這個詞有意義?」

「MAYA在印度哲學中指的是『幻象』(illusion),意指人們所經驗到的世界是虛幻的,只是眞實世界的投影。MAYA也是印度宗教中掌管幻象與夢境的神。」

「這就是爲什麼這間公司叫做馬雅?」

「沒錯,經驗機器是馬雅的科學版本。」

我原本想接話,但一來剛把肉塊塞入嘴裡,二來也不知道該接什麼,便暫時沉默。貝亞專注地切著牛排。由於剛剛都是她在開口,食物幾乎沒動到,我決定留點時間給她吃飯,換我來說話。

「你自己使用過馬雅嗎?」

「當然,測試的時候一定會用到。」

「我不是指測試的時候,而是一般性的使用。」

「不,沒有。」

「爲什麼?」

「如果眞要用的話,我只想使用一次。」

我不由得再問了第二次爲什麼。

「爲了眞正值得的事。」

「願意談談嗎?不方便也無妨。」

貝亞低頭思索了一陣。「不,我可以告訴你。」

「那太好了,洗耳恭聽。」

屋頂花園相當安靜，侍應生不見蹤影，大概在室內用餐區裡。夜幕之下，玻璃台座的黃光讓貝亞的神情柔和起來。她的心形臉在浮動的光影中頭一次有了情感的痕跡。

「那是在我二十四歲那年……距離現在已經很久了。當時，我人還在台灣，碩士論文進行到一半，中途衍生出新的理論，我打算另外寫篇文章，投到國外的期刊。」

「還沒拿到碩士學位就投國外的期刊？聽起來很厲害。」

「我認爲自己辦得到，」她的語氣輕描淡寫，「至少當時的我是這麼想。於是，我一邊進行論文，一邊書寫要投稿的文章。我以爲能輕易達成，但不如想像中容易。」

「你給自己太大的壓力了，我猜你替自己設了太高的標準。」貝亞看起來就是對自己要求很高的人。

「我不認爲那是很高的標準，事實上，我還覺得太低。讀過許多國外期刊的文章，我認爲自己能寫得更好。但事後證明，太過自我高估了。

那一陣子我過著緊繃的生活，打算拿到學位後立刻申請美國的博士，爲了順利銜接，我決定在隔年的申請期限前拿到碩士學位，並至少確定文章投稿成功。隨著日期一天天逼近，成品卻始終不盡人意。

某一晚，也許是壓力到達極限，我買了一瓶酒回房間，開始猛喝。」

「你喜歡喝酒？」我有點訝異。

「不，那時不知道是怎麼了，也許只是想麻痺自己吧。我喝了不少，然後昏死在床上。隔天起來，整個人非常不舒服，然後開始嘔吐。」

我凝視著貝亞，實在無法想像她宿醉的樣子。

「就在我吐空胃裡的東西時，他打電話來了。得知我的狀況後，他立刻趕過來。」

雖然貝亞沒有解釋「他」是誰，但我大概也猜得到。

「他陪了我一個早上，休息之後我覺得好多了。他說我壓力太大，需要放鬆，便要我上他的車，他打算帶我去兜風。」

「你們去了哪裡？」

「鄰近的山區。他喜歡看風景、爬山。那天，他帶我去爬一座小山。」

「貝亞，你好認真。」爬到中途，他突然停下來。

「什麼意思？」

「你爬的樣子，全神貫注，神情十分堅毅，你想攻頂對吧？」

「我們的目的不就是要攻頂嗎？」

他笑著搖頭，「我什麼時候說過了？貝亞，爬山不見得要攻頂。你看見周遭這些美麗的事物了嗎？你看，那黑頭紫身的鳥，那是台灣藍鵲，很漂亮吧？還有盛開的山櫻花，多麼棒啊！你仔細欣賞湛藍的天空、翠綠的山了嗎？只想著攻頂，你會錯過很多。對我來說，瀏覽這些美景才是最重要的，爬到哪裡看到哪裡，這樣你的日子才會快樂呀！」

「我是錯過了不少，」貝亞說，「他說得很對，他很了解我。我的人生就是以攻頂的心情不斷往上爬，但他的人生卻是恣意地瀏覽景色，隨心所欲。那一次的登山，我照著他的話做，果眞體會到了意想不到的愉快。我頭一次感到這麼放鬆。」

「的確是很棒的經驗。這就是你値得用馬雅體驗的事嗎？」

「不，不是這件事。」

「不然是？」

「如果我沒有前往美國，也許他就不會……也許我就能幫他。」她凝視著我，「我想體驗的劇本，是我對他的補償，我要想辦法挽回他，然後看見他快樂的神情，就像他當初教導我快樂爲何物一樣。」

「這個劇本……已經在你心中擬好了？」

她點點頭。

「你打算什麼時候體驗？」

就在貝亞欲開口之際，那名金髮女侍匆匆走了進來，用英文說了幾句話。

貝亞轉頭看著我，「Jefferson把檔案救回來了，用完甜點後我們就下樓準備。」

❖ ❖ ❖ ❖ ❖ ❖

我先回房洗了澡，吞下貝亞給的S-Substance，然後前往體驗房。瑞德與貝亞已在內等待。

「歡迎回來，dude，」瑞德微笑說，「Jefferson爲了這檔案，全身骨頭差點散掉，還好他從外面借來的機器有用，不然我們大概不會再見面了。」

「我對這件事是很樂觀的。」

「那是好事，祝好運！」瑞德眨了眨眼。

我點點頭，看了貝亞一眼。

「你應該把該做的事都記下了吧？」她問。

「當然，別擔心。」

「劇本會進行到你發現受傷的佳甯爲止，你會在八號房發現，而移轉器就在四號房。」

「然後就結束體驗？」

「沒有必要再進行下去，接下來是送醫以及警方到來的情節。」

「嗯，那我們開始吧。」

進入馬雅，戴好頭罩，關上艙門。沒多久我便感受到電流開始在頭部流竄。

閉上雙眼，模擬的真實再度到來。

馬雅（二）

1.

有個濕濕的物體不斷在臉上刮搔。睜開雙眼，一個白色的狗頭出現在眼前。

腦袋空白了一陣，記憶才緩緩接上。是雪菲。

我把雪菲推到一邊，從床上坐起。

佳甯站在鏡子前，好像在擦乳液。

「醒來啦，」她背對著我說。

「是啊，」我覺得頭有點重。「今天可是個大日子呢。幾點要舉行婚禮？」

「晚上八點。」

「所以晚餐八點才吃囉？」

「當然，就是小型的婚宴呀！」

沒記錯的話，佳甯是在七點五十分被發現。遇害時間則是在七點到七點半間。

時間不多了，得趕快進行調查工作。我想起備忘錄上的第一點：徹查佳甯人際關係。

正要開口時，視線掃過她的背影，話到嘴邊又收回了。如果在這個節骨眼問她以前情人的事，一定會碰壁。想要調查清楚她的私事，恐怕要從其他朋友下手。

「怎麼啦?怎麼晾在那裡?」她轉過身來問。

「喔，沒什麼，我洗臉一下就可以下樓吃飯了。」

「好。」

我走過她身邊時，她突然抱住我，看得出來心情相當愉快。也難怪，今天是大喜之日，儘管前一天發生破壞事件，但睡一覺起來總是會把不好的事忘光。

「改變心意想親我了嗎?」我問。

「對喔，差點忘了你還在懲罰中。」她立刻把我放開。

不知爲何，心中湧起複雜的情感。

貝亞想要利用馬雅來體驗拯救「他」的劇本，我則是利用馬雅體驗拯救佳甯的劇本。不，嚴格說，是藉由體驗她被謀殺的劇本來拯救她。

下樓用過早餐後，我看見老大走到停車場旁的花園抽菸，立刻跟了過去。

我先隨便找了個話題閒聊，然後才切入眞正的目的。

「那個壞掉的石膏像是哪裡買的?」

「喔，那個啊，我從台北一家供應商買的。」

「你自己挑的嗎?」

「是啊。」

「放多久了?」

「兩年有了吧。」

之後我又詢問了面具、地球儀拼圖、書本、字畫等物的訊息。除了字畫之外，其他三樣物品都在青雲山居中放超過一年了，而且都是老大從老家帶來的。字畫則是小蒂帶來裝飾娛樂室用的，她聽說羅奈威要在這裡舉辦婚禮，會有很多客人參加，因此想增加旅館的文藝氣息。

「字畫上禮拜拿來的嗎？」

「是啊，基本上就在你們來看場地的兩天後。」

「對了，是誰提議在婚宴開演奏會的啊？」

「啊？不是你嗎？」老大瞪著雙眼。

「我？什麼時候說的？」

「就你來看場地那時候啊。你不是說乾脆每人都來表演樂器算了？然後就當場撥電話給其他人，問他們意願。」

「對對對！我差點忘了！」我趕緊搔搔頭掩飾。

「你沒事吧？」老大一臉疑惑。

「我看是被今天的喜宴沖昏頭了，」我拍拍他肩膀，轉移話題，「感謝你旅館特別歇業兩天，替我籌辦這件事。」

他揮了揮手，「都朋友這麼久了，別客套。」

社交性地將話題收尾後，我回到室內，在廚房找到了小蒂。她正在收拾餐具。

遠遠看她真的很像男孩子，除了長相外，個子高也是個因素，就算是面對面觀察，還是有些男女難辨。

「嗨，」我說，「饅頭還有剩嗎？我肚子又餓了，想帶幾個回房間去。」

「當然可以呀，就在這裡，看你要幾個都拿去吧。」

以這個話題開場，我隨意閒聊了幾句。從談話中得知，小蒂的媽媽替老大工作已經兩年了，她早年喪夫，後來透過老大父母的朋友介紹，過來這裡工作。小蒂自己則是研究所畢業後，換了好幾個工作，目前已經在這裡四個月。

「小蒂，你跟佳甯唸同一所大學啊？」

「是啊，她是我學姊。」

「她是企管系，你呢？」

「我是數學系。」

「你說你們在話劇社認識的？」

「沒錯。」

「熟嗎？」

「在社團的時候算熟。當年話劇社公演，佳甯姊被拉去寫劇本，她本身很喜歡神話，就改編希臘神話中關於謬思的故事。由於劇本很棒，那次公演很成功呢！我就是那時才跟她熟起來的。」小蒂似乎是聊開來了，話開始變多。

「哦？你們有合作嗎？」我決定先敷衍幾句再進入正題。

「因為我也喜歡神話，所以有協助她劇本工作，不過我有演出，她可沒有。她很喜歡某個謬思，我便不斷說服她去演那個角色，她拒絕了，說最討厭演戲。可是——」

「你們畢業後就沒什麼聯絡了？」還是切入重要的問題好了。

她愣了一下，「呃，差不多吧。」

「爲什麼？」

「沒爲什麼，很多朋友畢業後就很少聯絡了，即使曾經很熟。這種狀況常有，不是嗎？」

「說得也是。那麼，你知道佳甯大學時代的感情狀況嗎？」

小蒂用狐疑的眼神看著我，「奈威兄，你怎麼向我打探起學姊了？你想幹嘛？」

「啊，你別誤會，是這樣的，」我迎著她的眼神，用誠懇的語氣說，「你也知道我今天要結婚了，我是眞的非常愛佳甯，這可沒騙你喔！只是，我發現她似乎曾經很喜歡一個人，但她不願多談。我當然了解她爲何不想多談，因爲她現在愛的是我，她不想讓過去玷汙了現在。」我突然覺得自己的語氣好文藝。

「當然，所以你也不應該再追問吧。」

「我可以理解女人的心情，她們不願意在現在的情人面前談論過去的情人；但也請你明白男人的心情，我想知道她過去到底是多麼深愛過誰。」沒想到我口才還不錯嘛！

「這樣眞的好嗎……」

「拜託了，我會保守秘密的。」

小蒂瞪了我半晌，聳聳肩，「好吧，但我知道的不多，可別說是我說的。」

「我發誓不會說出去。」我會告訴貝亞。對模擬人物發誓應該無所謂吧？

「學姊有個交往好幾年的男朋友，不過在她大四時分手了，好像是有第三者介入的樣子。其實，她並不愛那個男友，對方很愛她，她就和他在一起了。」她瞄了我一眼，「這個你應該知道吧？」

「我知道，」佳甯雖然沒有告訴我，但這種前戀情的基本資訊，照理說羅奈威應該是知道的。「重點就在那個第三者對吧？佳甯愛上他了？」

「或許吧，詳情我不是很清楚，那應該是一段沒有曝光的地下戀情。如果你說學姊以前曾經眞心愛過誰，有可能就是這個人了。」

「你對這個人知道多少？」

「完全不知道，要不是那時跟學姊比較熟，也不會注意到這件事。」

「你是怎麼注意到的？」

「她的神態，女孩子爲感情心煩意亂時的神態，說了你也不會明白的。」

「我懂了……你覺得佳甯有可能畢業後還跟他有聯絡嗎？」

小蒂攤攤手，「我眞的不清楚。」

因爲問不出新的資訊，我便就此打住。我向小蒂再三保證不會洩露消息，便離開了廚房。一走出來才發現自己忘了拿饅頭，不過小蒂好像也忘了，只好就這樣了吧！

接下來我想找李媽媽談談，確認一下老大所說關於被破壞物的歷史是否正確。

走在長廊上，我突然覺得自己好像眞的變成了職業偵探。

經過七號房時，望見李媽媽站在裡面，正在開窗。

窗前放著一個高高的長方格架子——有點類似學校體育器材室內堆放運動器材的架子——遮住了窗戶的右半邊，架上放滿了各式運動器材，包括羽球拍、籃球、棒球，甚至還有鉛球。這個架子略微傾斜，搖搖欲墜，看起來十分老舊。

李媽媽將紗窗推到右邊，然後轉過身來。

「啊，早安啊！在找什麼嗎？」她笑盈盈地對我打招呼。

「早啊！我只是吃飽飯閒晃……這邊是雜物室啊？」

「對面那間才是，這裡收放運動器材，提供給旅客使用。外面有草坪，很適合做戶外運動的。」

「原來如此。」

「今天我來這裡放東西時，覺得裡面空氣很差，才把窗戶打開，爲了要讓空氣對流，我把對面的窗戶也打開了。」她大概是注意到我對她開紗窗的動作有些疑惑，才做了解釋。

我轉頭望向走廊對邊，發現八號房門也是開的，整片窗戶前擺著一個一模一樣的方格架子。上頭同樣放了些雜物，一個裝飾用的紫水晶、一尊小佛像、一對電腦喇叭，還有雜七雜八的東西。

閒聊了幾句，我順勢問起那些被破壞的物品。李媽媽的說法與老大一致。另外，她也提到這兩天沒有發現外人入侵的痕跡。

問不出新的訊息。

我向李媽媽告別，回到走廊上。

來到樓梯前，拾級而上，腦中思索著方才的調查結果。好像根本沒結果。算了，先回房間休息吧，順便看看佳甯在幹嘛。

打定主意後便加快腳步。

一進到三樓的房內，我發現浴室的門是開著的。

佳甯站在浴缸邊，低頭垂視著裡頭的物品。她的身子僵硬挺直，臉色死灰，眼神空洞，靈魂彷彿凋零了。

浴缸中，一張繪圖板浸在水裡，就像溺斃的屍體。

2.

「發生什麼事了？」我叫道，然後奔至她身邊。

她直勾勾地望著前方。「我剛剛離開房間十分鐘，回來時就變成這樣。」

佳甯的繪圖板是被破壞物的其中一件，果然發生了。

「你剛回來嗎？」我問。

她點點頭。

「你沒關門？」

「沒有，我只是去找蒨蓉拿乳霜而已，她要送我的。」

「你在那裡待了十分鐘？」

「嗯。」

「她老公也在嗎？」

「在。」

「看來是那個戴面具的人溜進來幹的，」我突然想到一件事，「佳甯，昨晚你睡著後，有沒有發生什麼奇怪的事？」

「奇怪的事？」

「對，聽到怪聲，或者是其他可疑的事。」

「沒有，你跑出去後，我就睡死了。」

奇怪，面具客沒有進去嗎？還是……

佳甯彎下腰，伸手去撈繪圖板。

「我來就好。」我輕輕推開她，將手伸進浴缸中。

拿了條乾毛巾，我把繪圖板擦拭乾淨，接著拿到浴室外，擺放在桌上。

「佳甯，」我看著坐在床沿、不發一語的她，「你確定這件事真的……」

「閉嘴，我先前說過了。」

「可是——」

「沒有可是，你答應過我了。我知道這一切是怎麼回事，」她抬起頭，「絕不能讓這件事影響我們的婚禮。」

「這麼說的意思是，整件事不是餘興節目嗎？」

「你父母反對我們結婚，我們受到一次挫折，不能再有第二次了。」她用堅毅的眼神看著我。

看來她沒打算回答我的問題，再問也是徒勞。

「好吧，你確定沒事就好，我只是有點擔心。」

「什麼事都不會有，我們會順利成婚。」

「這個板還能用嗎？」我問。

「受潮狀況相當嚴重，情況不樂觀，也許得買一個新的。」

「得去哪裡買啊？」

「只要有賣電腦的地方應該就有，我也不知道，我對電腦的了解大概只比你好一點，我連iPhone跟iPad都分不清楚。」

「呃……那你怎麼會有這個繪圖板？」

「你妹送我的啊，你是怎麼回事？」

「我、我妹？」

「你家人只有你妹站在我們這邊，她對我很好……我幹嘛跟你解釋這個！你不是都知道嗎？」佳甯的神色開始不對勁。

再講下去就要露出馬腳了！「那個……我出去晃晃，你要繼續留在房間嗎？」

「我想再工作一下。」

「好吧，午飯前我會回來。」

離開房間時，我回頭瞄了一眼。佳甯坐在電腦前，臉色有些沉鬱。

我的心微微揪動。

之後的時間，我分別與蒨蓉還有夏江談過。蒨蓉似乎根本不知道佳甯大學時代的曖昧情事，而夏江更不用提了，她跟佳甯的交情還比不上蒨蓉。

午飯過後，老大邀約到戶外去運動，蒨蓉還有啓恩因爲要練習晚上表演的曲子，想待在房間，夏江跟文智則各自陪著。最後，我與佳甯、老大、宗杰，一同在草坪上陪雪菲玩球。稍晚，蒨蓉自己一個人走出來了。

「練得差不多了，」她苦笑，「從窗戶看你們玩得很高興，我也想出來走走。」

「你老公沒一起出來啊？」我問。

「他在娛樂室跟啓恩打撞球。」

「你們繼續玩吧，」老大說，「我先進去看一下晚餐準備工作怎樣了，這一餐可是很重要啊。」

「我也要回去休息一下，洗個澡之類的。」宗杰說。運動的關係，他稍微流了汗，散發出古龍水混雜汗水的強烈氣味。

消磨了一段時間，將近三點半時，剩下的人回到旅館內。蒨蓉邀我跟佳甯到她房間坐坐。是二樓的二十一號房。

文智不在房內。正對房門的窗戶是打開的，連紗窗都被推到一旁。窗檯上停放著一架小型黃色遙控直升機，頭朝外，看起來隨時準備起飛似的。

「唉，那傢伙整天在玩直升機，連紗窗也不關，小蟲都飛進來了，」蒨蓉說，「怎麼講都講不聽，眞的就是一個小朋友。你們等一下，我撥個手機給他，看他要不要上來聊聊。」她拿出手機。

結果文智還在樓下娛樂室，不肯上來。蒨蓉咒罵一頓後，將手機擺到桌沿。我注意到桌子下方地上放著一個行李箱，上頭擱著一個長方形遙控器。

「這是直升機的遙控器吧？」我問。

看起來像大型錄音帶，左右各有一個操縱桿。

「是啊，你想玩玩看嗎？」蒨蓉興趣缺缺地說，「拿去玩沒關係。」

我拿起遙控器，電源就在兩個操作桿中間，正要扳動開關時，才發現電源已經打開，上頭的小螢幕亮著，表示正在運作。

「還滿有趣的嘛，」我說。

正要開始操作時，蒨蓉突然驚叫一聲。

「怎麼了？」站在鏡子前的佳甯轉過身來問。

「我的長笛不見了，」蒨蓉說，「原本放在套子裡，擺在床頭櫃上，我剛剛出門前還看見它在。我非常確定。」

我跟佳甯對看了一眼，然後把遙控器放回行李箱上。

這時候，有人敲門。

蒨蓉不安地瞄了房門一眼，扯開嗓子：「誰啊？」

「我是啓恩，有事問一下。」

蒨蓉走去開門。啓恩站在那裡，那張瘦臉看起來很鬱悶。

「你們有看見我的豎琴嗎？」他問，「我剛剛離開房間時還在，現在不見了。」

佳甯突然衝出房間，她推開啓恩，往樓梯方向跑去。

「佳甯！」我大叫。

當我撞開一臉茫然的啓恩來到走廊上時，佳甯已不見身影。

「怎、怎麼回事？」啓恩半張著嘴。

「我不知道，」我轉過身來，「蒨蓉，你確定你離開時，長笛還在？」

「我剛剛說過了！我可以發誓！」她兩手按著額頭，「老天，難道這是另一起破壞行動？不會吧！我的長笛——」

「你離開房間時是幾點的事？」

「我不知道……大概兩點半吧。」

「這裡的門是一關上就自動上鎖吧？」

「廢話！你不是住一晚了？」

「竊賊怎麼會有鑰匙？」

「我不知道！偷了備用鑰匙吧？」蒨蓉按著頭不斷地原地繞圈，「我的長笛！我的長笛！」

「先冷靜下來好嗎？」我走過去按著蒨蓉的肩膀，「佳甯說過沒事的，她也許已經去處理這件事了。」

「可是，這樣就無法演奏了……」蒨蓉眼睛都紅了，她左手橫在胸前，右手摀著鼻子。

「我會把你的樂器找回來，你先到樓下去找文智，好嗎？」我拍拍她的肩膀。

她盯著我一陣，低下頭來，「……好吧。」

蒨蓉下樓後，我對啓恩說：「帶我去看你的房間。」

來到五十二號房，啓恩將門打開。夏江站在桌邊，正把手機擺桌上。

「豎琴原本放在哪裡？」

夏江指了指牆壁角落，「裝在一個藍色的背套中。」

「我大概兩點四十分回來時還有看到，」啓恩說，「但我立刻又出去了，那時夏江也不在房內。」

「我在餐廳吃點心，」她說，「小蒂做了果凍。」

「你有關門吧？」我問。

「當然有。」

「我下去問老大備用鑰匙的事，你們不用緊張，記得佳甯說過的話吧？這件事不會有問題，只是個驚喜而已。」

啓恩跟夏江的臉色看起來不知所措。

「婚禮一定要進行，」我強調，「我去找回你們的樂器，不用驚慌，好嗎？」

「這……眞的只是個驚喜嗎？」啓恩呑呑吐吐地說。

「當然是，這是最不尋常的驚喜。」

「這個驚喜好像有點怪。」

「誰說驚喜一定要正常的？總之眞相很快會揭曉。」

離開房間前，我聽見夏江對啓恩說：「我好累，要先休息，吃飯時再叫我。」

看來大家緊繃度都瀕臨極限了。

雖然這只是虛擬的劇本，但我還是會不自覺顧及人物感受，剛剛說要找回樂器只是爲了安撫他們，現在卻眞的湧起衝動，想擺平整件事。

我快速下了樓，聽見娛樂室有人聲，便走了進去。

老大、蒨蓉、文智、宗杰等人在裡頭。

「有看到佳甯嗎？」我問。

「沒有，」老大回答，「聽說又發生事情了？」

「蒨蓉都告訴你們了吧？」

「是啊，」宗杰說，扶了扶眼鏡，「感覺很嚴重。」

「我們眞的不需要報警嗎？」老大說，「基本上，這件事情已經……」

「佳甯昨天跟我們強調過了，」我說，「餘興節目的眞相即將揭開了！」

「這種餘興節目過於恐怖，」宗杰說，「引起恐慌。」

我擠出微笑，「各位要相信我，爲了我的婚禮，再忍一下好嗎？眞的不會有事的。」

「各位不必擔心，」背後突然傳來佳甯的聲音。

轉頭一看，佳甯站在門邊。

「一切就如奈威說的，」她繼續說，「我們得進行婚禮，這場鬧劇很快就要結束了。」

「佳甯，」蒨蓉小聲地說，「可是我的樂器……」

「會歸還的，再等一等。」

「人家都這麼說了，你就別堅持了，」文智拍了拍自己老婆的肩膀，「再固執下去別人會覺得你很討厭。」

蒨蓉沒有再吭聲。

眾人沉默了一陣，老大率先開口：「好，那就這樣，畢竟今天佳甯最大……大家還是要開開心心的，基本上，七點半就可以到餐廳集合了，現在各忙各的。」

所有人都離開之後，我望向佳甯。

「你跑哪去了？」

她揮揮手，「我們趕快上樓準備吧。」

語畢，她逕自走出了娛樂室。

我遲疑了，「我晚點上去，有事跟老大談一下。」

她沒有回頭。「嗯。」

我在娛樂室站了一會兒，調整一下思緒，然後走出房間。

老大正從餐廳出來。

「晚餐準備得怎麼樣？」我問。

「很順利，李媽媽跟小蒂各自忙著。」

「想問你一下，」我把他拉到走廊角落，「旅館房間的備份鑰匙是不是都在你那裡？」

「是啊？怎麼了？」

「竊賊可能偷了鑰匙，不然怎能進入蒨蓉跟啓恩的房間？」

他眼睛一亮，「對喔，我怎麼沒想到？可是你不是說不追究這件事了？」

「我不會追究，我只是想搞清楚鑰匙的事而已。」

「啊？聽起來有點矛盾啊。」

「不管啦，我們現在去看看鑰匙還在不在。」

老大疑惑地瞪著我，但沒再多說。我們兩人很快來到十一號房前。

「你門沒關啊？」我看著敞開的房門。

「是啊，不然要開鎖很麻煩耶，現在只有你們住，我不用提防吧。」

老大走進房裡，拉開書桌的一個櫃子，伸手進去翻了翻。

「三串鑰匙都還在啊，」他咕噥。

「那兩間房的鑰匙呢。」

他取出兩串鑰匙檢視，「咦？三十二跟五十二房的鑰匙被取走了。」

「誰知道鑰匙放這裡？」

「你忘了嗎？第一天晚上我就宣布過了，如果有人被反鎖就來找我，因此每個人都知道。」

「是這樣啊。」我搔了搔頭。因爲沒有經歷第一晚，所以根本不曉得。

「所以現在你要怎樣？」

「沒事，就先這樣。」

他看了我一眼，「我看你也別搞清楚這些事了，既然佳甯說要安心舉行婚禮，就開開心心的吧，女人在想什麼我們哪曉得。到娛樂室喝杯酒如何？」

「也好，但不能太久，我還要上去陪佳甯。」

「花不到你十分鐘。」

這次老大謹慎地關上房門。我們朝娛樂室走去。

來到門口，兩人的腳步頓時凍結。

那個戴金面具、穿黑斗篷的人跪在地上，面前擺著一支長笛跟豎琴，琴套和長笛套都扔在一旁。他戴著手套的右手拿著剪刀，左手握著鐵鎚；右手正高舉著，似乎要剪斷琴弦。

3.

一瞬間，三人像石雕般僵立。

面具客突然站了起來，朝門口奔過來！

老大叫了一聲，往旁跳開。對方立刻乘隙衝入走廊。

「你怎麼讓他跑了？」我叫道。

「他手上拿著凶器，難道要跟他硬拚啊？」老大一臉驚慌地說。

看起來像巨石強森的人竟然這麼膽小，早該知道連狗都怕的人不能仰賴的。

必須追上對方！我奪門而出。

「你要去哪？危險啊！」老大在背後嚷道。

我沒理會他。跑了沒幾步，擦撞到一名剛從餐廳走出來的人，古龍水味灌入鼻腔。連道歉都來不及，我便繼續往前衝。

面具客奔上樓梯。正當我要跳上階梯時，背後突然有人拉住我的手。

轉頭一看，是佳甯。她皺著眉頭。

「你在幹嘛啊？不是說會立刻回房？」

「現在沒空解釋這麼多！我正在追兇手！」

「兇手？什麼兇手？」

「就是破壞東西的兇手啊！」我試著掙脫她的抓握，沒想到她握得更緊。

「又有東西被破壞了嗎？」

「沒有，但——」

「我不是說過這件事算了嗎？」

「可是——」

「你到底有沒有在聽我說話！」

她的語氣讓我明白此刻不宜堅持己見。「這個……好吧。」

佳甯注視我一會兒，放鬆握手的力道，「婚禮就快開始了，我們得趕快做準備。」

一陣不甘願從心底湧起，但我也只能說：「那就上樓去吧。」

她拉著我的手，兩人一同上了樓。

二樓的長廊才剛映入眼簾，便看見地板上丟著一個物體。

是那張金面具。鐵鎚和剪刀被扔在一旁。

我鬆開佳甯的手，趨上前去。彎下身，我將面具拾起。

面具看起來沒有損壞。我轉頭一看，佳甯低著頭，好像在思索什麼。

她再度拉住我的手，「走吧，趕快上樓。」

「可是，這個面具……」

她放開我的手，「你拿到下面娛樂室放好，我先進房了。」

佳甯走沒幾步，我立刻跟上，換我握住她的手。「等等再拿下去就好了。」

她瞄了我一眼，「這才對嘛！你終於比較像樣了。」

「只是這些東西丟在這裡也不是辦法，先拿回房間，等等我再拿下樓去。」

「隨你。反正不重要。」

於是我捧著那堆雜物跟佳甯一起回房，雪菲在房內搖著尾巴等待。我們先洗了澡，然後開始整理儀容。從行李箱中，我發現自己預備穿上的衣服是一套白色禮服。佳甯則帶了一件紫色洋裝。

正要換衣服時，電話突然響了。是老大。

「你還好吧？面具客呢？」

「我追丟了，不過不管他了。」

「……了解。」我似乎聽到對方嘆了一口氣。

「那個……我檢查過，豎琴跟長笛都沒損壞，所以我立刻拿去送還給蒨蓉和啓恩了喔。」

「當然。」

「還有什麼事嗎？沒有的話就待會見啦。」

「好。」我掛斷電話。

「誰？」佳甯問。

「老大，只是問我們進度如何……繼續忙吧。」

佳甯在打點自己的時候，我趁機拿出桌上的白紙，開始記錄起調查結果。我在腦海中複習貝亞要我注意的重點……

七點整，我們換好衣服。佳甯說：「糟糕，我的耳環好像忘在樓下了。」

「忘在樓下?你不是戴在耳朵上嗎？」

「李媽媽跟我說有很多只類似的耳環收在雜物室，是老大的媽媽留下來的，我有去試戴，結果竟然戴錯了。我得去把我的拿回來。等我一下。」

「我去幫你拿就好了。」

「不用，我怕你拿錯……你去把鬍子刮乾淨，人中附近還有鬍渣。你也刮得太隨便了吧?」她指著我的下巴。

「噢……」

「喂，你鼻翼旁都脫皮了，太乾燥了，都沒在保養。」她轉身去拿乳液。

佳甯用指尖沾了些乳液，說：「閉上眼睛。」

她很熟練地把乳液均勻暈開在我的臉上，她的手指、掌心溫熱地撫摸著我的面頰。那一刻，我可以感受到某種能量透過她的手流入我的體內。

「好了，」佳甯把乳液的蓋子蓋好，「我先下樓去，馬上回來。」

說完她轉身朝房門走去。

看著她的背影，心中湧起一陣漣漪……

「等等！」我叫住她。

她轉過身來。

「別下樓去。」

「什麼？」

我在幹什麼？老實說我也不知道自己是怎麼了，我竟然產生想阻止劇本進行的衝動！

「你下去的話會有危險。」我說。

「你在說什麼？」

「我不知道，只是一個直覺，一個預感，覺得會發生不好的事，你留在這裡好嗎？」

她沒有說話。沉默了一陣，她走回我身邊。

「你怎麼會突然產生這種感覺？」她問。

「我眞的不知道。你應該也是相信直覺的那種人吧？我現在就是有那種直覺……在你剛剛走開的一瞬間，我的心就告訴我：不要讓她離開，你會失去她。而我不想失去你。」

她靜靜注視著我，眼神起了變化，眼眸似乎水潤了起來。

下一瞬間的事我完全沒預料到。

她趨上前來，貼在我的唇上。好一會兒才放開。

「我……我不是被懲罰了嗎？」當她離開我後，我恍惚地問。

「你被假釋了。現在，留在原地等我回來。」

「可是——」

「不會有事的，這是我的直覺。」

我原本想再堅持，但她已經轉身，打開房門。

門關上的那一刻，我跳到門前，手放到門把上。

……不行，我得冷靜一點，不能隨便悖離劇本主軸，萬一最後什麼都沒查到就功虧一簣了。冷靜，佳甯不存在……她剛剛給我的吻……

也不存在。

我不能讓情感駕馭我的理智，我不能忘記貝亞給我的忠告，我不能在此刻敗給自己性格上的弱點。我放開門把。

看了一眼床頭櫃的電子鐘，確認時間。

佳甯預估的遇害時間是七點至七點半，我是最後一個看到她的人。後來根據警方調查結果，這段時間，旅館中的人都沒有不在場證明，從大家的所在位置來看，只要五分鐘內不見蹤影的人都有可能行兇。

警方後來發現兇手丟棄的剪刀和槌子，都是從八號房拿的。鐵鎚上還有石膏痕跡，看來與破壞石像的器具是同一把。

方才兇手逃上樓後，躲藏到哪裡了呢？

若我不要阻止佳甯下樓，而是跟蹤她呢？這樣不但不會改變劇本的關鍵情節，或許還能逮到兇手。這樣的話，一切謎團就解開了。

但事情也有可能不會這麼順利。

如果我在跟蹤的過程被眞正的兇手發現了，對方可能會找另一個機會殺害佳甯，並且不讓我察覺。不管怎樣，馬雅會想盡辦法讓劇本順利進行。我還是不要輕舉妄動。

迷惘的時刻不知道持續了多久，房內的電話再度響起，我從床沿彈起。

「你們可以下來了。」是老大。

「有看到佳甯嗎？」

「佳甯？她不是在你房間？」

「沒有，她剛剛下樓找東西，一直還沒回來。」

「啊？這就奇怪了，她找什麼？」

「耳環，她忘了拿上來。」

「這樣啊……可是我剛剛在樓下沒看見她。」

「不然我先下去好了。」

「好吧。」

離開房間前我順手拿了面具等雜物，催促雪菲跟上。下了樓，老大剛好走過來。

「找到佳甯了嗎？」他問。

我搖搖頭，「其他人呢？」

「只剩下蒨蓉跟文智還沒下來。你手上那是啥？」老大瞪著雙眼。

「面具客扔在地上的，還你。」

老大接過那堆東西，「天啊，這到底是怎麼回事……」

「你們都到了啊？」蒨蓉的聲音從上面傳來。

抬頭一看，她挽著文智的手臂走下來。

「有沒有看到佳甯？」老大問。

「沒有……啊！」蒨蓉看到老大手上的面具，驚叫了一聲。

「沒事沒事！」老大說，「有人不要這東西，丟回來了……重點是現在佳甯不見了。」

「不見了？」蒨蓉又驚叫一聲。

「她隔那麼久沒有回來，我覺得不太對勁，」我說，「大家找找看吧。」

老大說：「麻煩你們兩位到餐廳去通知其他人這件事，要他們也幫忙找一下。」

「好。」蒨蓉趕忙說。

「順便找一下我的直升機，怎麼從房內消失了。」文智說。

「誰叫你放窗邊，本來就很容易掉下去，先別管了啦，正事要緊。」

蒨蓉拉著老公匆匆往餐廳方向去了。

「我找走廊這端，」我說，「你到外面看看。」

老大走出大門後，我往走廊底端而去。這時雪菲突然衝在我前頭，瞬間消失了蹤影。

來到八號房，門是敞開的，裡面亮著燈。

大概是今天辦婚宴的緣故，走廊開著大燈，燈光很亮，因此從長廊另一端無法注意到八號房亮著燈。

我深吸了一口氣，站到門口。前方吹來一陣冷風，我打了個哆嗦。

房間左側堆放著許多紙箱，靠牆是一排置物櫃，看來這裡的確是雜物室。

她在房裡。

佳甯彎身成ㄑ字形倒在地板上，背部朝向門口，背上突出一把黑色的箭，血漬沾染了紫色洋裝。雪菲在一旁不斷舔舐著她的臉。

現場一片凌亂，好像風暴掃過。佳甯的頭部附近立著一座四層置物櫃。地上散落著許多物品，似乎是從置物櫃旁邊的架子上掉落的。這個大置物架緊貼窗戶那面牆，第四層剛好是窗戶的高度，總共有五層。

地上有一塊裂成兩半、裝飾用的紫水晶，一個摔碎的玻璃水晶球；一盒灑散的迴紋針。架子附近躺著一顆籃球，架上一盞彩繪玻璃燈歪了方向，在平台邊緣搖搖欲墜。

這裡看起來發生過爭鬥，佳甯倒地前與凶手搏鬥過……

我彎下身，伸手探向佳甯的頸子。她還活著。劇本中記載，她是到醫院後過了好幾天才斷氣的。

我注意到在架子底下，那個離地約三十公分的暗處裡，躺著一只金耳環。
雪菲還不斷舔著，同時發出悲鳴。
我把佳甯的臉翻轉過來，她雙眼緊閉，表情扭曲，似乎承受極大的痛苦。
「佳甯、佳甯！」我呼喚著。
沒有回應。
雪菲的悲鳴持續著，刺激我的耳膜。
好像有什麼熱熱的東西從面頰流下……
「找到了！在這裡！」
老大的聲音從背後傳來，然後是其他人的腳步聲。
「哇！」女人的尖叫與男人的驚呼。
「發、發生什麼事了？」
「佳甯怎麼了？」
我快速抹抹臉，站了起來，面對他們。
「她被人攻擊了，」說這幾個字時，我的語氣顫抖著，「趕快報警！」
「佳甯！」蒨蓉推開老大，擠進房間。
「小心！」我叫道，「凶器還插在她背上！有沒有人會急救的？」
短暫三秒的沉默。
宗杰也擠進房間，「還是先不要亂動的好，趕快叫救護車！」
老大呆愣僵滯的表情瞬間動了起來，「啓恩，拜託你去打電話！夏江去通知剩下的人來幫忙！」
蒨蓉坐在地上，用手摀著臉。

我默默盯視著佳甯的軀體，想起她不久前給過我的吻。

「金杰先生，」背後突然有人說道。

我猛一轉頭，看見一道影子靠在對面房間的門邊。

黑色圓頂帽、黑色西裝、黑色手套、黑色長褲、黑色皮鞋……

……不止，還有一條黑色圍巾，遮掩了臉孔的下半部。至於上半部，只露出一副鍍水銀的眼鏡。

從頭到腳一身黑，就像一道鬼影。

是幽靈程式！

「設定的時間到了，」他的聲音跟記憶中一樣低沉，「如果你不想大腦再次受損的話，趕快進入移轉器。」

我看了一眼宗杰跟蒨蓉，他們突然像石像一樣停滯不動，連眼睛都沒眨。

「我們把劇本暫停了，」幽靈說，「沒有必要再體驗下去，之後都是警方的調查程序。」

「可是……」我望了望地板上的佳甯。

「金杰先生，不要忘了，一切都是馬雅製造出來的幻象。人會對幻影產生情感，但你最終還是要認清事實。」

我嘆口氣，站起來。

「四號房，」幽靈說，「門已經開了。」

我緩緩走向四號房，裡頭燈沒開。透過走廊的光線隱約可見裡面的移轉器。

S-Substance擺在老地方。吞下後，躺入移轉器，關上艙門。

電流再次通過頭部。

馬雅的世界逐漸遠去。

MAYA（2）

1.

房內瀰漫著幽微白光，貝亞的身影從打開的艙門邊出現。

「你還好嗎？」她問。

「唔……」我摸了摸頭，深吸一口氣。

「不舒服嗎？」

「不是，我只是……」腦中浮現佳甯躺在地上的景象，我覺得自己好像做了一場夢。事實上也是如此。

「是佳甯嗎？」

我抬起頭，驚訝地盯視著貝亞。「你怎麼知道？」

「沒什麼，很多人剛離開馬雅，都會跟你有一樣的反應。體驗者無法完全從劇本中的情緒抽出，這是常有的事。」

「沒辦法，那是完全眞實的體驗，而且，看到她被殺，我覺得不是很舒服。」

「沒有人會感到舒服的。但請記得，那不過是一場電影。電影所引起的感受，很快就過去了。」

「我知道。」

「你有想起什麼了嗎？」

「恐怕沒有，仍是一片空白。」

「現在精神狀況如何？」

「還可以。」

「是否可以討論案情？」

「當然。不過，我可否先上一下廁所？」

「去吧。」

上過廁所後，依舊坐在電腦前的瑞德拋了一顆糖給我。

「吃了腦袋會清楚點，」他微笑。

我和貝亞移師到一旁的矮桌，我們面對面坐著，白色花苞椅包覆著我的臀部。

「你覺得我們是否能一次找出事件的眞相呢？」我望著貝亞。看過佳甯的死狀後，我只想讓這件事趕快結束。

「你有信心嗎？」

「我覺得應該可以。」

「那我們就開始吧。你先簡單報告這次的經歷。」

「你們慢聊，我去休息一下，」瑞德站了起來，走過我身邊，拍了拍我的肩膀，「加油。」他離開了房間。

我大概花了半小時，將記憶中的經過全說出來。期間貝亞問了幾個問題，我盡量詳盡解釋。

「關於佳甯的人際關係，你查得如何？」

「我從小蒂口中問出，佳甯曾與一名男子私密來往過，她還爲了那人拋棄交往多年的男友，我覺得這男人很可能就是這次事件的主犯，也就是佳甯在檔案中提到的那個人。」

「繼續。」

「我想應該是這樣：佳甯當年因故沒有繼續與那人交往，後來跟了羅奈威，沒想到那人又出現，他們藕斷絲連，才會有那些親暱信件。後來男人決定想辦法破壞婚禮，而計畫的詳情佳甯肯定知道細節。佳甯在最後一刻反悔了，她或許察覺到對方想採用破壞性的方法，因而發現對方眞實的心性，又或者她最後還是選擇了羅奈威……也許兩者都有，我不知道……總之我認爲佳甯最後的行動並沒有與眞兇妥協。」

「你根據什麼做出這樣的判斷？」

「我可以感覺到佳甯是眞心愛著羅奈威。她最後會被殺，可能就是因爲反抗兇手的作法所致。既然如此，她就不是站在兇手那邊了。如果佳甯眞的有心要跟兇手私奔的話，她隨時都可以走人，大可不必跟羅奈威去參加婚禮。」

「兇手原本打算遂行什麼計畫？」

「我不清楚。除了破壞物品外，說不定還有什麼更可怕的舉動。佳甯最後應該是看不下去了，去找兇手理論，兩人發生爭執，才被殺害。我認爲以上是這件謀殺案的輪廓。」

「你仍認爲兇手是山莊外的人嗎？」

「如果我的理論是對的，他當然不會是旅館內的人。」

「但不是絕對。依照案件細節看來，旅館內的人比較有機會犯案。」

「是沒錯啦……你一定要把事情想得這麼複雜嗎？」

「你們並沒有發現有人入侵的痕跡，也沒發現有外人躲在裡面，外人犯案的機率明顯比內賊要低很多。我們姑且將兇手限定在旅館內的人，然後依照現有證據下去檢視，看是否有人符合兇手資格，若有的話，那很可能就找到眞相。」

我很想反駁貝亞，卻想不出好的理由。也許是看穿我的心思，貝亞繼續說道：「如果認定是外人犯案的話，這件案子就解不下去了，因爲沒有多餘的線索，因此只得朝內賊去思考。」

「……也是，不這樣的話就卡住了。」

「先從不在場證明開始。」貝亞從口袋掏出一張紙，上頭是熟悉的表格。

表上第一列的項目依序是：石像、拼圖、字畫、書本、繪圖板、豎琴、長笛、面具。第一行則寫著：張迅、宗杰、蒨蓉、文智、啓恩、夏江、李嫣、小蒂。

「這八項物品的最後三項沒被破壞，」貝亞說，「因爲兇手沒有時間。但可以確定的是這三項也在原本的破壞行列之中，同意嗎？」

「同意。最後三項沒被破壞的情節跟原始劇本都一樣，馬雅模擬得很徹底。」

「當然，我說過馬雅會盡量讓情節與劇本一致。主要是你的行動沒有偏離當年的軌跡太多。」

「了解……所以我們要一項一項來檢討不在場證明吧？」

「嗯，你記清楚了嗎？」

「我有在房間演練過。借我一枝筆。」

接過貝亞遞過來的筆後，我立刻在紙上書寫著。

雖然之前模擬過，但因爲內容太瑣碎，填寫時還是有些不順暢，我奮力搜尋記憶，總算完成表格。

「一項一項來看吧，」我指著表格，「首先是石像，沒人有不在場證明。你說過不在場證明要由我或佳甯親自作證，因此發現者本身也不能直接剔除，畢竟有說謊的可能。」

「嗯，」貝亞點點頭。

「拼圖也是一樣的狀況，連犯罪時間都無法清楚界定出來，更遑論調查不在場證明……再來是字畫跟書本，犯行時間發生在午後，介於所有人於娛樂室散會與晚餐前。這段時間，我與佳甯、蒨蓉、夏江到了外面的森林消磨時間，過程沒有人離開，因此蒨蓉與夏江擁有不在場證明。

再來是繪圖板。犯行時間是佳甯離開房間的短暫幾分鐘，那段時間她去找蒨蓉，而文智也在場，因此這兩人有不在場證明。此外，這段時間我在樓下與李媽媽談話，因此她也有不在場證明。」

貝亞維持沉靜的神情，沒有說話。她用眼神示意我繼續說下去。

「長笛跟豎琴的部分就簡單了，我親眼目睹面具客在娛樂室欲進行破壞行動，那時跟我在一起的人是老大，因此面具客不可能是老大。

我追著面具客到樓梯口，對方逃上二樓後遺棄面具。這期間老大不可能躲過我的視線跑上二樓遺棄面具，因此他也擁有面具的不在場證明。」

「宗杰、文智、啓恩在最後三項被打了問號，是因爲你不確定嗎？」

「我追著面具客跑出娛樂室時，撞到了一個人，我確定是男人，可是因爲太匆忙了，沒看清是誰。如果能確定，這個人便擁有最後三項的不在場證明。」

「沒有任何線索嗎？」

「那只是一瞬間的事，」我困惑地托著下巴，「連穿的衣服都沒注意到。」

貝亞注視著我一會兒，然後說：「請你閉上眼睛。」

「啊？」

「閉上眼睛。」

「喔。」我照做了。

「回憶當時的畫面，你衝出娛樂室，撞到人的一瞬間。」

「畫面太模糊了，只記得他好像是從餐廳走出來。」

「沒有任何清晰的影像嗎？」

「沒有。」

「好，我現在要你放棄視覺。」

「放棄視覺？什麼意思？」

「你是一個相當倚賴感官資訊的人，這種人常會犯一個錯，就是會特別仰賴視覺。在五種感官中，視覺幾乎佔有最重要地位，視覺主導了思考，但人們常忘了還有其他四種感官。」

「你是說……」

「用其他四種感官回想，暫時忽略掉視覺，你想起什麼沒有？」

其他四種感官……

我一直擺脫不掉視覺主導的思考方式，心中總是不自覺浮現出畫面，但貝亞要我忘掉畫面，忘掉眼睛。

如果沒有畫面的話，回憶中還剩些什麼？

觸覺？我雖然撞到對方，但隔著衣物，沒有接觸到對方的皮膚。

味覺？這裡不適用。

聽覺？對方好像沒發出聲音。

那麼只剩下嗅覺了。嗅覺……

等等……

幽暗的心海中，終於出現一閃靈光。

嗅覺，嗅覺……氣味……那是……

「我想起來了，在撞到他的那瞬間，有某種氣味……對了，是古龍水！」

「三個男人中誰用古龍水？」

「這個嘛……」

心靈的探針再度開始搜索。文智？不記得他有噴古龍水。啓恩？好像也沒有。宗杰……
我突然想起，在山莊的第二天下午，我們一群人與雪菲在草坪上玩球，那時宗杰流了些汗，身上的氣味特別濃重。那股氣味……
「是宗杰，我想起來了！」
「這樣宗杰就排除了，而文智本來就有不在場證明，所以也排除。」
我在表格上宗杰還有文智打問號之處畫叉，「只剩兩人沒有不在場證明：小蒂跟啓恩，而我們要找的是男人，這麼一來，只剩下啓恩！」我簡直不敢相信這個結論。
「啓恩符合你的理論嗎？」
「這個嘛……如果他就是跟佳甯搞曖昧的人……可是佳甯怎麼會認識他？」這還眞讓人想破頭。
「看來你不怎麼滿意這個結論。」
「我是不滿意，雖然表上的結果這麼說，但不知爲什麼，我覺得不是他。」
「你不能憑感覺來認定結論。」
「感覺在辦案時也很重要吧！」
「在追隨你的感覺之前，先考慮其他的證據與想法，也是很重要的。」
我重重吐了口氣，「好吧，有什麼其他想法？」
「記得我說過關於你性格上盲點的事嗎？」
「當然。」
「我說了什麼？」
「你說我是靠感受在主導思考的人，但內省能力弱了些。」
「嗯，所以你現在必須先拋棄主觀的認定，好好客觀分析其他資料。」

「好吧，該怎麼做呢？」

「我們從頭來檢視你的理論。你的理論基礎在於，佳甯信中的那名男人就是兇手。」

「這個基礎有問題嗎？」

「你憑什麼這麼認定呢？」

「這個嘛……因爲看起來很明顯，不是嗎？」

「怎麼說很明顯？」

我有點不耐煩。原本想事情想得很順、很直覺，但貝亞總是能把我的思考給拆開來。一旦要細想，思緒便整個卡住。「因爲信中佳甯在跟男人商量私奔的事，而婚禮上又發生破壞事件，這樣看起來不就是那個男人幹的嗎？」

「這兩件事只是連結性地出現，不代表有因果關聯。」

「唔……」

「以前的人們，因爲先看到閃電再聽到雷聲，便認爲閃電是造成雷聲的原因，事實上完全不是這樣。人們常會把先後出現的兩件事套上因果關係，但這卻不是必然的。」

「好吧，我認輸了。所以你要說兇手不是跟佳甯曖昧的那個男人？」

「我沒有說一定不是。只不過，如果我們另闢思路的話，會發現有另一人比啓恩更符合兇手的條件。」

「願聞其詳。」我無力地咀嚼口中無味的泡泡糖。

「與其從一個表面的連結現象來強加因果關係，倒不如從其他線索來得出更有力的結論。」

「什麼線索？」

「你好像忽略了那些破壞物的意義。」

「喔，曾經稍微思考過，但實在想不出來，就放棄了。」
「我們之前討論過，這一連串的破壞行動背後應該有其意義。」
「請你指點一下吧，名偵探貝亞。」
「這八件物品構成了一個謎語，背後隱藏了一條訊息。」
「哦？這倒是個有趣的想法。這訊息能告訴我們兇手是誰？」
「不能直接得知，但透過分析這個訊息，很快就可以鎖定兇手了。」
「那麼兇手到底是誰呢？」我加重了語氣，也不自覺握緊了拳頭。

2.

「別急，」貝亞不疾不徐地說，「一步一步來。兇手挑選的八件物品，是特定的選擇，而非任意。這點能同意嗎？」
我想了一下，「可以，如果是任意的話，他可以破壞其他更方便破壞的東西。」
「因此這八件物品必定有某種關聯，你首先可以想到什麼樣的關聯？」
「第一個想到的就是共通點吧，可是我看不出來！」
「你再把這八件物品瀏覽一次，發現什麼？」
石像、拼圖、字畫、書本、繪圖板、豎琴、長笛、面具……根本是亂七八糟的東西混在一起，哪有什麼邏輯可言？
「我只能說，兇手的邏輯異於常人。」
「請回憶一下，石像被破壞的部分是哪裡？」
「這個……好像是神像手中的一個樂器，對了！佳甯說是希臘的豎琴。她說了個英文單字，好像是

K開頭的，我想不起來。」

「Kithara，又稱cithara，古希臘的一種弦樂器。」

「原來如此。」

「因此被破壞的物品，嚴格說，應該是希臘豎琴。我們用同樣的方式來檢視第二項物品。那個拼圖代表什麼？」

「我記得是一個地球儀。」

「沒錯。那字畫呢？」

印象有些模糊，我努力回想，「……上面好像寫著『書中自有黃金屋』。」

「它本身是一個卷軸，對吧？」

「卷軸？這倒是。」

「那書本呢？你觀察到什麼？」

此刻的我就像小學生一樣，被老師引導著回答問題。「面朝下蓋著，蝴蝶頁裂掉了。」

「裂在哪幾個字之間？」

「我想想……對了，是『面紗』。」

「下一個，繪圖板也可以寫字吧，我們就稱它寫字板。」

「喔……」

「最後是面具，它的表情怎麼樣呢？」

「看起來一臉悲劇。」

「沒錯。現在請重新審視八項物品：希臘豎琴、地球儀、卷軸、面紗、寫字板、豎琴、長笛、悲劇面具。」貝亞將新的名稱寫在不在場證明表上。「你發現什麼了嗎？」

「什麼都沒有，」我喃喃道，「跟我的記憶一樣空白。」

「那是因爲在你的知識庫中少了一筆資料。」

「請你幫我加進去吧。」

「你知道希臘神話中的九謬思嗎？」

「……希臘神話跟謬思？有聽過，但細節不清楚。」

「她們是九名各自掌管不同藝術與科學領域的女神，每位都有一個象徵物。」

貝亞拿出黑色面板，按了一陣後遞給我。是一個網頁資料。

謬思名	領域	象徵物
Calliope	史詩	寫字板
Clio	歷史	卷軸
Erat	情詩	Kithara（希臘豎琴）
Erato	歌曲／輓詩	Aulos（希臘長笛）
Melpomene	悲劇	悲劇面具
Polyhymnia	讚美詩	面紗
Terpsichore	舞蹈	豎琴

Thalia	喜劇	喜劇面具
Urania	天文學	地球儀與指南針

「八項破壞物正好符合了象徵物，」我看著螢幕說，「只除了……」

「只除了某一位謬思的象徵物，請你看看那位謬思的名字。」

「Thalia……這是……佳甯的英文名字！」

「沒錯，現在你能理解這一連串破壞的意義了嗎？」

「陸續破壞九謬思的象徵物，等於是殺掉九謬思，而佳甯是九謬思之一，這代表最後將加害於她。」

「嗯，剛開始破壞的時候，佳甯可能還沒有察覺其意義。等到破壞物增多，警告的輪廓也慢慢浮現。一旦佳甯明白破壞物皆是九謬思的象徵物，而自己又是九謬思之一時，恐嚇就起了作用。兇手希望引起佳甯的恐慌，讓她焦慮Thalia的破壞究竟會以什麼形式出現在自己身上。」

「結果是謀殺。」

「我們無法斷定這是不是兇手原本的意圖。」

「難怪佳甯一直要我們不要報警，她看穿恐嚇的意義後，就知道兇手是衝著她來的。」

「並且，她顯然知道兇手是誰，也認爲兇手不會眞的傷害她，只是想威嚇她；還有，她也想保護兇手，不希望鬧大。這些原因總加起來，才構成她不准你們報警的充分理由。」

「有道理。」

「佳甯顯然在第四件破壞案後就看穿警告的意義，也很可能在那時就知道兇手是誰，但她沒有採取行動。一直到第二天下午，豎琴與長笛被竊後，她才無法繼續忍受下去，親自去找兇手理論。」

我想起佳甯知道長笛失竊後，突然跑出房間的畫面。

「佳甯給兇手警告後，」貝亞繼續說，「兇手在稍晚的時間找機會殺了她。」

「這個人到底是誰？」

「如果我的理論正確，兇手必須符合幾個條件：（一）熟悉九謬思；（二）知道佳甯熟悉九謬思；（三）有機會在旅館內準備九謬思象徵物。符合這些條件的只有一個人。」

是誰？是誰符合這些條件？我努力在腦中搜索。符合前兩個條件……

「不、不會吧？好像是……小、小蒂？」又是個出乎意料的人。

「你被自己一開始建立的前提給囿限了，所以完全排除兇手是女人的可能性。如果我們暫時捨棄『兇手是信中男人』這個想法的話，兇手的條件就廣闊些了。換句話說，兇手不見得是男人。

在我們的不在場證明表上，剔除到最後只剩兩人，」貝亞的眼神澄澈而銳利，「如果兇手有可能是女人，那麼小蒂也脫不了嫌疑。」

「但是，怎麼會……」

「小蒂的確符合上述三個條件，因此比啓恩更適合做兇手人選。她與佳甯合寫過關於謬思的劇本，也只有她能在旅館內準備九謬思的象徵物。」

「怎麼說？」

「當羅奈威與佳甯前往青雲山居勘查場地時，小蒂得知佳甯要嫁給羅奈威，同時獲知羅奈威將舉辦婚禮演奏，現場會有長笛跟豎琴表演；她也發現佳甯隨身帶著繪圖板。對神話敏感的她，隱約看見了九謬思的圖像，只需要再準備其他物品，九謬思象徵物就齊備了。

從旅館原有的物品下去尋找，她發現了地球儀、希臘豎琴、悲劇面具。她只需要再準備面紗及卷軸即可。面紗不容易尋得，她只好用有『面紗』字樣的書本做替代。旅館內沒有卷軸，於是她自己準備。

如你所說，卷軸的確是小蒂在婚禮之前帶來的，理由是讓娛樂室更有文藝氣息。

她知道如果製造外來者侵入的印象會引來警方，因此沒有刻意製造。破壞的順序，不用事先預定好，因爲無法預測何時會有機會，哪個先有機會，就先破壞哪個，在婚禮舉行之前全部破壞完即可。」

「好吧，聽你這樣一分析，小蒂的確最有可能是兇手。但是，動機呢？她跟佳甯有什麼過節？還有佳甯信中那男子跟案件無關嗎？」

「可能無關，那信裡面寫的事跟後來旅館內發生的事，是兩條平行線。或許佳甯在最後一刻仍然選擇了羅奈威吧！也許她跟男人之間突然發生了劇變，感情的事是很難說的。」

回想起佳甯對待我的態度，實在難以想像她是曾經出軌的人，我總覺得哪裡不對勁。不過人心難測，很多事都說不準，暫且相信貝亞的說詞吧！

「那小蒂的動機到底是什麼？眞是讓人抓破頭也想不出來。」

「這不難猜，當你去質問她時，她提過一個佳甯的秘密情人，你就是因爲信以爲眞，才會猜不到眞相。」

「你的意思是……」

「那個人就是她自己。」

「什麼？」

「佳甯應該是雙性戀。可能因爲這樣，她才不想張揚，總之她最後因故拋棄了小蒂，對她造成很大傷害，她才會於再次見到佳甯後起報復之心。第一天晚上她戴著面具在佳甯房前徘徊，也許本來是想採取什麼額外行動吧，由此看出她對佳甯必定有很深的執念。」

我沉默不語，在心中咀嚼著貝亞的理論。

「這一切推論都是真的嗎?」

「我沒有證據,但我找不到矛盾點。」

「就算知道真相了,又能如何?我還是想不起任何事。」

貝亞兩手貼在桌面上,似乎在沉思。半晌後她開口:「時間,也許還需要一點時間。你繼續反芻這些事,我相信記憶一定會回來的。」

「我不能肯定,」我右手觸摸著額頭,「已經過兩天了,毫無進展。」

「不要放棄,你一定辦得到。」

其實事情也沒那麼糟,才兩天而已,絕對還有機會的。我轉念一想,突然又樂觀起來。「好吧,今天我再努力回想看看。駭客十三有什麼新消息嗎?」

「目前沒有動靜,昨天他銷毀劇本的行動失敗後,想必受到了打擊,也許現在正在盤算下一步該怎麼做。中央電腦明天應該就可以修復,到時服務型機器人會恢復運作,你若有換洗的衣物可以交給他清洗。」

「啊?他會洗衣服啊?」

「不會,但他會把衣物拿到洗衣間去。」

「真是太有趣了,一定要見識見識。」

「你先回房去吧,用個早餐,休息一下,再努力回想。」

「好,那我繼續努力了。」我站起身。

當我走到門邊時,貝亞叫住我。

「什麼事?」我問。

「凡事小心一點,」她注視著我,「雖然目前風平浪靜,但我們真的不確定駭客十三是否會有瘋狂的舉動。」

「放心，」我笑道，「不會有事的。」最好是直接來襲擊我，這樣我就有機會送他一拳了。

❖ ❖ ❖ ❖ ❖ ❖

後來的事乏善可陳。在房內用了早餐後，便踱起方步，繞著房間的圓形結構反覆走動，腦袋中回想著青雲山居的案件，但徒勞無功。

為了靜心，我乾脆在床上打坐，閉上雙眼，不斷思索，最後除了讓自己愈來愈清醒外，仍是一無所獲。

貝亞說的真的就是真相嗎？雖然聽起來頭頭是道，但現在仔細想想，總覺得還是有哪裡不對勁。主要就是，我不相信佳甯電腦中的曖昧信件跟事件無關，如果無關，馬雅為何將那段劇情放進去？原來的劇本中也沒提到這件事呀。雖然貝亞沒說馬雅不會做多餘的事，這段戲還是讓人覺得匪夷所思。

也許事情沒那麼複雜，是我想太多了……只要能恢復記憶，根本不需在此瞎猜。貝亞原來的意思就是，不管我們有沒有找到真相，只要經歷這段過程，就有可能激發出我原本的記憶。

再把劇本翻一遍，也許會有幫助。

稍早離開體驗房時，貝亞又遞了一份紙本劇本給我。應該是檔案救回時她再印的。不得不說她很細心。

我把列印的資料抓過來，靠在枕頭上，快速翻閱。

背景性的資料就跳過去了，全部都是已知。我重新檢視案發前一天與當天的記錄，也沒有新發現。

佳甯受傷後，隨即被送到醫院，三個禮拜後宣告不治死亡；同一天晚上羅奈威行蹤不明，一個禮拜後在外縣市的一間餐廳被發現，羅患完全失憶症，不久後開始接受心理治療，但後來又離家出走，再度行蹤不明。

這根本就是重複所有已經知道的事。

當我要闔上劇本時，才發現裡面有一頁介紹了羅奈威的背景資料，是之前沒仔細閱讀的。裡面說明羅奈威曾就讀某科技大學，後來與朋友合夥開餐廳，在裡頭表演即興鋼琴。看來他也不是什麼眞正的鋼琴家，似乎是娛樂性質居多。

時間就像反覆記號，很快又來到了午餐時間。我把早餐的餐盤放上雲霄飛車，送走，再點了午餐。飯後，休息了一陣，思索著貝亞提的另一條策略。

找出失蹤的隨身碟。

這好像是更難的工作，完全沒有線索可循，但這是最確實的路線。之前在房內大搜索，什麼都沒找到；房外的話，簡直是大海撈針。

我突然覺得頭快爆裂。

在這裡繼續想下去會發瘋，還是出去走走好了！也許會有什麼靈感。

決定好後，便離開房間。

我搭上電梯，下了樓，來到廣闊的大廳。櫃台後的Lindy對我點了點頭，我報以微笑。若我懂英文的話一定會上前攀談幾句，但以目前的狀況還是算了。

我沿著走廊晃到餐廳，裡頭有不少外國人在用餐。

挑了個空位坐下，隨便點了杯飲料，消磨時間。

盡量放空腦袋，不去想這幾天的事。早上的思索把我折磨慘了，現在我選擇放鬆。

點了幾道甜點，喝了幾杯茶，放空到極點後，我站起身，回房去。

環視著雪白的房間，我決定再地毯式搜索一次。

這花了點時間，結果相同，沒有結果。

滿頭大汗的我只得先去洗澡。

沖澡後，看了一下時間，也差不多該吃晚飯了，但因爲剛吃過下午茶，肚子還不餓，我考慮是否就此省下晚餐。

就在我站在送餐窗口前猶豫不決時，腦際突然閃過一道靈光。

這個想法實在太令人訝異了，我甚至在想到的第一時間也同時產生否決的意念。

但是，不無可能！

我快速走到房間中央的電腦螢幕前。電子百葉窗是拉上的。我沒管背景畫面，直接點開點餐視窗，隨便叫了個漢堡。

沒多久，送餐窗口傳來聲響，我走到窗口前，兩台金色的雲霄飛車正好抵達。

我把餐點取出，放在一旁的桌上，然後把手伸進窗內，探入雲霄飛車的底座。

沒錯——這就是我的想法。我猜自己先前很可能把隨身碟黏附在飛車的底部！這的確是個藏物的好地點！

當手指一觸碰到底座時，我的希望落空了。

下面沒有黏附任何物品。我把手探到第二座飛車下，一樣空無一物。

不對嗎……？

仔細想想，這個方法雖然巧妙，但也有很多說不通的地方。首先，我怎麼能夠確定每次送餐的車子是同一台？如果不能確定就無法取回隨身碟了。

此外，要如何將隨身碟黏附在車底也是個問題，房內根本找不到夠強黏性的物品。所以這條思路仍是死路囉？可惡！好不容易有一線曙光的！

電話突然響了。

擺放在床頭的是一具多媒體的電話機，面板與底座成四十五度角，除了可當電話使用，還具備鬧鐘、音響等多媒體功能。貝亞之前有簡單教我使用，總之，我只要懂得怎麼接聽電話就夠了，其他都用不上。

「喂？」我按下接聽鍵。

「有進展嗎？」是貝亞。

「喔，我回憶了一整個下午，沒有想起任何事。」

「隨身碟呢？」

「沒找到。」

「冷靜想看看，你可能會放在哪裡？」

「我都差點把房間拆了，連送餐車也檢查過了……恐怕不在房內。」

「深呼吸。」

「深呼吸？你在說什麼？」

「請照著我的話做，先不要問問題，好嗎？閉上眼睛。」

我放棄跟貝亞爭辯，閉上雙眼。

「大口吸氣，然後吐掉，速度要慢。」

我照做了。紛亂的腦袋沉靜下來。

「好，現在再仔細想想，」她說，「如果你要藏隨身碟，可能會藏在哪裡？」

再問自己一遍：如果要把隨身碟藏起來，該藏在哪裡？

「……唔，突然想到，如果有保險箱，我會選擇藏在裡面。」

「我們公司沒有保險箱服務，若有這種服務，就不用找這麼久了。」

等等，這個公司沒有提供保險箱服務？

保險箱，保……

貝亞說過的話突然掠過腦際。

「啊，貝亞，我想到一個可能性……我這樓層的服務型機器人在哪裡呢？」

「目前暫時置放在交誼廳，沿著長廊走可找到。」

「好，可不可以晚點再打給你？大概二十分鐘後。」

「嗯。」

我掛斷電話。

無論如何，這個可能性值得檢視。

我從床上跳下，穿好鞋子，離開房間。

往長廊深處走去，來到一個十字路口，右前方有一個小型的廳堂，擺放著幾張桌椅，一旁站著一個白色物體，就像展示物一樣。

我快步奔了過去。

那是一具機器人。從外觀上看來，的確是貝亞描述過的ST-59。

它的頭形呈現橫向圓筒狀，身軀是白色的，手腳關節分明，體形有稜有角，身上還圍著一條類似圍裙的棕色物件，上頭有很多口袋，大概是工作用多功能皮帶吧。

機器人的胸前刻著：Alex。沒錯，就是他。

我記得在貝亞的敘述中，我曾經跟Alex交談過，而我本身是機器人迷。

「你提供什麼服務呢？」

「只要是我能力範圍內，都會盡力滿足您的需要。」

「太好了，我才剛住進來，有需要會告訴你的……」

如果我有一個重要的小物品需要隱藏起來，不希望被人找到，又不方便放在旅館房間，現在有一位機器人可以提供服務，任何服務，包括「保管物件」……我是不是會把貴重物品交給他呢？

如果交給他，他又會收放在何處？

我緩緩走近Alex，他空洞的大眼瞪視著我。

我將右手伸進對方的口袋中。

只能賭賭看了！

一陣摸索，沒有發現東西。我將手放到另一個口袋。

手指觸碰到冰冷的硬物。

我將它掏出來。

那是一個小小的金色方形物件。

應該就是這個了！

摸索了老半天，沿著外殼按下，突出一段銀色方形裝置，是ＵＳＢ的插頭。

我火速回到房間，面對牆上的電腦。

這英文電腦我根本不懂如何使用，反正只是要看隨身碟的內容，沒有要操作電腦，摸一摸應該就知道了。在告訴貝亞之前，我想先看裡面的內容。等不及了。

想到秘密就要在一瞬間揭開，心情不禁緊張起來。

我找到USB插孔後，將隨身碟插進去，螢幕上出現奇怪的視窗，應該是顯示碟內的檔案，檔名是

……「眞相」！

我憑著直覺點觸，結果很神奇地打開了文件檔。

內容是中文。

困擾我已久的「眞相」，即將就要揭曉。

此刻，竟感到有些暈眩。

3.

一小時後，我盯視著電腦螢幕，一股沉重的恍惚感壓上心頭。

胸口滯悶，咽喉彷彿被扼住；一轉動眼球便覺頭暈目眩、整個房間都在旋轉。

我閉上雙眼，一陣碎心的波濤排山倒海湧上。睜開雙眼，看著淨白的牆，那牆就像凝滯的乳白色牛奶，讓人聯想到皚皚白雪。挪開視線，房內的景物呈現出一陣搖曳感，彷彿隨時會消逝。

我再度閉上雙眼時，所有東西都不見了。

坐在床沿，反芻著思緒，逐漸穩定心神，腦中再度浮現佳甯的臉孔。

我站起身，走到床頭邊，用多媒體電話撥號給貝亞。她之前教過我怎麼快速撥號給她。

「喂？」

就連這聲「喂」的語氣也是平靜無波。

「我找到隨身碟了，也看了內容。」

貝亞停頓了幾秒，「我馬上過去。」

我還沒回答她便切斷通話。

幾分鐘後，貝亞出現在房內。我站在桌旁，瞪視著牆上的電腦螢幕。

「我知道事件眞相了。」

「全部？」

「有一些細節不太清楚，但輪廓知道了。而且……我還想起了一些事。」

「你恢復記憶了？」我首次看見貝亞的眼眸中起了漣漪。

「不是完全，只有片段……檔案的內容讓我想起一些畫面。」

「你是否願意談談？」

我又停頓下來，思緒一片混亂。「貝亞，眞相遠超乎你我的想像……不，像你這麼聰明的人，也許早就料到這種可能性。總之，對我來說，實在太過於震撼。」

「慢慢說。要不要坐下來談？」

我原本想拒絕，覺得站著比較能專注，但沙發就在旁邊，最後還是坐了下來。

貝亞也在床沿坐下，兩膝靠攏，黑絲襪與工作白袍形成強烈對比。她沉靜的眼神讓我稍稍鎮定。

我緩緩開口：「在我大學時，有一次偶然從犯罪實錄上讀到羅奈威的案子。我對犯罪並不特別感興趣，當時只是偶然翻翻，但立刻產生一股很奇怪的熟悉感。雖然只是閱讀紙本記錄，我卻覺得羅奈威似曾相識。我完全無法解釋那種既視感。

後來這件事被我拋諸腦後。直到三年前，我出了一場車禍，頭部遭受嚴重撞擊，被送到醫院時已昏迷不醒，最後宣告死亡。

人死後到底還有沒有意識？死亡的感覺其實跟深度睡眠是相同的，心靈活動中斷，只不過前者是永恆，後者是暫時。所以死亡並不可怕。

我進入死亡這場睡眠後，突然醒了過來，」我看著貝亞，「你知道我發現了什麼嗎？」

她沒有回話。

「貝亞，你身爲馬雅的操作員這麼久了，有沒有想過一個可能性？」

貝亞靜靜注視著我，嘴唇蠕動，「我當然想過。」

我嗓音沙啞地說：「我醒了過來，發現自己躺在一臺機器中，一臺經驗機器！」

❖ ❖ ❖ ❖ ❖ ❖

「你醒來的時候，」貝亞口齒清晰地問，「怎麼知道那是經驗機器？」

「當我醒來的那一霎那，可以感覺到記憶全湧入腦中，就像夢醒時分，你會想起睡前一切的事。」

「一切是如何呢？」

「我沒有辦法記得很清楚，一旦再次進入機器中，原來的記憶就會消失，這臺經驗機器應該就是諾齊克所描述的那種高階馬雅。而我，現在就在那台機器裡面。」

房內一陣冷冽襲上。貝亞像一座雕像凝望著我。

「所以，你正在經歷一場幻象？」語氣聽起來像直述句，而非疑問句。

「沒錯，你不存在，我也不存在，這是馬雅的世界。」

死寂。

貝亞說：「繼續談下去。」

「我只知道，機器出了點問題，導致我從機器中醒過來。操作員將機器修復後，要我躺回去，繼續體驗劇本。」

「我懂了，這裡發生很有趣的意外。你原本不應該記得機器外的事，但因爲劇本中斷，你半途甦醒，這個不正常的運作過程導致你接續中斷的劇本時，把部分機器外的記憶帶了進去，因此隱約記得實際上發生過的事。」

「就是那樣。所以當我起死回生後，我知道自己在經驗機器裡面，而且殘餘的記憶告訴我另一件事：我體驗的上一個劇本正是羅奈威的故事。」

「果然。一個人從夢中醒來時，當然可以記得夢的內容，所以你記得羅奈威劇本的內容，然後因爲不正常的中斷，這部分的記憶沒有被排除掉，所以當你再次接續劇本時，你記得上一個劇本。你大學時會對羅奈威的故事有既視感，是因爲之前體驗過，但因爲經驗機器記憶屏蔽的關係，你無法知道爲何會有既視感。這個屏蔽被不正常的中斷給打破了。」

我訝異於貝亞的冷靜，在得知眞相後，她竟然還能無動於衷地進行分析。

「我並不曉得這些劇本間有什麼關聯，」我說，「總之羅奈威簡直就是我的前世……這裡的記憶不是很明確，我只隱約記得，我體驗了羅奈威的一生，但確切內容沒辦法記得很清楚。知道這件事後，我立刻再把羅奈威的案件資料挖出來。」

「你還是沒有想起太多事，對吧？」

「似乎沒有，都是一些非常片段的畫面。當我重新瀏覽刑案實錄時，只感覺到很熟悉，完整的細節卻無法回想起來。只有一件事記得很清楚，那就是深愛佳甯的感覺。

我知道自己深愛著那名女人，無論如何，不能讓她死得不明不白。這就是爲什麼我會收集了所有關於謀殺案的資料，然後來到這裡探求眞相。」

「但你明明知道這一切都是虛幻的，佳甯並不存在。」

「她對我而言是眞的。至少，我猜我失憶前是這麼想的。」

「這樣調查舊案的動機就清楚了。我也清楚駭客十三的眞實身分了。」

「哦？」我抬起頭來，「關於這一點，我還是一頭霧水。」

「他是幽靈程式的進化版。我想情況應該是這樣：你接續劇本後，機器操作員發現你的行爲開始偏離劇本，他也逐漸發現了你偏離劇本的原因，於是開始利用幽靈程式介入。駭客十三就是他創造的虛構人物。由於只是個幽靈程式，可以來去自如，也可以隨時消失，所以既能遠距離破壞公司電腦，又能近距離侵入你的房間。種種行動目的就是阻止你再度想起自己是在經驗機器內。這樣先前七大疑點的前六點就全部解開了。至於第七點……你對那操作員有任何印象嗎？」

「隱隱約約只記得……他不是人類，是某種……很奇怪的存在物。」

再次死寂。

「其他的我什麼都不知道，」我說，「我不懂的是，如果這名神秘的操控者眞想阻止我回想起關鍵事實，只要從我的記憶動手腳就行了，何必大費周章呢？」

「這點我只能臆測，有兩種可能性。首先，你所提到的經驗機器雖比馬雅先進，但從它無法完全消除既視感的狀況看來，也許無法針對記憶做太細緻的切割與屏蔽。第二，也許操作者有些樂在其中了，這個節外生枝的劇本讓他出面干涉，干涉之後想要觀看事件的發展，就讓情節依照機器的調整而進行，就像人類以觀察動物爲樂一樣。我比較傾向這種可能性。」

「但現在我已經知道眞相，他難道什麼都不做嗎？」

「這點你就要問他了，如果你眞在經驗機器中的話，我也只是程式下的產物。我所做出的反應，只是奠基在我的預設程式再加上你的輸出値來決定的。」

「……我不知道操作員的身分，我也不知道機器外是個什麼樣的世界，除了我剛剛說的那些事外，我什麼都不知道。」

「這些就是你想起的事？」

「不，」我搖搖頭，「這些是檔案上記錄的。是羅奈威發現眞相後，以類似日記的形式寫下來的。而我回憶起的是某些畫面。」

「什麼畫面？」

「關於羅奈威一案的某些畫面。」

「這是你現在才回想起來的？」

「沒錯。可能是讀了檔案之後所引發的瞬間記憶恢復，但沒想到恢復的卻是上一個劇本的記憶。」

「記憶本來就是一件很微妙的事情，請繼續說下去。」

「貝亞，我不知道馬雅針對佳甯一案所模擬的眞相，是否就如你所推理的那樣，但我可以肯定的是，有一種可能性馬雅永遠無法模擬出來，而那個可能性才是眞相。」

貝亞停頓了一下，然後說：「繼續。」

「我想起的第一個畫面是，我站在青雲山居後面的草坪上，背對森林步道入口，面對旅館背面，手上拿著老大的豺狼十字弓。我對準旅館的方向，射了一箭。」我吞了吞口水，感到喉嚨乾澀，「第二個畫面是，我人在八號房中，蹲踞在佳甯旁，望著刺在她背上的箭……」

貝亞的表情仍然沒有改變，我迎著她的雙眸。

「貝亞，殺害佳甯的人是我，我才是眞正的兇手！」

4.

不曉得是第幾次的沉寂。

「我不知道在上一個劇本中發生了什麼事，」我打破沉默，「也許，跟這次馬雅所模擬的劇本一樣，我發現了佳甯與另一名男人的通信，與她發生爭執，所以憤而殺了她。八號房的窗戶因爲要通風的緣故，被李媽媽打開，連紗窗都開了，箭才能射進去。」

「那破壞事件呢？你怎麼解釋？」

「這樣的話，恐怕兩件事是分開的。恐嚇者的確是小蒂，後來佳甯找她對質，她並沒有惱羞成怒殺了佳甯。我想這就是事件的眞相。」

貝亞以沉默來代替回答。

「我所回憶起的畫面太鮮明了，」腦中又浮現那影像，頭痛了起來，「我竟然親手將佳甯……」

「金杰先——」

我揮手打斷她的話。「貝亞，我需要獨處，你讓我整理一下思緒吧……我現在頭很痛。沒想到事情會變成這樣。」

貝亞回答前停頓了一段時間，「那請你好好休息，有事再聯絡我。」

「不用擔心，我不會有事的。」

她點點頭，若有所思地看著我，然後便轉身離開了。門在她身後關上。

我在床沿坐下。頭愈來愈痛。

佳甯的影像浮現在腦中。

「開心嗎？要跟我結婚了。」

「很開心，一切就像一場夢。」

「不是夢，我們好不容易才走到這步。」

是夢，你只是我夢中的一個角色。

我跟佳甯，可說是前世的夫妻吧？我所經驗的劇本，似乎都不是短暫的故事，而是許多不同的人生。

人生如夢。我終於能體會這句話的意義。不管那股背後操控的力量是什麼，我的人生的確只是一場夢，一場馬雅之夢。

我現在就在夢中，直到劇本結束，才能脫出這夢境。

爲什麼上一個劇本這麼悲慘呢？爲什麼我殺了自己的未婚妻？因爲嫉妒？因爲憤怒？原來我是這樣的人？

雖然我感知到的一切都是虛幻的，但我仍保有自己的思考；除非我現在所使用的馬雅，連我的思想都能操控。如果我仍保有某個程度的自由意志，那麼我殺了佳甯，便是敗給自己性格上的弱點。

我不願意成爲這樣子的人。

人們都會希望自己成為某種人，而成為什麼樣的人，奠基在你做了些什麼事。一個一生都在經驗機器中度過的人，他什麼事也沒有做，就只是躺在那裡。他既不是勇敢的人，也不是體貼的人，也不是溫柔的人。他沒有任何作為，你沒有辦法描述他是一個什麼樣的人。我們不能接受自己變成這樣的人，因為人們真正在意的，不是自己的時間如何被消磨掉，而是我們做了什麼事來成就自己。

我咀嚼著貝亞說過的話，陷入了深思。

感到疲倦。

佳甯死亡的畫面不斷浮現，就像某種隱藏的利刃，在腦中不斷刺擊。

這時，房間的電鈴響起，我站起身，走到門前，按下監視面板按鈕。是貝亞。

我打開門。

「我知道你頭痛，」她說，「我帶了止痛藥來。」

「啊，謝謝你，不過不要緊的。」

她往房裡走進來，我只好退開讓她進入。

「吃下比較好，你臉色非常差。」

「我有嗎？」

「你受到太大的衝擊了。」

貝亞走到飲水機前，用玻璃杯裝了一杯水，然後將一顆粉紅色圓形藥錠連同杯子遞給我。

「趕快吃下吧。」。

我照做了。她說得沒錯，我頭真的很痛，需要舒緩一下。水流進喉嚨的那一瞬間，感覺十分清爽。

「你深愛著佳甯，對嗎？」貝亞問。

「我……我想是吧。第一次在馬雅內看見她時，沒有太特別的感覺。但當我回想起那幾個可怕的畫面，我發現對她的熟悉感回來了。除此之外，卻想不起任何事，我只知道，她對我而言是非常重要的人。」

「你是否希望從沒來過這裡？」

「不。那樣的話，我會更無法接受。」

「現在你打算怎麼做？整件事已經幾乎沒有謎團了。」

「我希望自己沒有殺她。」

「你沒有殺她，她不存在。」

「不，她存在。」

「就算她存在好了，你也沒辦法回到過去，改變一切。」

「所以我才說我『希望』。」

靜默半晌後，貝亞說：「我認爲你該早點休息，什麼都不要想。明早我們再來討論之後的安排。」

「之後的安排？還能有什麼安排？」

「送你回台灣。」

我苦笑了一下，「既然我現在已經知道自己在經驗機器中了，操控者還會讓這個劇本繼續演下去嗎？我不知道他在想什麼，但也許他隨時會中止我的劇本。」

「你想說什麼？」

「沒什麼，貝亞，我想今晚就到此爲止了，你也該去休息。」

貝亞沉默半晌，點點頭，「晚安。」

她轉過身，朝房門走去。

正當我要將門關上時，她突然回身。

「等等。」

「怎麼了嗎？」我問。

「你隨身碟中的檔案……我能留一份嗎？」

「喔，可以啊。」

「我想研究一下，也許之後可以給你一些好的建議。」

「請自行取用。」

「謝謝。」

她走回房內，在電腦前停下。「我把檔案寄到我的信箱，請稍等。」

「慢慢來。」

電子百葉窗仍然是關著的，我看著貝亞在關閉的百葉窗上操控螢幕。我突然想到。這裡是六樓，如果是有懼高症的人，應該光有這樣的念頭就會雙腳站不穩吧。

但我的雙腳站得很牢靠。

五分鐘後，貝亞仍站在電腦前，「抱歉，信箱似乎有點問題，我試試另一個。」

「進不去嗎？」

「對。」

雖然跟貝亞說著話，我卻心不在焉，腦中一直想著背景百葉窗。

不，正確說，是百葉窗外的……

某個想法在心中成形。

又過了不知多久，我開始感到極度疲倦。佳甯的畫面縈繞心頭，就如貝亞所說，整件事讓我受到太大衝擊。現在時間晚了，承受龐大的精神壓力，肉體開始支撐不住了。我在床沿坐下。

貝亞站起來，「抱歉，我弄好了。」

「沒事。」

「頭痛藥會讓你想睡，建議你早點休息。」

貝亞看了我一眼，便轉身走出房外，並將門帶上。

我連鞋子都沒脫就癱到床上。濃烈的疲倦感蔓延開來。
貝亞總是能夠讀出我的心思。
她一定明白我在知道眞相後，想要採取什麼行動，所以才給了我那顆止痛藥。
但是，她不可能永遠阻止我。
只要等到……

5.

「我要跟佳甯結婚。」
這句話一出，他們原本輕鬆愜意的臉色變了。
我站在臥房門口，盯視著他們。母親坐在沙發上，穿著粉紅色的睡袍，父親則翹著二郎腿向後靠在旋轉椅上，手上拿著杯子在喝茶。
他皺著眉關掉電視，轉頭看我。
「你說什麼？」沒有抑揚頓挫的語氣。
「我說我要跟佳甯結婚。」
母親的眉頭也皺起來了，「這麼快？什麼時候？」
「我們也交往半年了，現在開始準備，大概一年後吧。」
「她不是沒有工作嗎？」
「她有工作，只是不穩定。她寫書，也幫雜誌畫插圖，簡單說就是在家裡接案子。」
兩人沉默不語。父親雙手交握在膝上，眼神對著黑暗的電視螢幕。他花白的頭髮與臉上的皺紋讓他更顯蒼老。

「經濟問題你們不用擔心，」我說，「我的薪水夠我們兩人生活，我大概有十年沒跟你們要錢了不是嗎？佳甯的開銷很少，不會造成負擔的。」

「你們結婚，要住哪裡？」母親的聲音變得跟父親一樣沒有抑揚頓挫。

「住哪？當然是跟我一起住啊！我現在租的房間再擠一個人不是問題。」

「這樣居住空間太小了，生活品質不好。」

「拜託，沒你想的那麼小，我們才兩個人！」

父親仍然沒有說話，持續瞪視著沒有畫面的螢幕，彷彿整個魂魄都被吸入黑暗中。母親用一種受到侵擾的眼神看著地面，眉頭愈皺愈深。

「這個周末回家就是要告訴你們這個消息，」我耐著性子說，「我跟她相處得很好，再好不過了。兩個人在一起最重要的就是能夠相處。」

「再觀察一段時間吧，」母親抬起頭來，「不要太急，我認為應該再觀察一陣子。」

「再觀察一年還不夠嗎？我只是想先告訴你們我們的打算。」

「不，我不准。」父親的魂魄突然回來了。

「為什麼？」

「她配不上你。」

「又來了！每次都是不同的理由！」我叫道，「上次是個性不合，上上次是家庭背景不合！再前一次是學歷不合！那下次又是什麼？我看讓你們來幫我挑好了！」

「不要這樣，爸爸的意思是——」

「他的意思是一切由他來做決定，我沒有自由選擇權！」

「你沒有自由選擇？」父親瞪大眼睛，「從小我們就給你這麼多自由，你竟然說你沒有自由？」

「你們給我很多自由，唯獨感情不給我自由！爲什麼要干涉我的戀愛？」

「不是干涉，」母親一臉凝重，「是爲你好，你要知道結婚是一輩子的事，如果不慎選對象的話，會毀掉你的人生。」

「那你們倒說說看，佳甯哪裡不好？你們之前明明就說她人不錯！」

「她配不上你，她就是配不上你。」父親像個壞掉的機器人偶。

「你看，你也說不出個像樣的理由來！這種理由我無法接受！」

「她沒有工作，」母親說，「都已經三十歲了，還窩在家裡，這種性格的人只會造成你的負擔。」

「她有工作啊！你們看不起創意工作者嗎？」

「就算那是工作，但不穩定啊。」

「你們爲什麼就是不肯支持我？爲什麼你們總是不愛我愛的人？我已經三十歲了，連感情都不能自主嗎？」

「你的感情可以自主，」母親說，「我們只是提供意見。你不要這麼反彈嘛。爲什麼你總是把我們的意見——」

「意見？我看是操控吧！你們分明就是要我分手！我受夠了！」

大聲吼叫後，我轉身快步離開了他們的臥房。

「奈威！不要每次都這樣！」母親在背後叫喚，「唉，這個孩子爲什麼會這樣……」

我轟地一聲將房門甩上。

胸口一陣怒意，那怒意令我沮喪，也令我悲傷。

其實，他們說得對，我的感情可以自主，我想要跟誰結婚，他們頂多只能表達意見，也不可能將我綁起來，限制我的行動。

但我在意的是，他們始終不能愛我所愛的人，支持我的戀情。

我希望他們祝福我們。

不知爲何，父母不贊同我的戀情，總是讓我非常懊惱，非常心碎，也非常憤怒。

也許，這是因爲我深愛著他們。

他們也深愛著我，從小就深愛著我，愛到有些偏執的地步了。

父親的執念是無法妥協的，我早料到這點，因此想好了後路。如果我想永遠跟佳甯在一起，那麼我們就只能秘密結婚了。等過久一點，有適當的時機，再讓他們知道。

胸口突然一陣絞痛。我蹲下身來。

我並不想欺騙他們，但我別無選擇。爲什麼與他們的唯一衝突都圍繞在感情問題上呢？

背靠門板坐了下來，右手肘碰撞到牆邊某物。

靠在牆上的，是一架手提式電子琴。我小學時父親買給我的。

當時我已經在學鋼琴，但對電子琴也頗感興趣，父親不顧母親的阻止，多買了一架琴送我當生日禮物。

如今這琴幾乎成爲歷史，只有在我回老家時會偶爾彈彈。印象中，最後一次彈的時候已經發不出聲音，不知是電線壞了還是怎樣。我也沒修好它的打算。

我把琴從琴袋中取出，打開電源，敲了幾個鍵。

聲音完好如初。

奇怪，不是壞了嗎？

……是父親拿去修的。上次彈不出聲音後，我隨口告訴他琴壞了，一定是在那之後，他將琴送修了。

這種幾十年的老琴，他竟然還能找到有能力維修的店家。

從以前到現在，不管是什麼樣的問題，不管是我向他尋求協助，或只是不經意地提及，他一定會立刻想辦法幫我解決問題。

一直以來都是這樣。

淚珠悄悄地滑落臉頰，落在我彈琴的手背上。我赫然發現，那不是眼淚，而是血滴……

我迅速將兩手放在面頰上，抹了一把，再翻過手掌面對自己。

血，一大片的血！

我流下了血淚！

止不住的驚愕在體內爆發開來，我大叫起來。

那一瞬間，臥房內的牆壁崩解了，我感到自己在粉碎的房屋中往下墜落。

6

睜開雙眼。

過了幾秒，我才慢慢清醒。

我在馬雅公司的客房內，燈是亮著的。

看了一眼牆上的螢幕，大大的數字顯示凌晨三點。我才睡了沒幾個小時。

從床上坐起，腦海中盡是方才的夢境。

有一種很奇怪的感覺，那似乎不純粹是夢，而是真實發生過的事。

難道……那是我記憶的一部分？

努力回憶。

剛剛的夢，對現在的我而言，已成了記憶，但這記憶，是否是另一段記憶的重現？

仔細在心裡審視，我逐漸回想起來了。

沒錯……那不只是夢，那是確實發生過的……那是我的父母，我曾經跟他們有過那段爭執。

那是我「前生」的記憶。

我在他們的面前，曾經強調過自己是多麼地愛佳甯，我要一輩子跟她在一起。這樣子的承諾，竟然如此易碎。

這時，另一陣記憶突然湧了上來。許多畫面掠過腦際。

我喘著氣，無法相信這一切。

頭顱一陣裂痛感，胸口十分滯悶。

我跳下床，朝房門走去。

打開門，寂靜的長廊空無一人。我踏上走廊，走向電梯。

進入電梯，按下頂樓的按鈕。

沒過多久，踏出電梯，來到頂樓的室內用餐區。與貝亞一起在屋頂花園用餐的畫面仍歷歷在目，此刻舊地重遊，室外卻是一片黑暗，一片死寂。

走到外頭，我穿過桌椅，往另一個方向走去，來到邊牆，雙手觸摸著厚實的水泥，感到一陣冰冷。

牆的寬度約有二十公分，往下望去，隱約可見公司前庭廣場。

遠方有聚集的燈火，應該是市區方向吧。

我爬上牆，瞬間兩腳已踩在那二十公分的邊緣上。凌晨的冷風打在身上，好不容易挺直的身子又搖晃起來。

低下頭，遙遠的地表籠罩在黑暗中……十樓的高度。

「你在做什麼?」

背後傳來呼喊。是貝亞。

我回過頭。她站在室內用餐區的出入口,身上披著一件深色薄外套,頭髮有些凌亂,大概剛從睡夢中起身吧。

「貝亞,我得了結這件事。」

「了結?這不是了結的好方式。」

「我想,你應該也知道我想做什麼吧。」

「請你下來。」

「不,貝亞,我要改變過去。」

「根本沒有過去,那只是你的幻覺。」

「對我來說不是。我不能讓自己成爲殺害佳甯的兇手,我不能讓它發生!」

「你能做什麼?這件事從來就沒有發生。」

「我要見到那名操控者,那名寫劇本的人,我要回到前生的劇本,然後救回佳甯的命!唯一從馬雅中醒來的辦法,」我望了望遙遠的地面,「就是死亡。你之前提過的,利用自殺來造成不正常斷線。」

「等等!」這是我第一次聽到貝亞提高聲量。「你怎麼能確定你人在經驗機器中?你眞的相信那個檔案所寫的內容?萬一不是眞的呢?」

「這就有趣了,爲什麼不是眞的?」

「也許是駭客十三的詭計,他利用假檔案來讓你自取滅亡。」

「貝亞,檔案是眞的,我全都想起來了!剛剛入睡時,我做了一場夢,夢見我父母因爲佳甯的事與我吵架。醒來之後,我發現那不純粹是夢,而是我記憶的一部分!伴隨著這回憶,我想起其他的事……

我想起從經驗機器中醒過來的一瞬間！」

貝亞定立在原地，連視線也凝固了。

「我戴著頭罩，躺在機器中，我想起諾齊克所說的『沮喪時刻』……」我閉上雙眼，然後睜開，「你只是電腦造出的幻象，我相當清楚自己正在經驗機器裡，記憶是不會騙人的。」

「不！」

「貝亞，謝謝你這幾天來的協助，我很希望能跟你多相處一陣子，雖然你看起來很冷漠，但卻給我一種難以言喻的親切感。聽起來很矛盾，不過我的感覺就是這樣。我很想再看一次你捧著美麗花朵的模樣，但可惜，我想過的人生，不會跟你有重疊……謝謝你。」

貝亞奔了過來。我第一次看見她狂奔，也是最後一次。

在她能靠近邊牆之前，我已轉身，一躍而下。

黑暗的大地愈來愈清晰，愈來愈逼近。所有事物在我身旁快速閃過：大樓、夜幕、山影、遠處的燈花。

還有，回憶。

我倆躺在草坪上，夜幕下，仰望著無邊無際的天河。

夜涼如水，一派靜謐，偶有低語聲從四周傳來。

「再五分鐘就可以看到了，」她望了一眼手機。

我則是望著天空，「不管看幾次都不會厭煩呢，實在太美了。去年看的印象仍然很深。要是早點認識你，就可以一起多看幾次流星雨啦。」

「就叫你早點追我嘛！跟你說過多少次了，害我浪費那麼多青春！」

「要是有時光機，我一定回去你五歲時追你。」

「你這個變態！不用那麼早啦！又不是蘿莉控！」

我笑了，「我其實是很想看你五歲的樣子耶。」

「不說這個啦……我之前不是有跟你提過前世的事？」她轉過身來，一臉認真。

「有。你說我們上輩子是夫妻。」

「但我沒跟你說，我們上輩子也一起看過流星雨喔。」

「真的？我們一起看過嗎？」

「當然，就像現在這樣。而且我還記得另一件事。」

「什麼？」

「流星出現時，我許了一個願。你猜是什麼？」

我沒有機會回答。就在那一瞬間，天際突然閃耀起來。

我們仰頭瞻望。

流星群劃過天幕。一顆顆閃爍的寶石，猶如燦爛的燈花，驕傲地滑飛而過。如果美麗可以被量化，那麼眼前的奇景便是最佳例證。

「我希望，下輩子仍然可以跟你在一起。」

在華美的流星群底下，她悄聲地祈願。

PART III
MISSION CONTINUED

人們傾向安於現狀，因為當面對可能會改變現狀的抉擇時，改變現狀帶來的壞處似乎會比好處多。

——現狀偏誤（Status quo bias）理論

1.

……我還活著嗎？

睜開雙眼，卻發現面前一片漆黑。

動了動身子，我是以仰臥的姿態躺在某個柔軟的物體之上。我還發現，自己戴著某種頭罩。

伸手去扳動那頭罩，用力往上推，將其卸下。觸摸後才發現那不是頭罩，而是類似耳機的裝置，似乎還連通著管線。

我突然想到貝亞說過的《異次元駭客》，在這部電影的情節中，經驗機器只是一個耳機形狀的裝置，透過它便能讓體驗者進入幻象。

貝亞說過這種裝置幾乎是不可能。

而我現在來到一個化不可能爲可能的地方。

我處在一個黑暗的空間，伸手不見五指；挪動身子，手指往旁觸碰，碰到了硬物，是牆，但不是水泥牆，而是某種硬板。我想起馬雅的艙壁。

四周空間不算大，似乎呈棺材般的長方形，是根據人體形狀打造的。

對，這是經驗機器。我雖然回想起自己在經驗機器之中，但僅止於這項事實，其他細節完全不記得。

仔細觸摸，這個機器的空間比馬雅稍大一些，但大多少不得而知。我緩緩站起身，還沒站直身子，頭部就觸頂了。

我重新蹲下身子，膝蓋跪地，往前爬行，很快便碰上一面冰冷的硬物。

伸手在平面上觸摸，碰到一個類似把手的東西。我右手扣住把手，往各個方向推拉，發現只能往上推。果然，這是經驗機器的艙門。

將門向上推到底，外頭仍舊一片墨黑。我在原地等了一陣子，讓眼睛適應黑暗，再往外望去，心中微微升起詫異。

可以勉強辨識出外面是一個長方形的大廳，中間是一道寬敞的廊道，以廊道為中心，左右兩側羅列著許多經驗機器，排成上下兩層，每個機器的門呈現圓角矩形，而上下排的門扇並非對齊，而是交錯排列。

放眼望去，就像蜂巢一樣。無數的經驗機器沉默地凝視著我。

心底升起一股相當奇異的感受，說不上來，是悲傷，是愉悅？似乎都不是。是一種茫然的失落。我正經歷著哲學家諾齊克所描述過的「沮喪時刻」。

如果有一天，你發現至今所經驗的人生，都是電腦製造出來的幻覺，那麼不管那場夢再怎麼美，再怎麼令人難忘，你是否會想盡辦法醒過來，為的只是要獲得眞實的經驗？

我的心中，已經有了答案。而我正要為我的答案去追求、去奮鬥。

仔細一看，我所在的機器在第二層，右邊數來第五個，換句話說，很靠近走廊右端邊緣。走廊底部有一扇門，緊閉著，門縫微微透出光線。

往下看。艙門中央正下方有數個突出的踏腳板，排成一行，延伸到地板上方。我這才知道為何上下兩排的出入口要交錯而非對齊，如此一來，下排任兩個門的中間縫隙便可安排踏腳板，直直對上去即是第二層的門，方便讓人出入。

第二層的門扇間都設置有拉把，方便攀爬。我反身往外退，以攀岩面對岩壁的姿態，右腳往下踏在板上，右手握住拉把穩定身子，下了三階，到達地面。

當腳底觸碰到冰冷的地板時，我才意識到自己穿著一雙薄襪。

低頭一看，我身著長袖內衣褲。在經驗機器中根本不需要穿太多衣服。

往右側底端那扇門走去，手搭上門把，試著旋轉。鎖住了。

轉身面對深邃的長廊，兩旁盡是數不盡的圓角矩形門扇，有一種猶如置身惡魔實驗室的感覺。

操控這些機器的人到底在哪裡？

不，似乎不是「人」，那究竟是什麼？

我往前朝長廊另一端走去。眼睛逐漸適應黑暗，可以更清楚地看清兩邊物體的輪廓。我覺得自己好像遊走在成疊的棺木之間。

這裡到底有多少人沉睡在經驗機器的假象之中？我是否該喚醒他們？

我停了下來，望著右側一扇門，遲疑了一下，然後伸出顫抖的右手……

突然，遠方傳來奇怪的聲響，好像有人在敲打著什麼東西。那聲音在空寂中顯得格外清晰。

我加快腳步走了過去。很快地，來到了盡頭。一盞燈亮起，我嚇了一跳。

抬頭一看，是天花板的一盞小燈。我這才注意到眼前有一扇門。

不，說一扇門不太恰當，那是一道雙扇門。素色的門扉上有著簡單俐落的線條設計。

聲響停息了，一切又陷入寂靜。

有種很奇異的感覺，自己好像處在一個龐大的機器中，這整個空間就像是一架機器的內部。一架安靜的機器。

猶豫了一下，我輕輕推開右扇門，裡頭是一片黑暗。

只有這條路可走了，不進去不行。

踏入黑暗的空間，往前走了幾步，裡面的空氣十分冰涼。

身後的門突然傳來奇怪的聲響。我迅速回身，用力拉著門把，但那扇門文風不動。好像自動鎖上了。

就在我考慮下一步該怎麼做時，房內的燈光泛起。

我轉身，心中升起強烈的詫異。

這是一個弓形的大廳，相當寬敞，入口處位於圓弧兩端連線中央的位置，也就是在弦的中點。正前方的弧線部分是一整片的玻璃，被有弧度的線條切割成好幾片。窗外，是浩瀚的星河，看起來像是……銀河。

我直覺認為那是銀河，沒有為什麼，看起來就像是。為什麼這裡看得見銀河？我還在地球上嗎？我有了更可怕的想法——地球眞的存在嗎？

廳堂的佈置讓人不敢相信自己的雙眼。看起來不像個尋常的大廳，反倒像是……我一時之間想不出適當的形容詞。到底像什麼呢？這裡瀰漫著濃濃的科幻感，光是外面那片銀河……對了！像是幽浮的內部，這裡簡直就是飛碟的一部分！難怪是圓弧狀！

我在飛碟內嗎？到底是怎麼回事？

環視大廳，瀰漫著幽暗的燈光，天花板有著一層層的弧線，就像數個未畫完的同心圓，最外圍那層依舊是玻璃，與正前方那大片玻璃連成一氣；第二層設置著一排燈，燈光便是從那裡泛出；第三層另有一排燈泡，但此刻是關閉的。

地板分為兩個層次，一條區隔線順著圓弧再切割出一個小的弓形，弓形外的地板猶如鏡面，反射著天花板的樣式；弓形內的地板顏色較淺，在右邊的區域設置了許多張白色的椅子，面朝玻璃。門的右側有一個突起的方形空間，上頭是一大片鏡子。

大廳中央有數排椅子，面對著玻璃，椅子呈透明狀，看起來就像水母。

就在我思考下一步該怎麼做時，前方突然出現了一個人。

我微微吸了口氣。那個人就像是突然被投進房裡，無中生有！

憑空出現的生物，到底該不該用「人」來形容？我無法確定。「他」的確有著人形，但沒有頭髮，也沒有明顯的五官，雙眼像一層黑色的薄膜，皮膚則呈現病態的白色；手指顯得修長，但沒看到指甲。他比我矮一些，大概將近一百六十公分，全身上下都呈現著異樣的慘白，手指、腳趾細長，頭部卻異常腫大，整體看來像少了尾巴、人形化的爬蟲類，像戴著白色面具的大頭蜥蜴。他沒有著衣，皮膚上偶爾有隆起的疣。

——漂白過的蜥蜴。不知爲何，腦中只能想得出這樣的形容詞。

「請坐下。」

他發出奇異的聲音。我完全想不出確切的詞彙來描述那嗓音，感覺來自另一個世界。

我看了那椅子一眼，心想這鬼東西能坐嗎？接著往前走了幾步，緩緩坐下，一陣柔軟感蔓延開來，就像坐到果凍上。我視線仍鎖在他身上。

「你是誰？」我問。喉嚨感到乾燥。

「你應該已經知道事情的眞相了吧？你是第一個知道眞相的人類。」

「你就是操控經驗機器的人嗎？果然要靠死亡才能見到你，不能把機器設計得好一點嗎？跳樓的經驗刺激過頭了。」

對方沉默了半晌，才說：「有勇氣靠死亡覺醒的人不多。」

「你到底是……什麼樣的人？外星人？」這是我唯一能想到的答案。

「你不應該知道這些事的，不過出了點意外，就破例讓你知道。」

我盯視著他，原本的緊張感鬆懈下來，對方似乎沒有惡意。

「我知道你找我是為了什麼，不過請你先耐心聽我述說一切，你會更明白自己的處境，而且或許會改變你的決定。」

「看來你什麼都知道……你說吧，我在聽。」

「很好。你是不是認為，你是地球人，我是外星人？」

「我原本是這麼想，但經驗機器什麼假象都能製造，我甚至猜想根本沒有所謂的地球。」

「你說對了，地球並不存在，而『人類』這個名稱，也是我們賦予你的。事實上，我們才是眞正的『人類』。」

「我聽不懂，這是什麼意思？」

「回想一下什麼是經驗機器。經驗機器製造了一切假象，這些假象所呈現的資訊不必然會與眞實世界吻合。你在經驗機器中所獲得的一切知識，在眞實世界不一定適用，不是嗎？」

「是沒錯，不過……」

「不過你沒想到會與你所認知的差異這麼大吧？沒錯，在你所處的經驗機器之外的確有個眞實世界，不過它跟你在機器中所認識的世界並不完全相同。簡單說，我們以眞實世界為模型，做了些改造，這個改造後的版本便是你在幻象中所認識的世界。打個比方，在奇幻或科幻小說中的想像世界，絕對是從眞實世界出發，以眞實世界為基礎構想出來的。而在眞實世界中，我們才是人，這只是個名詞使用上的問題。」

「那麼這個眞實的世界，究竟是什麼樣的世界？窗外的銀河，也跟我所認知的不一樣嗎？」

「不完全一樣。的確是有一個宇宙存在，宇宙中有許多星球，這也是事實，但裡頭的組成細節，與你在教科書中讀到的並不相同，我也沒必要細說，你只要把它想像成是另一個世界就行了。不完全一樣，代表有些事物是重疊的，例如語言，所以我們才能用共通的語言談話。總之，了解這些細節對你來說沒有助益。

我從頭告訴你吧，我是其中一個星球的住民，你認知中所謂的人類，是我們這個星球上的一種『動物』。」

「動、動物？」

「舉個類比的例子會讓你清楚一點。就像黑猩猩是地球上的一種動物一樣。」

「人類是像黑猩猩一樣的動物？這太難以置信了。」我已經不自覺靠在椅背上，聆聽著奇怪生物的故事。

「黑猩猩是地球上最聰明的動物，有很強的認知跟學習能力。另外還有白老鼠也是。在地球上，人類對這些聰明的動物做了什麼？」

我微微張開嘴，但沒有說出任何話語。

「——把牠們當成實驗對象，」對方繼續用詭異的聲音說，「人們把這些聰明的動物當成實驗對象，正如我們把『人類』當成實驗對象。」

大廳一陣沉默，我感覺光線開始散發出寒氣。

「我們將一部分的人類拿來做實驗。這些實驗品要做的工作很簡單：終其一生都活在經驗機器中，體驗劇本。當一個劇本結束後，我們會讓他出來休息一陣子，挑選下一個劇本，然後再進去，如此反覆不斷，直到這個人在機器中老死。」

「就像諾齊克的文章所描述的。」

「沒錯。諾齊克以及他的哲學，當然也都是我們在劇本中虛構出來的，我們根據自己的哲學加以修改，再置入經驗機器內人類的歷史。」

「……劇本內容是由你們決定的？」

「當然。但要經驗哪一個劇本，完全由你們自己挑選，而且劇本數量之多超乎你的想像，有些劇本甚至還建立在相同的歷史上，例如金杰與羅奈威的劇本。當然，人生的細節太多，劇本不可能寫出所有細節，但絕對有一定細緻度與描述完整度。你們有完全的自由可以挑選自己最喜歡、最滿意的人生。」

「這個實驗的目的到底是什麼？」

「主要有兩個。首先，我們想知道，在完美的模擬世界中，人類有沒有可能發現自己並不是活在真實裡？第二，假設他們發現了，那麼，他們會選擇回到真實世界，還是留在模擬中？」

「這根本就是諾齊克的哲學實驗。」

「你要注意，這個實驗是諾齊克經驗機器的反向版本。諾齊克的提問是，如果存在經驗機器，你是否願意進入？我們是問：如果你發現自己在經驗機器中，你是否願意離開？我們的哲學家提出了諾齊克版本的想法，而為了證明他的說法是否正確，才進行這個實驗。如果大部分的人寧願留在模擬世界，那麼諾齊克式的理論便錯了。」

我沉默了半晌，才開口道：「經驗機器的運作方式，跟馬雅一樣嗎？體驗者保有某種程度的自由意志，劇情走向依照體驗者反應調整？」

「基本上是，否則就無法實驗我剛剛提到的兩點目的了。這裡的機器與馬雅最大差異在於，此處的機器有記憶屏蔽作用，也就是說，體驗者一旦進入機器，便暫時失去之前的事件記憶，離開機器後才會恢復。此外，這個機器的功能不只限於製造感官經驗，還能操控腦部製造其他的感受，甚至操弄記憶，因此無論劇本怎麼寫，機器都能模擬出來。」

「也就是完全版的馬雅。」

「沒錯。」

「這扇門後的經驗機器中，全躺著你們的實驗對象？」

「沒錯。」

「……我還是覺得奇怪，如果可以自行挑選劇本，我為何要挑選一個自己愛人被殺的劇本？還有，我現在已經醒來了，為何記不得之前的事？」

「關於第一個問題，這是很微妙的。根據我們的實驗，大多數人會挑選『能夠帶來最多快樂經驗的劇本』，但也有少數人挑選了其他的劇本，理由各異。有人認為過多的快樂會對自己的人生產生質疑，也有人在體驗過完全快樂的人生後，對這種人生不滿意，因為他們認為痛苦是人生必要的一部分。也許你正是抱著這兩種心態在挑選劇本吧，在那之前你已經體驗過很多快樂人生了。我們為了檢測實驗對象對於『快樂』的認知差異，才混入了一些不同的劇本。」

「每次的體驗……有多久？我指的是現實世界的時間。」

「不一定，要看劇本長短。從幾個小時到幾年都有。」

「我懂了，那第二個問題呢？」

白蜥蜴發出某種哽住的聲音。我花了點時間才明白他似乎在笑。

「這個問題實在是沒什麼好解釋的。你忘記了，就是這麼簡單。每一次出了機器外的記憶都相當短暫，沒過多久又遭到長時間的屏蔽，導致記憶被壓制到意識深層，模糊不清，甚至遺忘……舉個例，在我們的星球，有一則很有名的傳說，叫做『永生者托曼』。」

「永生者？」

「托曼被女巫下了詛咒，只要死亡立刻又會活過來，『人必有一死』的法則在他身上變成不適用。永生是很多人的夢想，一開始托曼覺得這是個幸福的詛咒，但當他經歷過無數次死亡後，開始發現缺少死亡的人生，並沒有想像中美好。

他更沒想到，隨著死亡次數增多，他的記憶也開始一點一滴剝落。因爲每一次的死亡，都多少衝擊了他的意識，變成一種累積性的傷害。每死一次，記憶就喪失一分。直到最後，他每次都只能記得今生之事，而沒有能力回憶起前世。托曼從此變成一名『追尋死亡』的失憶之人，陷入可怕的永生地獄。

你的狀況跟他有些類似。你每次體驗的劇本都是一次人生，死亡代表那段人生的結束。你所累積的記憶，也因爲不斷死亡而一點一滴消失，直到乾涸爲止。你沒有選擇快樂劇本的原因，或許跟托曼放棄永生的理由是一樣的吧。」

我沉默不語。

「現在，」對方說，「你明白所謂『人生』的眞相了嗎？」

在這個浩瀚的星河大廳，我聽到了這些驚人的事實。

原來我們常說的輪迴，竟然是這麼一回事。輪迴，正是同一個人經驗了許多不同的人生，正確說，是同一個人在經驗機器中體驗了無數不同的人生劇本。

人生如夢，的確是一場夢，是一場馬雅之夢。所謂的人生，就是在經驗機器中的一場幻夢；所謂的死亡，就是夢的結束。

人在夢中，不知自己在夢中。人害怕死亡，害怕自我消逝。人害怕未知，害怕死亡帶來的未知。

人並不知道，死亡，代表回歸，回歸眞實的生命。

人所自以爲的生命，不過是一場假象。

憶起方才與貝亞的談話，還有跳樓的那一幕，的確就像是一場夢。但人總是要等到夢醒時分，才會知道過去的一切並非眞實。

就像現在這樣。

在我反芻著這些思緒時，對方開口了。

「這次你體驗羅奈威的劇本，的確出了少見的意外。通常會出現的意外是，記憶屏蔽不完全導致兩種狀況。第一種是體驗者產生既視現象。其實這些既視內容都是來自於前世，這是因爲劇本內容偶爾會有部分相同之處，或是體驗者剛好在不同的劇本中做了相同的事。」

「原來既視感的眞相是這樣。」

「第二種是，體驗者突然回憶起前世某個片段的畫面，這有可能是突然性的回憶，或是接觸到某個曾在以前體驗過的劇本中所出現的人事物。如果這個回憶並非是體驗者絕不可能做過的事，就不會令人在意。否則的話，通常會被以宗教或超自然的角度解釋。」

「所以當我看到羅奈威的報導時才會感到熟悉。」

「沒錯。這些狀況不能完全說是機器的問題，而是記憶本來就很難長時間完全屏蔽。但你的意外卻更嚴重，是機器運作出了閃失。你應該也知道，通常在體驗時若遭遇死亡程度的衝擊，很容易因此與機器斷接，這時的意識狀態就被體驗者誤認爲是所謂的『瀕死經驗』。經驗內容依甦醒程度而有所差異，你的狀況是完全甦醒。」

死亡背後的眞相，完美解釋了既視感以及瀕死經驗的由來。我的心中突然有一種感覺，覺得自己就像宇宙間的一粒微塵。

白蜥蜴繼續說：「瀕死經驗對劇本不會有太大影響，這類體驗者重回劇本後會產生宗教信仰，就算他們懷疑外在世界，也會認爲那是神的旨意，因而順服。這種體驗者對我們的實驗沒有助益。但我們還是會讓其繼續進入輪迴過程，以便持續觀察。」

「等等！我有疑問，不藉助這個意外的話，你要如何期待體驗者發現自己所經驗的世界是虛假的？就算發現了，你又要怎麼讓他選擇回不回去現實？」

「我們不能藉助這個意外，因爲我們的前提就是『人有沒有可能知道自己在模擬世界中』。如果眞有人認知到這點，而且也眞心相信了，我們會視狀況與他接觸，讓他做出選擇。」

「幽靈程式？」

「類似的東西。不過通常這種人會想出辦法掙脫模擬世界。」

「辦法？」

「就是死亡，像你一樣。」

「我——」

「先聽我說完。重新讓你回到劇本後，我繼續觀察你的行動。因爲意外的緣故，你似乎發現自己前世的秘密，從這裡開始，我決定放寬你在劇本中的限制，讓情節盡量順著你的意圖前進。」

「爲什麼要這麼做？」

「你並沒有因爲瀕死經驗而產生宗教信仰，這是我第一次遇到這樣的人類。我認爲你不太一樣，何不將錯就錯，或許可以利用這個意外繼續觀察你，達到我要的實驗結果。」

「那我在馬雅科技公司遇到的攻擊事件又怎麼解釋？」

「那是經驗機器配合你的行動所製造出來的情節。你醒過來的意外是機器無法預料的，機器不可能將這件事帶入劇本，進而暴露我的身分。因此當你重新回到劇本時，機器虛構出駭客十三來代替我，以便配合你在故事中的行徑。」

「那失憶又怎麼說？」

「你在故事中的失憶是故事演進所致，這裡的經驗機器有能力上演眞正的失憶劇本。」

「機器內的失憶與機器外的失憶要分開來看，還眞複雜。」

「沒錯。總之現在你知道人生的眞相了。在這樣的生命構圖中，你沒有完全的自由意志，因爲你的命運在很大程度上是被決定好的。說來的確很諷刺，你還記得諾齊克文章中所談過的嗎？人這種動物很奇怪，他們可以接受自己的命運是模擬體驗，但僅限於這個體驗是神造的，而非外星人。」

「對我來說，是誰的都不重要，我只想知道，作爲金杰這個身分，我在馬雅公司失憶前所想的到底是什麼？應該就是找出殺害佳甯的兇手吧？我知道羅奈威是我的前生，我知道佳甯是我前生的最愛，因此我要找出殺害她的人。當時的我，一定是這麼想的。」

對方沉默不語。

「但我發現竟然是自己親手殺了她，我仍然無法理解爲什麼當初會挑選一個手刃愛人的劇本！就算我認爲痛苦是人生必要的部分，也不至於選擇這麼殘酷的劇本吧！」

白蜥蜴在說話前又發出奇怪的聲音，這次不像哽到，而像是咳嗽，「其實這不難解釋。想想看，在經過那麼多次的輪迴，你也不斷經歷『沮喪時刻』。諾齊克說過，你不需要沮喪，因爲在那之後是更持久的快樂。在這樣的心境下，有些人只想快點進入機器中，而不會細讀劇本。我遇過不少實驗的例子，他們只隨便翻了翻前頭，知道大概劇情，就把劇本丟一邊了，然後等待著進入機器。」

「原來如此。」看來我恐怕是沒把劇本看仔細，看到前頭是浪漫的愛情故事，就做選擇了！

「你還有什麼問題嗎？」

「我沒有問題，只有請求。我想你應該也知道我想要求什麼。」

「你說清楚吧。」

我從椅子上站了起來，「請讓我回到羅奈威的劇本。」

「你要重新體驗？」

「對，讓我回到謀殺發生前一刻。這次，請放寬劇本的限制，盡量讓情節配合我的行動，而非被動地讓我接受情節。」

「你想要改變劇本內容？」

「我要阻止自己殺人。」

「這麼做有什麼意義呢？這一切都不是眞的。佳甯這個人不存在，既然不存在，她也不可能死亡。」

「不，對我來說是眞的。」

白蜥蜴又發出了奇怪的聲音，似乎是某種發語詞。

「你們不是拿我做實驗嗎？我現在就可以告訴你實驗結果。我不願意回到現實世界，不，這個世界對我來說，不是眞的，我的人生不是在這裡過的，」我指著身後的門，「那扇門後面的經驗機器，才是我的眞實世界，我的人生在那裡面。」

「即使它不是眞的？」

「它對我而言是眞的。」

「它客觀上是假的。」

「是嗎？」我搖了搖頭，「那『現在』又是眞的嗎？請你回答我，現在我所處的這個世界又是確實存在的嗎？」

對方沒有說話。

「我以前沒想到這個盲點，但經歷過馬雅科技公司那一連串事件後，我才發現這個可能性。現實的眞假根本無從分辨，那我何必在意它是眞是假？」

「不能否認，你現在所處的這個世界有可能是假的，但也有可能是眞的，不是嗎？但是，羅奈威的世界確定是假的。」

「是眞是假有那麼重要嗎？重要的是哪一段人生對我來說才是最熟悉的。而我選擇的人生不是在這裡，而是在機器中，」我用手指著地板，「就算『這裡』才是眞的，對我而言仍然是假的，因爲我愛的人、愛我的人全部都不在這裡。」

接著是一陣長長的沉默。對方靜靜地凝視著前方，彷彿枯死的樹木。

然後他的嘴動了起來。

「你是第一個做出如此決定的人類，你剛剛說的話對我們的實驗很有啓發性——」

「你們的研究結果跟我無關，可以答應我的請求嗎？」

對方又陷入沉默。過了一陣後，他才回答：「我想你搞錯一件事了。」

「什麼？」不知爲何，聽到這句話，我的心情又緊張起來。

「你似乎認爲自己是殺害佳甯的兇手。」

「難道不是嗎？我的確擁有殺害她的記憶！不會錯的！」

「你的記憶沒有錯，但兇手並不是你。」

2.

「你說什麼？」全身的血液沸騰起來。

「殺害佳甯的人不是你。」

「可是我明明記得是我！」

「你記憶中的畫面是什麼？」

「我……我記得……拿著十字弓朝命案現場發射……」

「就這樣？」

我努力回想，「還有，我發現佳甯時，凝視著她背上的箭……」

「僅只這兩個畫面並無法證明你殺人。」

「可是……」

「你被片斷的記憶誤導了。突然恢復的記憶讓你做出了錯誤的解讀。」

「不是這樣嗎？」胸口的緊繃突然稍稍鬆懈，我重新坐了下來，「那麼眞相到底是什麼？劇本中沒有破案吧？」

「當然沒有，所以後來才會變成懸案。」

「告訴我，是誰殺了佳甯？」

「很遺憾……沒有兇手。」

「沒有兇手？這是什麼意思？」

「我的意思是，沒有任何人殺了佳甯。」

「拜託你說點人話好嗎？」不，我忘了他不是人。

對方沒有回話，而是緩慢地朝右轉身，我頭一次看見他的右側身，面頰上突出形狀很怪異的耳朵，脖子上還有奇怪的疣。

他抬起右手，做了個往空中抓的動作，右側突然憑空出現了一個立體圖形。定睛一看，那是青雲山居的立體圖！

「忘了告訴你，我人不在駕駛艙中，目前是用動態視訊與你通話，立體圖形是特效。」

「視訊？原來如此！」剛剛就覺得對方看起來怪怪的，但說不出哪裡有問題。

「你應該認得這棟建築吧，還記得五十二號房是住誰嗎？」

「五十二？忘了。」

「啓恩跟夏江。」

他手動了一下，畫面切換成另一張，是房間的立體圖。

「這是五十二號房內部，請仔細回想一下，案發那天下午你在房內發現了什麼？」

我一頭霧水，「我不知道你在說什麼。」

「你有進入房內，對吧？」

「有啊，那時啓恩跟夏江的樂器失蹤了。」

「你仔細看這張圖，桌上放著什麼？」

「一支手機。」

「還記不記得蒨蓉說過關於夏江手機的事？」

「手機的事？沒有吧，等等……」我突然想起來了，「喔，她好像說夏江的手機壞掉了，會自動撥號給她。」

「案發之前夏江的手機就擺在桌上嗎？」

「這個……」我低頭想了一下，「我進她房間時她正將手機擺桌上。」

「沒錯，記住這件事，」白蜥蜴的手又揮動了一下，立體圖切換成另一張，那是另一個房間，「知道這是誰的房間嗎？」

這就容易了，窗台上那架遙控直升機再明顯不過。「這是蒨蓉的房間。」

「注意這張圖中幾個物品的相關位置：手機、直升機遙控器、直升機。」

手機擺在桌沿，直升機在窗台，面向外邊，遙控器則擺在地上的行李箱上，就在手機正下方。

「案發下午你進了蒨蓉的房間，拿起遙控器，對吧？」
「喔，那時原本要玩玩直升機，結果被啓恩打斷，說樂器被偷了。」
「電源一直維持開啓的狀態。」
「啊，你這麼一說，好像是。」
「蒨蓉的房間是幾號房？」
「忘了。」
「是二十一號。接下來看下一張。」立體圖再度切換，「認得這間房嗎？」
「那是……放運動器材的房間。」
「這是七號房，位在二十一號房的正下方。」
「所以呢？」
「注意窗戶是打開的，連紗窗也是開的。」
「我知道，李媽媽說要讓空氣對流。」
「接下來是這個房間。」
立體圖這次切換出來的房間，我一眼就認出。那是案發現場。圖上，佳甯用一個白色人形代表。
「注意一下這張圖裡的重要事實，」對方說，「一，裂成兩半的紫水晶；二，地上的籃球；三，置物架底下的耳環；四，打開的紗窗。」
「你直接告訴我答案吧，我不知道你在說什麼。」
立體圖又變成另一張了，青雲山居的3D圖再度出現，這次，有一個小人偶站在建築物後方，兩手持著十字弓做出瞄準動作。

「你當時剛好有空檔，想要嘗試十字弓射擊。下午你們討論過建築物上的圖案，上面畫著類似標靶的圖形，你想起佳甯說過以前投壘球的事，於是你對準牆上的圓圈射擊。沒想到射偏了，箭穿過窗戶射中放在架上的紫水晶，直接穿透並卡住，露出前截箭頭。因爲衝力的關係，水晶整個偏移，懸在架子邊緣。

你因爲把箭射入房間而尷尬，但想起那裡是雜物室，所以也不急著將箭取出。回到娛樂室放十字弓時，恰好遇到老大閒聊，於是就忘了這件事。稍後你回到房內與佳甯做婚禮準備。

稍晚，佳甯下樓到八號房找耳環。她伸手去拿放在置物櫃邊的耳環，卻不小心碰落，一只耳環滾入置物架底下。佳甯只好跪在地上，把頭鑽入架底去取耳環。

就在這時，整件事爆發了。

五十二號房中，夏江的手機突然自動撥號。二十一號房中，蒨蓉放在桌沿的手機開始震動，接著掉下桌子，撞擊在下方的遙控器上——電源是開的。手機正好觸碰到操控桿，窗台上的直升機飛了出去，但因缺乏持續的控制，立刻又落了下來，撞入下方七號房的窗內，然後彈出落在外頭的窗下。

直升機撞在架子上的衝力，導致上方隨意擺放的籃球落了下來，直接滾入對向房間——也就是八號房。籃球撞在佳甯身上，她正鑽入架底取耳環。

受到驚嚇的佳甯下意識地直起身，身子往上撞在架子上，導致第四層已經搖搖欲墜的紫水晶掉落下來。重力加速度的關係，整枝箭往下筆直刺入佳甯的背，刺入的一瞬間紫水晶裂開來，斷成兩半。佳甯往後退出架子，然後便倒在地上。」

白蜥蜴一邊說的同時，立體圖也一邊切換，用動畫的方式展示這一連串的過程。

「這叫做『連鎖反應』，這系列反應最大的特徵在於，連人體本身也成爲其中一環。是這套反應殺了佳甯。」

「這太誇張了，你是在鬼扯嗎？爲什麼會有這樣的情節設定？」

「我們經歷過許多事，但都只是『看見表面』，卻不知道背後究竟發生了什麼，有時背後發生的事就是這麼荒謬。這就是我們『造物者』所定義的『人生』。」

「我還以爲是自己殺了她。」

「由於是這樣奇妙的死亡方式，因此查不出所以然來。摔在地上的直升機不能說明什麼，因爲電源沒關，可能是自己掉出去的；至於其他參與反應過程的物件，都是原本就在現場的東西。箭上有很多人的指紋，沒有人有不在場證明，沒有證據。因此案件掉入死胡同……這些是劇本中的設定。沒有任何人有罪，一切都是『上帝』的意志使然……這樣你明白眞相了嗎？」

「那麼……馬雅中的劇本呢？如果在羅奈威的劇本中是我射出那一箭，那馬雅中的劇本又是誰射的？」

「那就不重要了，一定是某人在無聊中射擊的，這個案件的重點在於連鎖反應的環節，而非究竟是誰射了箭。」

「那佳甯所寫的劈腿信是怎麼回事？劇本中有解釋嗎？」

「你怎麼知道那些信是佳甯寫的？」

「你說什麼？」

「你又犯了貝亞在劇本中說過的錯誤了。那些信根本不是佳甯寫的，是小蒂寫給佳甯的。」

我無言了。

「你看到信件署名『T』就先入爲主認爲是Thalia的T，看到『R』就以爲是在指自己，卻沒有想過T可能是指小蒂的『蒂』，『J』可能是指佳甯。佳甯的羅馬拼音開頭便是J。」

「這是怎麼回事……小蒂寫給佳甯？」

「貝亞不是解釋過了？小蒂便是以前佳甯的情人。佳甯會與小蒂分手的原因就是因爲小蒂遲遲無法與原本的男友順利分手，佳甯最後抽身。那些信件是小蒂寫在word檔上寄給佳甯的。佳甯把信件保留下來沒有刪掉，不巧被你看到。」

有一段時間，我完全說不出話來。

「我懂了……就算是如此，我還是希望能重複體驗劇本。我原本以爲兇手是自己，那麼只要我控制自己的行動，她就不會死……既然兇手不是我，我只能設法讓佳甯活著，一定有方法……」

「你想要改變劇本的主軸情節。」

「我要讓佳甯活著。讓我再次回到羅奈威的人生，阻止她的死亡，只有這樣才能救她！」

白蜥蜴再度陷入沉默，他僵滯不動，深邃的黑眸定定注視著我。

「你眞的這麼愛她嗎？」

「有一件事我剛剛沒說，因爲我覺得不相干……劇本中，我跳樓之後，在墜下的過程產生奇特的體驗。」

白蜥蜴發出了類似「哦」的聲音。

「聽說人在死前，回憶會猶如跑馬燈閃過腦中，我想我一定是經歷了那樣的狀態。但是，因爲失憶的緣故，沒有太多回憶可以呈現，除了失憶後在馬雅公司的記憶外，只有一則回憶，衝破失憶的藩籬，湧現了出來。」

我述說與佳甯一同觀看流星雨的回憶。

「那是前生的記憶，」我說，「在我『死前』所湧現的前生記憶。」

「失憶以及死前跑馬燈的效應引發了這則理應被屏蔽的記憶。眞是太奇妙了，」對方發出應該是笑聲的笑聲，「我們以前從來沒有在實驗對象身上看到這種狀況，你眞是讓我大開眼界。『人類』眞是太有趣了。」

「你的研究發現對我沒意義。我要說的是，就是因爲想起這件事，我才覺得我跟佳甯之間的輪迴、因果羈絆，才是我唯一在意的事。」

「並沒有什麼輪迴與因果羈絆，說你們前前世也在一起，那只是劇本中佳甯的台詞。」

「我不這麼認爲。」

「你的愛是奠基在虛假的經驗之上，這樣有價值嗎？」

「如果我不認定它是虛假的經驗，爲什麼會沒有價值？」

接著又是一陣長長的沉默。我緊緊盯視著對方。

泛著微光的大廳寂靜無聲，窗外的銀河凝滯著，彷彿我緊繃的心。

爲救佳甯，我只能請求「上帝」讓她起死回生，除此之外，別無他法。

「我不是不能答應你的請求，」對方終於開口，「事實上，我相當樂意這麼做。我想繼續觀察、研究你這個案。不過，我還得跟其他實驗團隊的成員討論才行，我不能自行決定。我們從沒依照『人類』的想法做實驗，這是第一次，必須開會討論。我人正好在主艦的總實驗室，可以徵詢高層的意見。請你暫等一段時間。」

「多久都無所謂，只求你們答應我！」

「等待我們的回覆吧，這需要一點時間。」

「我會等。」

「以你的方向而言，右後方角落那扇門是廁所，旁邊有飲水機，有需要的話就使用。從經驗機器中醒來的人類，就是在這個大廳休息、閱讀劇本、進食、服下SZ-10mg。」

「什麼？」

「那是一種高效生理維持藥物。若要在經驗機器中保持不吃不喝的狀態，當然要服下高濃縮的藥物來維持生命狀態。這藥強大到能夠清除任何體內代謝物和排泄物。這裡的體驗時間比馬雅長太多了。每次體驗者甦醒後，一定得要再補充SZ-10mg。不過那是晚點的事。」

「我懂了。」

「大廳左側的電腦中存有劇本大綱資料，你若想打發時間可以讀讀。食物在電腦旁邊的冷凍櫃裡，是脫水食物，記得加點熱水後再食用。雖然SZ-10mg能夠處理排泄物，我們仍不建議你吃太多。」

我正要回話時，影像便消失了，留下一片死寂。

現在根本沒有心情思考其他的事，那些從幻夢中甦醒的人，會有心情觀察『這裡』嗎？我想他們應該都急著再回到機器中吧！

帶著焦急與不安，時間悄悄地流逝。

我走到大廳左側，那裡果然如白蜥蜴所說，架著一台電腦。我坐了下來，面對寬大的螢幕，上頭顯示著無數的文件檔。

觸碰一下檔案，文件便打開來。很直覺的操作。

我沒有細看內容，只是隨意瀏覽，接連看了許多檔案，全部都是人生劇本的大綱，以第一人稱的方式，描述各式各樣的模擬人生。

有些人希望成爲富豪，一輩子不愁吃穿，要什麼有什麼，物質生活有無限的滿足；有些人希望擁有刺激的豔遇，因此仔細描述了如何與許多女人結識、發生關係的過程；也有人渴求冒險的生活，攀登聖母峰、探索南極、甚至登陸月球。

無數多的「快樂人生」。

如白蜥蜴所說，裡面偶爾也混雜了一些不完全快樂的劇本，提供體驗者更多的選擇。

什麼是幸福？如果幸福就是擁有快樂，那麼每個人都有十足的理由進入經驗機器，在美夢中度過一生。如果我們拒絕這樣的念頭，那便說明了人生中有比快樂更重要的事需要被滿足，否則，我們便不能說自己擁有幸福。

貝亞說過的話迴盪在腦際。

對我而言，什麼是幸福呢？

我對佳甯必定有深沉的執著，才會挑了金杰的劇本來體驗。這個劇本與羅奈威的劇本在歷史上有承接性。我是否抱著一絲希望，期望自己在金杰的經歷中能夠覺醒，去追溯並改變自己的前生，尋回摯愛？

當白蜥蜴再度出現時，估計過了幾個小時。

「我們同意你的請求，」白蜥蜴那鬼魂般的臉孔注視著我，「經過開會討論，我們認爲這次的事件對研究助益很大，你表現出人類最教人驚異也是最複雜的情感——愛情，而且竟然是奠基在虛假的經驗之上，我們認爲很有研究價值，想繼續觀察你的發展。」

原來同意我的請求，最終還是建立在研究因素上。看來人類在這個世界仍然是白老鼠。

「那些都無所謂，」我說，「我只關心劇本能不能改變。」

「我們會讓你重新體驗劇本，但在那之前我們也會修改劇本。」

「修改？爲什麼？就算主軸情節被改變，劇本不是還能繼續跑嗎？」只要這樣，我便幾乎能照著自由意志過活。

「當然，這裡的機器比你所知的馬雅強大太多了。我們只是希望可以重設主軸情節，這樣所有事才能在我們掌握之中，減少實驗的變因。你不用擔心，我們會改成幸福快樂的劇本，只是要犧牲你部分的自由意志了。」

我想了一下，「無所謂，反正我不會曉得，不是嗎？」

「你說到重點了，我們希望你能接受一個條件。」

「條件？」

「不屏蔽你的記憶。」

「什麼？」

「本來我們可以這麼做：讓你回到佳甯死亡的前一刻，暫時不屏蔽你的記憶，等到你確實阻止佳甯死亡後，才開始屏蔽，並植入羅奈威前半生的記憶。但我們決定不這麼做。換句話說，你會帶著現在所有的記憶進入體驗劇本。」

「如此的用意是？」

「我們想要觀察，在這樣的前提之下——你知道你在模擬之中，還有你知道一切事件都是被設計好的——就算身處幸福人生，你是否會想回到現實世界，你是否還會將模擬經驗的價值視爲與現實經驗等同。」

我沉默了一下。

「你可以有時間考慮。」

「不，不用考慮了。」

「那麼我們有共識了嗎？」

「我當然同意，只要能夠救佳甯。」

「那請你繼續等待，這次需要更久的時間。你若無事可做，右側那扇紅色的門後是健身房。長期躺臥經驗機器會造成肌肉萎縮，雖然藥物能將此項狀況減到最輕，但仍然有些人在離開機器後，會想活動以減輕不適感。」

影像消失後，大廳又陷入寂靜。

等待的時間是漫長的。我坐在大廳的白椅上，凝視著星河，胸中不斷湧現複雜的情緒。

只要繼續等，這個令人沮喪的時刻就會過去了，很快地，我會再回到屬於我的人生中，有著佳甯陪伴的人生。

現在的我，才是處在虛假的人生，這裡沒有任何關於我的事物。

佳甯……

當我的腦中又湧現她染血的軀體時，一股撕裂感便衝擊著胸口。

如果我能救她，如果我能救她……

這次的等待果然更爲漫長，當我感覺到時間已經超過四小時以上時，一陣飢腸轆轆感湧了上來。

這段時間，我除了在大廳中閒晃，不然就是瞪著銀河發呆。原本想再回到電腦前看劇本打發時間，但一想到密密麻麻的文字就作罷。最後只好利用健身房來消磨時間。

我想像著佳甯，想像著我們之後的生活，想像著我該怎麼補償她。

等，繼續等。時間不斷飛逝，但時間也凝滯著。

饑餓感開始超乎忍受時，我決定還是稍微吃點東西。

我走到電腦附近。之前沒有仔細檢查，旁邊一個大型的紫色櫃子原來就是冰箱，拉開櫃門，裡面有數個透明塑膠盒。隨便取了一個，打開一看，是白色的硬物，還附了把銀色小湯匙。

我拿到飲水機附近加了點熱水，接著把湯匙插進去，挖起一口食用。

口感眞的很怪，談不上不好吃，但也不能說很好吃，有點類似乾酪加上堅果的甜點。因爲幾乎一天沒吃東西，很快便啃完這奇怪的食物。如果白蜥蜴每天都吃這樣的食物，我眞是替他們感到遺憾。不過對他們來說，搞不好是美食呢。總之我只想趕快回到「虛幻的地球」，就算在裡頭品嘗的一切都是幻覺也無所謂。

就在我用完餐許久後，白蜥蜴再度出現於大廳。每次看到憑空出現的影像，都會有鬆了一口氣的感覺。

「劇本的改寫已完成，」對方說，「等我們到達後，就會安排你重新進入ＥＭ。」

「ＥＭ？」

「Experience machine的簡稱。我們已經抵達實驗用艦艇EM-23號，晚點見。」

影像又消失了，留下我獨自一人。

我開始踱起方步，直到聽見門開啓的聲音。

來時之門被推開，一道影子佇立在那裡。

雖然看過好幾次了，但實際目睹時還是有些震撼。

「先補充SZ-10mg，」他伸出手，打開手掌，裡頭躺著一個橢圓形的淡黃色藥錠。

我服下藥錠。

「請跟我來。」對方的聲音，仍然是那道言語無法描述的「迷離」嗓音。

跟隨著他，我們再度回到林列著經驗機器的長方形空間。來自大廳的幽暗微光是僅有的光線。白色身影在前方，彷彿一道鬼魂穿梭在數不清的棺柩森林。

這裡包藏了人類的一切幻想，但幻想之外的眞正現實，卻顯得幽微虛幻。

行走了一段距離，他停了下來，這裡是長廊的底端。我先前脫出的那具機器就在眼前。

他轉過來面對我，「進入後戴上『神經電子儀』，躺正身子，閉上雙眼，機器很快會開始運作。祝你好運。」

我看了對方一眼，然後走向經驗機器，踩上踏腳板。我推開機門，鑽了進去。

在黑暗中，我摸索到了之前的「耳機」，這應該就是他所謂的神經電子儀；將它往頭上套去，經過一番調整後，電子儀緊緊貼著頭髮。可以感覺到兩片軟墊附在耳朵上。

仰臥躺好，雙手自然放在身側，閉上雙眼。

當對方將機門關上後，機器內陷入一片黑暗。現實被隔絕了。

我知道自己即將回到模擬空間，心中升起奇妙的安適感。

3.

睜開雙眼，我發現自己躺在床上。

坐起身，環顧四周，有種從另一個世界回來的感覺。

這裡是……

青雲山居，我的客房。

窗外一片黑暗，現在是晚上嗎？

瞄了一眼床頭的電子鐘，七點。

佳甯的遇害時間正是七點至七點半！

沒時間了！

我跳下床，衝向房門。後面有個物體衝撞過來，原來是雪菲。

外頭長廊空無一人，我往樓梯奔去，差點就要從欄杆一躍而下。但理智告訴我，那是不可行的。踏上階梯，三步併作兩步跳下。

連鎖反應的時間很短，只要途中稍有耽擱，便不可能救到佳甯。

往一樓的階梯中，我腳步過快，踩了個空，身子失去重心摔跌在樓梯間，一股強烈的劇痛湧上。要快！

不能拖延！

是從更高的距離跌下來，骨頭大概早裂開了。

一思及此，我立刻站起，繼續往下飛奔，雪菲緊跟在身旁。每踩一步劇痛便侵襲一次，但我用比方才更快的速度下樓，因爲得補回剛剛的延誤！

好不容易來到一樓走廊，往右邊望去，長廊上一道身影，正往底端走去。

是佳甯！她已經接近案發現場了！

我向前狂奔。

只要她一轉進房裡，整個遊戲便結束了。

利刃會刺穿她，她會死亡。她一死亡，整個劇本又會改變了，我會活在失去愛人的悲苦中，在失憶中度過一生。

我不但會失去她，也會失去關於她的回憶。

我會失去一切。

佳甯停了下來，面對著八號房門，邁開腳步……

「等等！」我撲了過去。

佳甯撞在我的懷裡，眼看兩人就要一起失去重心，我瞬間穩住身子，將她拉住。她身上的香氣蔓延至我的鼻腔。她的手很柔軟。

她一臉驚恐地看著我，雙眸睜得大大的，似乎不了解發生了什麼事。

一個硬物輕撞我的小腿，我抽動一下。是一顆籃球，從七號房滾出來的。連鎖反應被中止了。

她活著，活得好好的。

佳甯沒有死，她活下來了。

我讓她活下來了。

她逃離了死神的掌握！

那一瞬間，某種奇妙的力量在心中爆發開來，直衝腦際。我感到腦中似乎有什麼瓦解了，碎裂了，崩毀了，圍困在內的事物往外大量流瀉出來。

流瀉出來的，是一幅幅的畫面。

我用右手撫摸佳甯的面頰，她緊緊凝視我，用眼神將我包覆。

「我好像想起一些事……」我說，「某些畫面……」

「什麼？你說什麼？」

「我跟朋友在牛排館吃飯，現場有鋼琴，剛好沒人演奏，在朋友的慫恿下我上去彈了幾首，結果有個女孩子跑過來點歌，說要聽卡農。」

佳甯凝神聽著。

「那個人就是你，你還以爲我是駐站琴師，竟然跑來點曲。我原本可以拒絕，但一看到你，就決定要將錯就錯。因爲我對你一見鍾情。」

我突然意識到，對佳甯說這些沒有意義，因爲她根本不知道我失憶。

爲什麼在這時恢復了記憶？恐怕是因爲佳甯躲過死劫，我不必承受龐大的打擊，這項事實開啓了記憶之門……

佳甯看著我，淚水盈滿她的眼眶。她突然緊緊抱著我。
「你說這些話讓我好開心。」
「因爲你讓我想說這些話。」
一陣靜默的擁抱後，我拍拍她的背，「走吧，婚禮等著我們。」
她用手擦掉眼淚。雪菲在一旁不斷搖著尾巴，抬頭望著。
我緊握她的手，領著她朝餐廳方向走去。
老大突然出現在面前，神情有些詭異。
「終於找到人了！你們在幹嘛啊？婚禮要開始了耶。」
「沒事，我們要過去了。」我答道。
「確定沒事？」
「眞的沒事。」
「佳甯……你還好嗎？」老大終於發現佳甯不對勁。
「沒什麼啦，太開心了，因爲終於要結婚了。」
「哦，原來是這樣啊！哈哈！其他人因爲找不到你們，都回到餐廳集合了……快過來吧。」
所有人都在那裡，宗杰、啓恩、夏江、文智、蒨蓉……但不見李媽媽以及小蒂。
「找到了嗎？」宗杰說。
老大比了個OK的手勢，然後轉過頭來對我跟佳甯說：「走吧，婚禮要開始了。基本上大家都等不及啦！」
「等等！婚禮不是在餐廳舉辦嗎？你要去哪裡？」我問。
老大停下腳步，轉過身來，「嘿嘿，我們要在一個更棒的地方舉辦婚禮，這是給你跟佳甯的大驚喜！對不對啊？各位？」

環視眾人，所有人皆面露微笑。

我跟佳甯面面相覷。

我們會讓你重新體驗劇本，但在那之前我們也會修改劇本……幸福快樂的劇本……我們想要觀察，在這樣的前提之下——你知道你在模擬之中，還有你知道一切事件都是被設計好的——就算身處幸福人生，你是否會想回到現實世界，你是否還會將模擬經驗的價值視為與現實經驗等同。

在這個一切都是虛幻、沒有完全自由意志的世界裡，我能找到自己眞正要的人生嗎？我逐漸明白，但我可以選擇遺忘這些事，我可以把所謂的眞實，當成是一場夢境，而把我的夢境當成是眞實。在這就是他們要實驗的重點。

生死交關之後，我只想要品味我的平凡幸福。

佳甯笑了。

「我就知道你們早有準備。」她說。

「這樣才有趣嘛！」蒨蓉說，「這兩天在青雲山居玩得夠愉快了，隆重的典禮得要再加點驚喜！」

「沒想到你們這麼費心，」我說，「我——」

「廢話少說了，」老大揮手打斷，「我們上車吧。」

一行人來到室外停車場，老大開始分配車輛。

「奈威，」他說，「你跟佳甯就坐我的車吧……喔，對，還有雪菲。另外，這個東西得先幫你們綁上。」他從外套口袋拉出兩條眼罩。

「這是幹什麼？」

「我幫你們把眼睛矇起來，驚喜不能太早知道啊。」

「我來幫忙。」蒨蓉走過來。

兩人幫我跟佳甯綁好眼罩後，眾人便各自上了車。

車上，我緊緊握著佳甯的手，雪菲依偎在一旁。「你猜他要帶我們去哪裡？」

「不知道，不過這附近飯店很多，也許是更高級的飯店吧。」她答道。

「也許是某個看夜景的戶外場地？」

「我們等等就知道了。」

「別瞎猜啦！」老大的聲音從駕駛座傳來，「一定要讓你們結婚這天永生難忘！驚喜是怎麼猜都猜不到的！」

車子發動，前進。我可以聽到後面幾台車跟上的聲響。

黑暗中，車體搖來晃去，顯然在山路中蜿蜒。途中我與佳甯都沒再說話，只是緊緊握著手，迎接著即將到來的未知。

她的手很軟，也很暖。我靜心細想與她所經歷的一切，靜心感受這名即將與我共度一生的女人……

沒過多久，車子停下。老大要我們下車。

「還不能揭開眼罩喔，」他提醒，「接下來由蒨蓉替你們帶路，請先站在原地。」

幾分鐘後蒨蓉的聲音傳來，「佳甯，我牽你的手走，你牽好奈威，我帶你們進去……小心前面的台階。」

就這樣，在蒨蓉的帶領下，我與佳甯緩慢前進。我感覺自己通過了一扇門，進到一棟建築物。途中，我可以聽見老大還有宗杰等人的聲音。不久後就無聲無息。

走了一段距離，蒨蓉要我們停下。

「現在要搭電梯。」她說。

接著，我們小心踏入電梯。

不知道上升了幾層——感覺還不少層，終於停了下來。在蒨蓉的協助下，我與佳甯步出電梯。

「繼續跟我走喔，還有一段路。」

又走了一小段距離，我覺得周遭空氣清新起來，也很涼爽，這裡的空氣品質似乎很好。

「請坐，」蒨蓉說，「現在要坐上椅子。」

我與佳甯陸續落座，是柔軟的坐墊。

「奈威還有佳甯，現在我幫你們拿掉眼罩，」蒨蓉說，「我先拿佳甯的喔。」

我可以感覺到蒨蓉站在佳甯身後。沒過多久，她移身到我背後。

「換你囉。」

一雙手輕輕將眼罩從我頭上剝離。

我睜開雙眼，一時之間無法適應。

周遭沒有太強的亮光，相反地，有點昏暗。

花了點時間才看清眼前的景物。

有兩個人坐在我對面，中老年人，一男一女。他們用一種深情的目光看著我，眼神中有著複雜的情緒。有慈祥，有愛，還有不捨。

記憶在我的腦海中翻攪，我知道我看過這兩個人，他們是——

——我的爸媽。

4.

「爲、爲什麼……」

我發現自己坐在一張餐桌旁，桌上放著餐具、餐巾，還沒有上菜。

老大等人圍成一圈環繞著我們這張桌子，所有人都看著我。

「老大，這是什麼驚喜？」我避開爸媽的視線，「爲什麼他們會在這裡？」

「冷靜一點嘛，」老大走向前來拍拍我的肩膀，「我覺得結婚這種事，還是讓父母知道比較好，你如果偷偷結了，他們一定會很傷心的。」

「他們根本不贊成我的婚姻！你怎麼可以背叛我！」

「奈威，不是這樣的，」父親說，「你的朋友沒有背叛你，先聽我說好嗎？」

「不，我什麼都不要聽，」他每次一開口就沒完沒了，我已經相當清楚父親的個性。只要一聽下去，什麼事都得照他的。

我站起來，轉身面對老大。

「你這傢伙！」我伸手揪住他的衣領。

蒨蓉跟夏江發出尖叫；宗杰跟文智衝上前來，一人一邊箝住我的手臂，然後把我向後拉。

老大往後退了幾步，臉色有些發青，他右手摸著喉嚨，「奈威，冷靜點，事情不是你想的那樣。」

「放開我！你們是怎麼回事？」我拚命掙扎，但手臂被狠狠扣住，就在我要大叫時，父親從椅子上站起來。

「奈威，聽我說，就這麼一次，我做父親的求你聽我說好嗎？拜託你！」

一股急怒攻上心頭，但當我看到父親的眼神時，身子僵凝住。

我從來沒有看過他流露那種眼神，有濃烈的懇切還有無助，讓我的怒意退了下去。

「聽一下他說什麼吧，」宗杰放鬆了抓握的力道，耳語道，「他畢竟是你父親，聽一下不會有任何損失的。」

我聳起的肩膀垮了下去。

「請你不要怪老大還有宗杰他們，我跟你媽會出現在這裡，並不是因爲他們走漏你結婚的消息；我們是透過其他管道得知的，這晚點會解釋，好嗎？你先答應我不要怪罪他們。」

我無力地嘆口氣，「我又能說什麼？這種驚喜眞是爛透了。」

「奈威，」母親說，她的面色凝重，「不要這樣說，等等你就會明白了。」

「有話快說！別拐彎抹角！」

「我跟你媽都非常愛你，」父親說，「我們關心的其實只是你以後的幸福，只要你能幸福，其他都不重要。我知道我們對於你跟佳甯的事有很多誤會，我自己也很後悔，沒有用適當的方式跟你溝通，這些我跟你媽都反省過了，請你原諒我們。

剛開始會反對你跟佳甯結婚，是因爲覺得她不適合你，但這是奠基於我們對佳甯有限的了解。我們現在已經知道，她深愛著你，我們也知道她是個很好的女孩……你已經不是小孩了，跟誰結婚本來就是你自己的事，我們希望你不要誤會我們當爸媽的在干涉你，我們眞的只是希望你能夠過得很好。」

我低著頭，沒有回話。宗杰跟文智已經放開我的手臂，靜默地站立在一旁。

「我希望你不要那麼討厭我們，」父親的聲音持續，「我們明白自己的表達方式錯了。今天會出現在這裡，就是要支持你，要參加你跟佳甯的婚禮。」

「我特地買了這個，」母親從腳邊的袋子拿出一件物品，那是一個大的包裝紙盒。她站起身，將那物品放在桌上，以便讓我看見。「這是新的繪圖板，我聽說佳甯有在用繪圖板，於是想說要幫她買一臺更好的……但我對電腦實在不懂，多虧妹妹協助我挑選……佳甯，你看，這款式你喜歡嗎？」

佳甯原本默默低著頭，此刻她微微抬頭，然後用力頷首。

「希望你們可以很幸福。」父親說。

我心裡實在很抗拒這樣的場面，因此轉過頭去。

一雙強而有力的手按住我的肩膀，那深沉的碰觸點燃體內塵封已久的情感……話語梗在喉嚨出不來，心中似有千言萬語，卻比不上這片刻的沉默，彷彿過往的苦痛與傷悲皆在寂聲中消融。我看見母親在座椅上拭著眼淚，淚珠模糊了她的妝，我這才意識到她比我印象中看起來還要老邁……

一股新的傷痛在心中湧起，那是一種深沉的歉疚。就在我欲開口之際，父親鬆開抓握，舉起右手，示意我什麼都別說。

「先坐吧，」他說，「在佳甯旁邊坐著，我們要慶祝。」

我點點頭，回到佳甯身邊。她看了我一眼，然後右手在桌子底下握住我的手。

「各位也坐好吧，」老大回身對其他人說，「沒必要一直站著。」

蒨蓉、文智在一張四人座的桌旁先行落座，啓恩與夏江坐在他們對面；老大及宗杰則在另一張四人餐桌面對面坐下。

父親坐我對面，我避免去看他的眼神。母親似乎又用手帕擦拭著臉頰。

這時，我突然注意到一件事。就在我感到疑惑之際，母親伸出手，放在我的手背上，我可以感覺到她手掌上的數顆硬繭。

「過去的事就不要再想了，」她語氣輕柔地說，「今晚我們要好好慶祝，好嗎？」

我點點頭，沒有說話。我決定先忽略心中的疑惑，把重心放在另一件事上。

在她將手收回去後，我抬起頭，凝視著父親。

「在婚禮之前，我只有一個問題：你跟媽是怎麼知道秘密結婚的事？知道這件事的只有老大他們。」

「我跟你保證不是透過他們，我剛剛強調過了。」

「但只有他們知道這件事……等等，難道是——」環顧四週，我突然想到一件事，「是小蒂洩漏的嗎？她跟李媽媽不在這裡。」

她們嚴格說不算是我的朋友。會不會是其中一人從老大那裡得知後，再告知我的父母？可是，她們有什麼理由這麼做？

「不，」父親搖搖頭，「不是她們。」

「那她們爲什麼不在？」

「這……」

父親面露難色，他轉頭看向老大。對方聳聳肩，說道：「你眞的想知道？」

「拜託不要瞞著我事情！讓我知道緣由！」

佳甯握緊了我的手，低聲說：「別激動，他們會說的。」

我稍稍冷靜下來，在椅子上端坐好。

父親重新審視我，表情很平靜，「我跟你媽是透過妹妹才會在這裡的，現在我請她直接出來對你說明。」

「我妹？在哪裡？」一直忘記羅奈威有個妹妹……

所有人都好端端坐在位置上，用奇異的眼神看著我。就在我四處張望時，突然一道人影從附近的門走了出來。

人影慢慢地接近，然後停下，站在我的雙親身後。

那女人直直盯視著我，表情非常沉靜。

她穿著一件白色薄外套，裡頭是紅色T-shirt，搭配一件深色休閒長褲。一副黑色眼鏡掛在臉上，頭髮在後腦盤成髮髻。

心中有一股很奇怪的感覺在翻騰，我注視著女人的臉，覺得很熟悉。

我眼神往下挪移，母親正凝視著我。

那名女人，正是母親的年輕版。

「你還記得我嗎？」她說。

母親與她的影像重疊，形成某種漩渦捲入腦中。我的心海翻動著，腦中某些被黑暗簾幕覆蓋之處，一瞬間突然被湧現的畫面衝破。一陣波濤衝上喉嚨，全身血液沸騰著。

「你是……小、小希嗎？夏希？」

「你終於想起來了。」

這時，老大突然拍起手來，其他人也跟進，一時之間，我彷彿剛演奏完某首世界名曲，正在接受觀眾的掌聲。我發現母親又拿起手帕在擦眼淚了，父親則偏頭，微微吸著鼻子。

「你們……怎麼啦？」眼前的景象讓我愈來愈疑惑。

「哥，」小希說，「你看我這樣像誰呢？」

她兩手舉到頭上，將夾住的頭髮放下，然後摘下眼鏡。

我差點喘不過氣來。

那張被長髮夾住的心形臉……她是……

貝亞！

我掙脫了佳甯的手，兩手掌放在桌上，身子因驚詫而抖動，直直凝視著妹妹。

「你是貝亞……你是貝亞嗎？」

老大爆出笑聲，但他隨即摀住嘴，低下頭。

「我是呀。貝亞是你替我取的另一個小名，記得嗎？我們小時候喜歡互取奇怪的外國人暱稱，你叫我貝亞，我叫你金杰。」

「小名……？好像有……可是，不對啊！貝亞跟這個劇本……這是怎麼回事？劇本發生錯亂了嗎？還是故意修改成這樣？」

我抬頭看向天際。機器是不是當機了？白蜥蜴動了什麼手腳？

「哥，你先冷靜下來，你仔細看，這個餐廳是哪裡？」

我雖暫時收不住驚恐，但還是環顧了四周。這是一個屋頂花園餐廳，前方還有室內用餐區，隱隱約約可見角落的電梯門。

我從剛剛就發現這裡很眼熟，但實在不能肯定。

「這裡好像是馬雅科技公司的頂樓。」我終於說出答案。

「沒錯，」小希平靜地說。

「不對啊！這到底……」

「你是不是在想『造物者』把兩個人生劇本給混在一起了？不，沒那回事。」

「你是說……」

「哥，從頭到尾都沒什麼劇本啊，沒有馬雅，沒有外星人，沒有經驗機器，沒有模擬現實……你一直都活在真實世界。」

PART IV
MISSION COMPLETE

「當你不相信是真，也不會消失的，就是真正的現實。」

——菲利浦・狄克（Philip K. Dick）

1.

「當虛擬與眞實無法辨識時，」小希的聲音傳來，「人們總會懷疑自己是否處在虛擬中，但他們卻忘了，實情有可能正好相反呢！」

「慢點慢點！」我揚起右手，「這到底是怎麼回事？我、我還沒反應過來。你是說，從頭到尾整件事都是個騙局？」

「不能說是騙局，那有負面的含意。」

「不是騙局，難道是遊戲？」

「也不是遊戲，應該說是治療。」

「治療？什麼治療？」

「說來話長，你確定現在就要聽？不等婚禮結束？」

「快告訴我！我實在有點錯亂了。」

蒨蓉推了張椅子到小希身後，要她坐下。妹妹端坐在椅子上，就在父親的左方不遠處，用她平靜的表情看著我。爸媽將椅子往左側稍微旋轉，面向小希。

「一切要追溯到你跟佳甯祕密結婚那晚，也就是二〇一一年十月十六日，」小希說話的口吻讓我想起貝亞的有條不紊，「發現佳甯受傷後，你們立刻叫來救護車，將她移送醫院，但病情並不樂觀，雖然經過緊急搶救，仍未脫離危險狀態，得持續觀察。

你當時幾乎失去理智、無法正常思考。你誤以爲自己是殺害佳甯的兇手，但其實她卻是死於非常巧合的意外！下一刻就要結婚，這一刻你卻失手殺了她，你無法接受這個事實，你不知如何是好，一瞬間從天堂掉到地獄，不，是比地獄更可怕的煉獄——

在馬雅的劇本中由於你是體驗者，故你的行動無法受到操控。實際上，十六號那晚你溜出去射完箭後就沒再看到佳甯了，再見到時她已經倒在地上。因此你才會產生誤殺的誤解。

你告訴朋友們是你失手射中佳甯，你陷入憂鬱，陷在深深的內疚中，眾人除了安慰你也別無他法。爸媽並不曉得你究竟發生了什麼事，你沒有讓他們知道。你或許也預知到，如果爸媽知道祕密婚禮出了狀況，心裡會怎麼想：『早知道聽我們的就對了，就能避免悲劇。』但明明不是他們想的那樣。長久受到父母反對的壓力終於爆發，讓你的精神狀態雪上加霜。

佳甯送醫的第二十一天，情況惡化，經過搶救後無效，成為『臨床死亡』的狀態。你在病房內握著佳甯的手，知道她永遠不會再回來了，你終因過度龐大的精神壓力而崩潰。

那晚你失蹤了。之後，佳甯竟奇蹟似地復活。」

「復活？這是什麼情況？」眞相眞的讓我愈來愈傻眼。

「世界上曾經有很多臨床上診斷為死亡，之後卻死而復生的例子。最有名的就是一位叫做George Rodonaia的神經病理學博士。他在一九七六年遭遇車禍後，立刻被判定為死亡，並被送到停屍間。三天後，正當醫生要對他進行解剖時，他卻突然活了過來。這件事改變了他的人生，他潛心研究靈性世界，後來還拿到了宗教心理學的博士學位，並成為牧師。在車禍之前，他是個無神論者。」

我想起白蜥蜴說過的話，人類在有過瀕死經驗後，會產生宗教信仰。

「有這種極端的案例，那麼佳甯的個案也就不足為奇了。通常臨床死亡期過久才復活的人，產生不可逆腦損傷的機率很高，但佳甯的復原狀況卻奇佳，只能說是上帝的奇蹟，」小希轉向佳甯，「佳甯姊，你要不要談談你的瀕死經驗？」

「佳甯也經歷了瀕死經驗？」我除了訝異還是訝異。

小希回答：「Rodonaia博士曾描述他的瀕死經驗。剛開始處在一個完全黑暗的世界，他原本很害怕，但當他告訴自己要戰勝黑暗時，光就出現了，帶來安全與溫暖。某個時候他甚至還看到了自己人生的跑馬燈畫面。」

「我的瀕死經驗與那位博士相當類似，」佳甯對我說，「我發現自己處在一個漆黑的場域，伸手不見五指，甚至會懷疑自己的存在。接著突然看到很多畫面，記憶在眼前一一閃過，從小時候一直到成年。當畫面中出現你的影像時，我感覺到漆黑的心底產生溫暖，周圍的黑暗逐漸被光驅散，直到四周溢滿了強光。那一刻，我的心中充滿暖流……我是死過一次的人，也許復活後的人生某個意義而言也算是『另一輩子』。還記得我對流星許過的願嗎？它眞的應驗了。」

我注視著佳甯，然後把視線移到天際。沒有看見流星，但有點點星群。

「你失蹤了一個禮拜，」小希繼續說，「後來老大在外縣市一間餐廳找到你，你在那裡打雜工，完全失憶，不認得親人，也不知道自己是誰。短短幾天內，你失去悲劇之前的記憶，可想而知你當時有多自責、有多愛著佳甯。

爸媽把你帶去醫院診治，經過精神科醫師的診斷，你罹患了解離症的其中一種——解離迷遊症（dissociative fugue）。」

「解離……那是什麼？」

「解離症（dissociative disorder）是指一個人將痛苦的記憶或不被人接受的慾念從意識中脫離，導致自我功能解體而心理失常。解離迷遊症的患者會無預警地脫離原本的生活狀態，拋開家庭、工作，遠行至別處工作或遊蕩，時間從好幾天到數年都有。患者有部分或完全失憶的症狀，不知道自己是誰，也找不到自己的家。解離迷遊症的成因多是因爲壓力與心理創傷。就你的個案來說，你因爲無法接受自己殺害佳甯，才會產生解離進而失憶。」

「我後來有接受治療吧？」

「你不但服用藥物，還接受心理治療，但完全無效。結果你第二次發作，再度失蹤。這次的計畫，就是從這裡開始的。

我沒有參加婚禮的原因是因為人在美國，正接受博士學位口試。口試完沒多久就接到蒨蓉的通知，說你失憶了，他們並不想背叛你，才徵求我的同意通知爸媽。我同意了，所以爸媽才會知道整件事。你被送回家接受治療。佳甯奇蹟似復原後，隨即被她的父親帶到中國。她的父親因為這次事件不想讓她再跟你有接觸，而他又在中國經商，就讓佳甯在那裡靜養。佳甯走後，小蒂突然主動辭職，並寫信給老大，說明婚禮那兩天的恐嚇事件是她所為，完全出自於她對佳甯私人的恨意，她完全沒料到後來會發生慘劇，自己也嚇壞了，要向所有人道歉，並把在青雲山居工作所得的薪資全數退還。李媽媽在知道實情後原本也要離職，但在老大百般挽留下打消念頭。只是小蒂不可能回來了。她這次會參與計畫，是經過我的遊說，才勉為其難答應，當作彌補。但她不願出席婚禮，所以你才沒有在這裡看見她跟李媽媽。」

「我懂了。所以她最後還是跟信中的R私奔了嗎？」我突然覺得自己有點八卦。

「嗯。昨天也是R來開車載走李媽媽她們的。」小希繼續說：「我從美國趕回來後，去看過你幾次，你完全不認得我，也不記得以前的事，我看得出你的病症很嚴重。」

「難怪你以貝亞身分出現時我覺得似曾相識。」

「但你卻誤解了那熟識感，以為你是因為進到科技公司見過我。」

「原來如此……」我開始明白諸多細節背後的意義了。

「我後來去找了老大、蒨蓉等人了解事件那幾天的狀況。看了現場後，我認為事情有異。突兀出現的籃球、裂掉的紫水晶、掉落的耳環加上摔落的遙控直升機，讓我心中有了假設。我循線調查，果然發現直升機搖控器的電源是開的，還有夏江的手機在事發時曾自動撥號給蒨蓉。

我找到證據證明我的理論。我去問過替佳甯開刀的醫師，他在傷口處發現些微的玻璃碎屑，檢查後證實是事發現場的紫水晶碎屑。如果佳甯眞是被你從窗外射傷，那麼傷口處不會有那些碎屑的。碎屑是於連鎖反應時，隨著箭頭落下埋入傷口的，這支持了我的假設。

「唔……也只有你才想得到答案吧！」很明顯地，小希的腦袋比我優秀許多。

「正在我盤算要怎麼告訴你眞相時，你的迷遊症二次發作了，帶著一筆錢離開高雄的老家，跑到台南租了房子，自己生活。爸媽心急如焚，後來好不容易找到你，卻說不動你回來。你完全不認得他們，把他們當成陌生人。爸媽束手無策，看你暫時也沒有危險，只好先返家再想辦法。

在你獨自生活期間，佳甯跟我聯絡。事件爆發後，她的父母管她很嚴，不准她離開中國，但她一直在找機會。我告訴她情況不樂觀，她堅持要見你。她找到空隙返台，我便帶她去。

我們在台南找到你，那時你從一家便利商店走出來，佳甯奔了過去，你卻視而不見，還跟她說『小姐借過』，然後便騎著車離去了。佳甯追趕不及，只能抱著我痛哭。那一刻，我發誓一定要想出辦法救你。」

小希停了下來，蒨蓉遞給她一杯水。

我不敢回頭去看佳甯，我不太記得是否眞有這麼一段插曲。自己的記憶就像混濁的一灘水，有些部分看得清楚，有些卻模糊。我隱約記得貝亞的臉，卻想不起佳甯回來找過我。當時的我，一定深深傷了佳甯的心；當時的我，根本不是我。

啜飲之後，小希繼續說：「我認爲只有讓你明白，自己對佳甯的死沒有責任，才能讓你恢復記憶。尋常的治療方法都已證明無效，而我們沒有耐心、也沒有信心再讓你接受更長時間的治療，我便決定冒險使用較複雜麻煩的方法。這是屬於我自己的心理治療，有很強的實驗色彩，一定不被主流認同，但我有自信成功。

方法構想是這樣：必須用某種方式讓你回到過去的情境——身歷其境效果是最好的——讓你再經歷

一次事件，喚起記憶，再告訴你事件眞相。

我思考之後，決定採用經驗機器的劇本。理由之一，可以用失憶作切入點。我知道你也清楚自己想不起任何事，正好符合放錯劇本的情節，若是用其他方式，例如時光機器，就沒辦法有這好處。

理由之二，經驗機器的戲碼適合你當時的心理狀態。我從之前治療你的心理師那裡得知一件事，你在失憶後產生一種奇怪的心理狀態：對這個世界抱持不確定性與不信任感，亟欲脫離與逃出。失去記憶讓你的人生成爲一片空白，連帶地拔除你對世界存在的信賴感。這可能是你潛意識想要逃避現實所造成的結果，把現實當成虛假，並回歸眞正的現實，變成一個開脫的正當理由。這點有心理學上的根據，我稍後會再說明。」

「好吧，所以這整件事，其實是一個龐大的劇本？」

「沒錯，整個劇本的每一個細節都經過精心設計。你失去記憶的原因是不願意面對自己殺了佳甯。爲了讓你恢復記憶，必須讓你正視它，並了解事情不是你想的那樣。一旦你明白自己沒有責任，你就有機會從陰霾中走出。」

「眞的能那麼順利嗎？」

「我不知道，但我們也別無選擇。往好處想，或許不用進行到最後，途中因爲不斷地接觸過去的情節，你突然就恢復記憶了。藉由持續接觸熟悉的事物來恢復記憶，在心理治療中稱爲reminder effect。但一般這種治療都只是小規模地與患者談話，不像我們這樣直接進行過去事件的完全重現。會使用經驗機器的劇本方式，也是賭在這一點。只要你在過程中突然復原，計畫就可以中止了。」

「如果是這樣，你要怎麼跟我解釋整件事？」

「就直接向你說明眞相。」

「萬一我到最後還是什麼都沒想起來呢？」

「我跟爸媽還是會以家人身分出現，但我不會對你解說眞相，就讓你當成是外星人的重修劇本繼續下去。以這個狀況而言，你跟父母仍有機會和解，你也還是會跟佳甯結婚，整個安排變成一個重新讓你認識身邊最親近的人之過程，不算是白費工夫。

當你開始執行『馬雅任務』後，我們並不需要擔心你會看到熟面孔因而起疑，因爲那些人都是在你失憶後接觸過的人，你會當成是在羅奈威後半段劇本中見到的人，而你後來經驗的是前半段，看到熟識的面孔是理所當然。這些人包括爸媽、佳甯還有老大。而我因爲在這場戲中角色的關係，不便以眞實身分出現，才需要僞裝，不讓你認出。」

「唔……」回想起來，我好像也只記得貝亞。

「構想有了後，再來就是計畫的整體結構。首先必須要讓你認爲你所處的世界是虛假的，所以才先派出由老大僞裝的幽靈程式接近你，讓他告訴你人其實在經驗機器裡、放錯了劇本、要不要回到現實等等，再來就是利用所謂的移轉器，把你帶到『眞實世界』。」

「這裡就是最有疑問的地方！我覺得自己明明到了……一個很不一樣的世界，一個近未來世界，馬雅科技公司的假象是怎麼製造出來的？」

「很簡單，不過就是另一個地點而已。你從沒走出過科技公司，所以也不能確認自己究竟身在何處。你上了移轉器後失去意識，被搬移到馬雅科技公司。醒來後，你誤以爲自己是從模擬世界回到眞實世界。」

「我爲什麼會失去意識？」

「你所吃下的S-Substance其實是安眠藥。」

「安眠藥？」我開始明白一切了，「原來我吃了安眠藥？」

「是的，利用安眠藥來令你失去意識，再進行搬運。」

「可是……安眠藥不能亂吃吧？」

「不用擔心，那是因爲哥有失眠啊。」

「啊？」這麼一說，我倒有點印象。進入移轉器前我常常睡不著。

「這也是我從你的心理師還有爸媽那裡得來的資訊。你在失憶後，飽受失眠之苦，主要是入睡困難。造成失眠的因素很多，你的狀況應該是所謂的情境性失眠，通常是因爲生活上的挫折與壓力造成心理調適困難。你可能是因爲佳甯的事，潛意識中仍潛藏著巨大的焦慮與悲痛，加上對自己還有世界的存在懷抱有不安，因而更加焦慮，導致失眠。情境性失眠通常是暫時性的，但若造成失眠的情境因素持續存在，很可能會惡化成長期失眠。」

「怎麼樣算是長期失眠？」

「失眠症依照病程時間長短，可以區分得更精確：短於一星期的稱爲暫時性失眠，一至三星期稱爲短期性失眠，超過三星期屬於長期性失眠。你的狀況是短期性失眠。

你的心理師針對失眠採用不需藥物的行爲療法，但實在成效不佳，之後你就再度迷遊出走了。」

「可是你怎能擅自使用安眠藥呢？」

「我徵詢過蒨蓉的意見，別忘了，她是有執照的藥師。我請她來說明這次的用藥吧。」

坐在不遠處的蒨蓉咳了幾聲後，說：「這是一種使用上很普遍的安眠藥，叫做Stilnox，中譯使蒂諾斯，屬於第四級管制藥品。其實這種藥很多老人都有服用，六十五歲以上的老人有一半以上有失眠問題。這次使用的藥就是從我母親還有幾個長輩那裡借來的。它是十公絲的膜衣錠，成人一般劑量爲每天一錠，不可超過，須於睡前服用。肝功能不全的患者劑量需減半，而對藥物過敏、有嚴重呼吸功能不全、睡眠呼吸暫止徵候群、肌無力等毛病，都禁用此藥。小希查過你的病史，你並沒有這些問題，因此便讓你服用一般劑量。

這種藥的治療期，包括減量期在內，可以從幾天到四周以上，主要針對偶爾失眠或短暫性失眠的患者。非常短的治療期不需要逐漸的停止治療。像這次治療到今天是第八天，如果你覺得狀況好轉，就可以停止服用了。短期使用不會有成癮性，不需要擔心產生戒斷現象。藥品不是食品，主要是幫助你度過艱難時間，能不吃就盡量不吃。」

「你說這種藥使用很普遍？到底是一種什麼樣的藥？」吃了那麼多顆，我總得搞清楚它的來歷。

「我就解釋得更清楚一點吧。使蒂諾斯是國內精神醫學界公認全國使用排行第一的安眠藥物，不少醫護人員失眠時也會服用。它相較於傳統型的安眠藥來得較爲短效，能讓人快速入睡，並增強深度睡眠的時間，治療初期失眠症相當有效，並且副作用少，這就是爲何它受歡迎的原因。

服用使蒂諾斯出現過夢遊的案例，還有中樞神經方面的副作用，例如記憶錯亂，但發生比率僅約百分之一。如果在服藥後立刻躺平，便能減少副作用發生。」

「原來如此！」回想起來，每次服用S-Substance後，貝亞就立刻讓我進入馬雅，看來就是爲了避免副作用。

「沒吃過的話，頂多就是醒來時會覺得有點昏沉而已。」

「難怪最近我醒來常有這種感覺，原來是吃了安眠藥……我還以爲是馬雅的副作用。」

「這只能說是一種高明的掩飾誤導啦！以藥物動力學來說，藥品有所謂的作用時間以及持續時間。前者簡單說就是投藥後到發生效用所需的時間，後者則是藥效持續的時間。使蒂諾斯的作用時間只有七到三十分鐘，持續時間則有六到八小時。因此你每次服用後，約半小時內就會入睡，然後會睡一個晚上。作用時間快，持續時間又適中，這就是我們選用這種藥的原因。」

「萬一我突然醒來怎麼辦？」

「從沒服用過安眠藥的話，效果反而會不錯，而且移動過程不容易醒，就連幫你換衣服也不易將你弄醒，基本上風險不高的。但我們還是盡量減少幫你換衣服的次數，所以小希才會設計出所謂的『預設値』說法，讓你兩次進入馬雅後的衣服維持不變。不過其他幾次沒換你可能就會起疑囉！還好現在是春天，穿的衣服少，穿脫都很方便。」

「你、你們幫我換衣服？不會吧！我的貞操還在嗎？」

「是我幫你換的，」佳甯說，「不用擔心，方便起見，內衣褲沒換，反正你一定不會發現。」

「嚇死我了，差點變情色治療。」

老大等人爆出一陣笑聲。

蒨蓉說：「總之呢，深層睡眠和死亡很接近，就算朦朧地醒來也不太會記得吃藥後發生的事。一般不太可能藥效發作後立刻醒來。我們盡量縮短移動距離。你仔細回想一下，青雲山居的移轉器位置就在大門斜對面的四號房，如此要把你運出大門會比較快。沒有選鄰近的一、十一、十二號房是因爲那些都不是空房。

還記得你在科技公司所進入的馬雅就在電梯旁吧？還有你在青雲山居的房間也是；另外你於幽浮大廳醒來的經驗機器也是靠近長廊底端的出入口。這樣才便於移動。我們移動過程中很小心，所費的時間也盡量縮短。只要確認你在馬雅內熟睡後，我們便把你抱出來放在推床上，推到電梯中，下降到一樓，再推到外頭的廂型車內。到達青雲山居後，再把你推進電梯，送到你的房間。反向回來時過程都一樣。」

我被這樣運來運去竟然毫不知情，看來藥效眞的很不錯。

「等等，我突然想到中間好像有一次服用的藥物不同，是貝亞給我的頭痛藥。」

「那其實是使蒂諾斯的學名藥。學名藥是指原廠藥專利過期後，其他藥廠可以用相同成分與製程生產已核准之藥品，各方面都與原廠藥效果相當。」

「原來不是頭痛藥！又被你騙啦。」

「使蒂諾斯膜衣錠原本的長相是白色、凸長圓形，有剁半痕，你可能沒注意到，其中一面有STILNOX字樣，這是因爲每次小希拿藥錠給你時，都是讓沒有字那一面朝上，並要你快點服下。」

「吃藥哪還會注意上面的字？我連剁半痕都沒發現了。」

小希道：「這邊我來說明吧，我知道你英文不好，就算注意到上面有英文字，肯定也不會細看。如果你對上頭的文字有任何疑問，我會立刻拿出編好的說詞瞞混過去。但你根本沒發現。」

「我終於懂了。S-Substance之所以叫這個名字，是因爲使蒂諾斯的英文是S開頭的，這才是眞正的原因吧。」

「沒錯。Simulation只是個幌子。」

「所以最後一次在幽浮大廳時，白蜥蜴給我的生理維持藥錠也是使蒂諾斯的學名藥囉？」

蒨蓉說：「沒錯。爲了不讓你起疑，才瞎掰了生理維持藥品的說法。那個藥名也不是亂取的喔，是小希的主意！SZ-10mg，S當然是指Stilnox，Z則是該藥的化學名zolpidem；10mg就更簡單啦，就是十公絲的意思，這是一般膜衣錠的劑量。」

每一個細節都有它的意義，我眞的不得不再次佩服小希的頭腦。難怪她會跑到國外去念博士啊！妹妹從小就與我不同。

「藥物的部分解說完了，」小希說，「謝謝蒨蓉姊，現在讓我繼續來說明整個治療計畫，你一定還有很多疑問想知道答案。」

「太多了，馬雅科技公司還有幽浮房間是怎麼來的？難道你們爲了這次事件蓋了那麼大的房子？還有，那些高科技的設備是怎麼回事？更無法理解的是，我記得發現隨身碟後我眞的跳樓了啊，怎麼可能還活著？我完全不懂！是我的意識有問題嗎？」

小希維持平靜的表情，優雅的語調持續，「你覺得很不可思議吧？別急，我會一步一步說明如何讓這些不可能成爲可能。」

2.

「接下來我要介紹睡眠膠囊，」小希說。

「睡眠膠囊？吃下去就會睡著嗎？」才說完就被佳甯從桌底下捏了一把。

「你在馬雅科技公司還有青雲山居所看到的經驗機器，其實是一種睡眠膠囊（sleeping pod），是讓上班族或旅客小睡用的。一開始是由美國的Metronaps公司所發展出來，原型爲半封閉式、造形像是小豆芽的睡床。這家公司的老闆當初是因爲在銀行上班時，常看到同事中午沒有地方可以小睡，甚至有人躲到廁所裡睡覺，才有了靈感。」

「這不是很像體驗房那個奇怪躺椅嗎？」

「是類似的，不過你在馬雅科技公司還有青雲山居所用的是進化版。」

「進化版？」

「對，進化版的功用不只是提供小睡，而是眞正夜間睡眠用的的床鋪。這種睡眠膠囊的構造經過精心設計，裡面的床墊使用負離子床墊，能產生負離子空氣，在床墊上五十至六十公分的範圍內，濃度最高。」

「那有什麼作用？」

「這種高品質的氧氣通常只在大自然環境，例如森林中才有。它能夠促進新陳代謝，提高血液含氧量，對於失眠以及壓力大的人來說，能增強免疫系統以及血液循環。對你是很有幫助的。」

「原來是對失眠有效，」回想起來，馬雅的床墊眞的很好睡。

「枕頭部分也是使用特製的乳膠枕，可保持空氣流通並有極佳散熱性，讓頭部清新舒適以達到高品質睡眠。」

「……那電極頭罩呢？純粹只是個道具還是也有其特殊意義？」

「這個嶄新發明結合、改良自兩種產品。其一是美國一項睡眠科技商品——Snappy Napper，目的是為了讓人隨時都能小憩。它是一條柔軟的大毯子，套在頭上，用魔鬼氈固定在後腦，鼻子處有透氣孔。無論在何地，只要披上便能讓眼睛阻隔光源，便於入睡。由於眼球接觸光時褪黑激素會停止分泌，所以睡眠時全黑的環境是較好的，最方便的方法就是使用眼罩。馬雅的頭罩吸收了這個概念，特別設置眼罩，但捨棄了毯子的設計，畢竟是要搭配睡床，使用棉被會較為妥當。我們將棉被收起來，以免你起疑。」

「到這裡我能了解，但神經探針還有電流該怎麼解釋？」

「那是頭皮按摩器。」

「啊？」

「現在市面上有售電動頭皮按摩器，可在睡前使用，促進睡眠。馬雅的設計是將頭皮按摩器與眼罩結合在一起，成為一個多功能頭罩，附在每個睡眠膠囊之內。這可是公司的賣點之一。」

「所以那些金屬探針……」

「那是按摩針，每次你躺下後，我會設定約五分鐘的按摩時間——從瑞德使用的那臺電腦做設定，房內一切開關都可透過睡眠膠囊旁的控制台操作，這是睡眠膠囊旅館區的一貫形式。原本房內有一本所有設備的使用說明書，我們把它暫時收起來了。」

原來神經訊號模擬裝置是頭皮按摩器，真是個巧妙的誤導！

「我封閉在裡面時並不會覺得不通風，是因為有透氣孔的緣故嗎？」

「對，你應該也看到了，通風孔分布在膠囊內壁……此外，不喜歡將自己封閉在狹小空間睡覺的人可以將兩側滑門打開，便成爲開放式的睡鋪。」

「所以睡眠膠囊的所有設計都是爲了高品質的睡眠考量？」

「沒錯。這些設計都有助於你快速入睡並保持優良的睡眠品質。移轉器跟馬雅都是睡眠膠囊，只不過外觀不同罷了。」

「我還有個疑問，你要怎麼知道我醒過來了沒？」

「你醒來後自然會自行拿下頭罩、打開門出來。此外我們也能透過你發出的聲音得知。」

「我懂了。那幽浮大廳的經驗機器又是怎麼回事？」

「要解釋這個問題，得先回到整件事的脈絡來，讓我按照順序先把其他事說明清楚。

利用幽靈程式告訴你『世界的眞相』後，萬一你還是不願進入移轉器，那麼我們還有備用的方式讓你服藥進入，但後來證明沒有必要。

把你帶入移轉器後，你再度醒來已是隔天早上。爲了不讓騙局露餡，我們拿走了你的皮夾以及手機，並且虛構出你帶著護照的事實，如此才能讓戲碼順利進行。我們每天只對你用一次藥，都是睡前，因此在馬雅中的時間流動並非是經過機器的壓縮調整，那些說詞都是爲了讓你信以爲眞而編造的。

接下來的舞台是馬雅科技公司，或許你也猜到了，其實是一間新建的大型旅館，位在高雄市東北郊，離青雲山居只有五分鐘車程。這兩座建築物剛好位在丘陵的兩邊，因此你從旅館頂樓——也就是這裡——是看不到青雲山居的。當初帶你到頂樓用餐的舉動是有點冒險，但幸好從這個角度看不見醒目的地標，而且我刻意讓你背對夜景。對了，你的房間除了靠近電梯外，從房間窗戶望出去也只能看到山，這都是經過考量的。」

「馬雅科技公司到底是什麼樣的旅館？」

「這是某個大財團所投資的高科技旅館，英文名稱的確就叫做MAYA。你在商談室看到的那些摺頁介紹就是旅館的英文版簡介。如果你英文好一點的話，或許會察覺有異。」

看來我英文很爛這件事成了整個詭計的關鍵之一。從小希的口中聽到我英文不好，並不會讓我不悅，相反地，我因爲她太了解我而感到溫暖。

「高科技旅館是因爲裡面的設備很高科技嗎？」我問。

「那是其中一點。馬雅是以『未來世界』爲賣點的主題旅館，在建築還有設備的外觀上參考了許多設計師對未來的想像，期待讓旅客有來到未來世界的感覺。雖然實際上沒有未來世界的科技，但盡量運用既有的技術來補足。不少你以爲是未來科技的產品實際上都已經存在，或只是現有科技的包裝。例如剛剛提到的睡眠膠囊，就是將原本小憩用的睡床，結合床墊科技以及睡眠科技製成。體驗房其實就是一般的客房。馬雅的客房分爲數種，三樓是『睡眠膠囊區』，專門提供膠囊式的睡床。

至於其他設備，指紋鎖已經不是新鮮的發明；變色的室內燈光不過是利用ＬＥＤ的燈具科技，在國外許多旅館已是家常便飯；房門的監視面版、房內的多媒體電話都是新近現有的旅館科技。」

「牆壁上那臺百葉窗電腦呢？感覺先進度很夠呀！光是它就足以騙倒我了！」

「那是『數位百葉窗』應用程式，用觸控方式將窗簾拉起或轉動葉片，同時控制環境光的進光量，此外與一般電腦無異。這個『透明智慧窗戶』是最新的產品，在一些科技展展覽過，但尚未正式上市。馬雅公司是透過特殊的關係，只在六樓其中幾間ＶＩＰ房先行裝設。」

「竟然有這種東西……」

「我們故意在你房內使用英文版介面，讓你放棄操作的念頭，但以防萬一，取消了網路連線，結果你完全沒有發現吧？上面的時間也經過變更，才不會讓你察覺時間顯示不對。」

「所以目前正確日期應該是……」我回憶第一次進入移轉器的日期，「唉，數學不好。」

「二〇一二年三月二十八號。」

「了解……那餐廳還有房內的送餐系統呢？說明一下吧。」

「在德國紐倫堡有一間很有趣的餐廳，裡頭穿梭著雲霄飛車的軌道，顧客透過觸控式螢幕點餐後，餐點便會藉由雲霄飛車送上。電腦還提供餐點詳細資料供人點閱，以及收發e-mail的服務。完全自動化的餐廳經營，連小費都可省下。」

「這不就是馬雅的餐廳？」

「沒錯，馬雅公司以這間餐廳爲模型來變造，把雲霄飛車的概念進化，發展成樓層送餐系統，將其定位成六樓住宿區的特色。主要就是在六樓各個房間內壁建立連通的軌道，使得餐點能夠透過雲霄飛車送到每一間房。點餐的方式，VIP房就利用智慧型窗戶，在非VIP房內就使用附設的小型液晶電腦。這個系統在設計上是個大工程，牽涉到整個樓層的結構。哥，你有沒有注意到一件事？你的房間是圓形，從走廊上卻看不出有弧形。想像一整排被正方形框住的圓，圓之外的空隙即可用來建構軌道。」

「眞是個偉大的發明，我很愛這個系統。」

「也許有朝一日能普及化。對於旅館科技，還有什麼問題嗎？」

「我想想……那麼訪談室中的桌面觸碰式電腦，想必也不是什麼大新聞囉？」

「那更不是問題，許多高級辦公室早就在使用了。那個訪談室其實是會議室或研究小間，因此裡面才會有列印設備還有桌面電腦。」

「等等，電腦的介面呢？那根本不是Windows啊！」

「那是蘋果電腦。」

「啊？好像有印象，但說實話，從來沒用過。」

「那是一間很大的電腦公司。你所看到的那些陌生介面都是蘋果電腦上的畫面，裡頭有蘋果自己的程式。總結來說，整個計畫利用到你的弱點：對於資訊、科技產品的認知相當貧瘠。你只使用過微軟，連iPhone、iPad都沒用過，因此自然會被陌生的介面與操作方式給唬住。就算你感到眼熟，也無所謂，畢竟馬雅科技公司的設定年代只是二十年後的近未來，只要盡量使用你不熟悉的電子產品就能營造出先進感了。」

「你不是出國了，怎麼會知道我這幾年還是沒有接觸？」

「當然是從你身邊的人問來的。況且，我出國前你就已經是這個狀態了，依我對你的了解，我覺得你不會改變太多。」

「好吧，我終於知道了，你在劇本中使用的『未來手機』其實是iPhone或iPad或者是i什麼鬼的吧？」

「是iPhone。對沒研究的人來說，換個款式就辨別不出來了。」

「當初我覺得那個看起來像iPhone，沒想到它眞的就是iPhone……我被打敗了，看來我眞的是原始人。」

「也沒那麼糟啦，」倩蓉說，「這些電子產品在台灣盛行也不過沒幾年的事。你看我跟夏江也都還在用原始款的手機呀，我連iPhone、iPad都沒摸過，更別提蘋果電腦了。」

「這是眞的，」老大也說，「雖然這種人未來會愈來愈少，但現階段的確還是有喔，況且你又是對科技產品特別冷感的人。」

「聽你們這樣一說，我覺得好點了。不過，機器人跟聲控系統呢？已經有這麼先進的科技了嗎？」我才一開口，立刻就恍然大悟。

小希回答：「你根本沒親眼見過，是聽我述說的，對吧？這種由敘述所製造出來的假象，可謂是另一種模擬現實呢。至於編造出駭客十三的攻擊事件，用意也就是讓這些設施『合理性停擺』，讓你不會懷疑它們的存在。」

「原來駭客十三是煙幕彈，眞是高招！」

「沒錯。我再補充說明一下你所看到的各種畫面資料究竟是什麼：解說神經系統的投影片是我從國外大學生物系的朋友借來用的；瑞德當初給你看的馬雅操作程式則只是一張假圖，並非是任何軟體。對了，給你閱讀的紙本劇本當然也是僞造的。」

「特地花時間寫了那麼多假資料？」我懷疑小希把它當成小說寫了，但我不記得她特別熱衷寫作。

「其實要演出這整齣戲，原本就需要一份劇本，因此我不過是把內容修改後交給你罷了。」

「物盡其用。」我打從心底佩服。

「至於你在幽浮大廳閱讀的那些劇本資料，那是某一堂大學哲學概論通識課的學生作業，作業內容是要學生寫下希望體驗的模擬現實劇本，在徵求過學生同意後拿來使用。」

「怎、怎麼可能那麼剛好有這種課啊？」

「當然不可能。是我拜託授課老師——我以前的老師——出這種作業，再立即拿來用的。」

「原來如此！」

「劇本數量有限，但你大概也只會當作其他劇本放在其他資料夾中，不可能全部仔細閱讀。只要畫面上有一定數量的劇本就行了。」

「的確。」

「接下來是幽浮大廳發生的事。那個地點位於馬雅旅館的八樓，換句話說，在你吃下我給的『頭痛藥』之後，不過是被往上移了兩層樓。」

「那也是強調未來感的房間？」

「那層樓是另一種旅館形式。聽過膠囊旅館嗎？」

「沒有，那是什麼？」

「起源於日本的一種旅館，價格比一般旅館便宜，主要吸引客群是那些定居在市郊的上班族，他們因應酬或加班趕不上末班車時，常會住宿於膠囊旅館。後來也吸引不少國外自助旅行者。」

「那叫旅館嗎？感覺像太空艙。」

「像太空艙嗎？那就對了，所以才符合馬雅旅館的未來世界主題。雖然你看過了，但當時燈光太暗應該看不清楚吧。我稍微介紹一下膠囊旅館。

膠囊旅館中每個住宿單位大小都一樣，通常由鑄模塑膠或玻璃纖維構成，出入口用一塊簾幕或玻璃纖維門擋住，單元主要用途就是拿來睡眠用，但裡頭也附有電視、電子娛樂設備、無線網路。旅館會提供置物箱，旅客可將行李鎖在箱內。膠囊旅館除了住宿區外，還有公共空間，包括衛浴場所、大廳。大廳會有販賣機，有些旅館還附設餐廳或其他娛樂設施，或是賣襯衫跟襪子給上班族替換。」

「雖然空間很小，但還是很享受啊。」我突然想回去好好住一遍。

「這種旅館原本只有日本獨有，但後來中國、香港、俄羅斯、英國也陸續仿效日本興建類似的旅館。

馬雅旅館內附設膠囊的旅館，是台灣第一所膠囊旅館，整體的設計配合馬雅旅館的主題，盡量在視覺上表現未來風味，就像太空艙一樣；出入口也改成上下拉動的滑門，較不會有粗糙感。膠囊旅館房間的門通常不能上鎖，這裡也是，因此不能讓你去亂開其他艙房的門，萬一發現裡面沒有體驗者躺著，那就穿幫了。當時你醒來後，其實老大一直躲在靠近大廳入口附近的艙房監視你，製造聲響把你引往大廳方向。等你進入大廳後，他才從外將門鎖上。

你所到的大廳正是膠囊旅館的大廳，因此有許多設備；爲配合未來世界的設計，櫃台也販售太空食物。」

「太空食物？就是我吃的那怪東西吧？」

「太空食物分很多種，你吃的是復水食品，是仿製俄羅斯的太空食品製作的，那是一種俄羅斯乾酪。太空食物常會當成商品販售，日本、中國、美國的太空食物都曾上市過。」

「食物的部分我了解了，那我看到的銀河是什麼特殊效果？」

「那是電控液晶玻璃，用液晶薄膜作爲玻璃調控光的媒介，不通電時呈現半透明的霧白色。馬雅的液晶玻璃特色在於大面積曲面，且利用電腦輸入指令進行，而非手動或遙控開關。

視訊的部分也有必要說明一下。這邊設備採用美國一家叫做DVE的公司，專門生產遠程會議相關的電子產品，擁有最新的視訊會議科技，並被華爾街金融公司、好萊塢工作室、大學、大公司企業等單位所使用。他們其中一項產品叫做電訊舞台，這是一種AR，也就是『增擴實境』的技術。簡單說就是將虛擬與現實結合並進行互動的技術。藉由使用特殊的透明投影幕，將人體影像投影至房間中央，而非投影幕上，產生擬似動態全像的效果，觀看者可直接與影像互動；並且，還能夠提供物體的動態呈現，將其以3D影像方式投射出來，觀看者可以直接目睹人體影像與3D物體互動。」

「原來如此，這就是白蜥蜴如何能夠叫出立體圖解來解說眞相。」

「沒錯，這款產品適用於舞台表演，因此裝設在膠囊旅館大廳，有節目時使用，作爲團康娛樂。」

「眞是太神奇了。」

「你有注意到大廳門邊那個鑲有鏡子的小空間嗎？那是操控室。你在幽浮大廳的時間，瑞德自始至終躲在裡頭，控制著電控玻璃還有視訊，同時也監看你的動靜，與我們保持聯繫。」

「他怎麼看得到我？」

「牆上是單向玻璃。」

「原來如此！對了，白蜥蜴是怎麼回事？造型也太逼眞了！」

「我穿著戲服假扮的。爲了營造未來世界感，旅館提供戲服租售服務，包括各式機器人與外星人。其中幾套比較昂貴的，還附有變聲面具。」

「變聲面具？」我眞的不知道有這種東西。

「變形金剛電影大賣後，出現許多周邊產品，其中一種就是變聲頭盔，戴上柯博文或大黃蜂的頭盔後，可以用他們的聲音說話，是很受歡迎的玩具。」

「原、原來是玩具。」

「襲擊瑞德的機器人是老大穿著戲服扮的……至於你看到的智慧型服務機器人，是公司特別從機器人展收購來的，展示在旅館各處營造未來感。」

「差不多可以頒個奧斯卡最佳化妝獎給你們了。」

「還有疑問嗎？」

「那我從膠囊旅館醒來時頭上所戴的類耳機裝置是什麼？」

「就是耳機。我剛說過膠囊旅館的房間有電子娛樂設備。因爲沒有光線，所以你根本沒發現。當時把燈光熄滅是有很多用意的。」

「高雄竟然有這樣的旅館……」

「這是花了大成本投資的旅館，結合剛剛所說的各種最新旅館科技或電子產品，做了極有創意的整合。旅館的商營部分晚點說明，我先把其他餘數解釋完畢。

爲了讓你積極進行調查任務，我安排了匕首事件，這是個激將法。我知道這個動腦的任務會讓你在過程中遇上許多障礙，因此一定要有適當推力才行。仔細回想，是否很有幫助呢？」

「太有幫助了，很好的振奮效果。」

「離開馬雅前的手機提醒聲是佳甯找機會設定的。第一次怕你忽略掉時間，才會有這個設計，第二次因爲狀況的關係，怕你離不開佳甯，才會讓黑衣人出現提醒你。第二次的黑衣人當然就不是老大假扮的了。要補充說明的是，手機還有佳甯電腦中的日期設定都經過變更。」

「懂了。」

「我也知道你對機器人模型頗感興趣，因此把隨身碟藏在機器人的口袋中。會安排這個檔案的戲碼，除了希望幫助你恢復記憶外，也是爲外星人的戲鋪路。我是在你第二次進入馬雅後才放進去的，以防你提早找到。如果你提前復原，那這個橋段的設置就沒必要了。」

「你怎能確定我一定會找到？」

「你能順利找到，不就是因爲我給了提示？」

「啊，對，我想起來了。」

「整個計畫過程中發生了一些意外，你第一次找移轉器時，竟然弄錯房間，老大只好將錯就錯給你鑰匙，但爲了把你引到正確的房間，他臨機應變，戴上金面具去引起你的注意。後來我也將錯就錯將這狀況列爲疑點。」

「我終於搞懂一切了。」

「另外還有一個狀況，就是你無意間發現了佳甯電腦中的檔案。那的確是小蒂以前寫給她的。之後我也只好順著這個狀況繼續讓劇本進行下去。」

我轉頭看向佳甯。我知道她是雙性戀，本想問她是否眞心愛過小蒂，但話到嘴邊忍住了。過去的事就是過去了，毋須再提起。

「……對了，你拿頭痛藥給我那晚，」爲了轉移尷尬，我問，「究竟是發生了什麼事？」

「那晚的事超乎預料。原初的盤算是你入睡後，立刻進行外星人的戲碼。這場戲的用意是，萬一經過之前的情節設計還是無法使你恢復記憶，只好利用『造物者』的權威讓你相信自己不是兇手，並讓你有機會改變過去——你修改劇本的要求在我計算之中。原本的說詞是，外星人覺得是終止劇本的時候，才讓你醒來。但後來從你說的話，我赫然發現你做了一個跳樓的夢。」

我仔細回想，終於清楚事件的眞相。「我知道了，我睡著後連做了兩個夢，一個是與爸媽吵架的夢，那其實是眞實的記憶，這夢之後，才是跳樓的夢。後一個夢也摻雜了一些眞實回憶……我與佳甯一起看流星雨的回憶。」

佳甯用訝異的眼神望著我。

貝亞說：「人從虛幻中醒來後，自然會認爲醒來之前經歷的是夢境。如果沒有經驗機器的介入，你很自然會知道跳樓的經歷是場夢，但你以爲自己是從經驗機器中醒來，認知產生錯亂，把眞正的夢也當成之前模擬經歷的一部分了。」

「還眞是有趣的混淆，反而對你的劇本有利。」

「臨死前的跑馬燈效應在夢中是否會出現？似乎無法證明不會。這是很奇妙的心理狀態，在你的夢中，死前跑馬燈效應出現了，但內容僅限於你失憶後的記憶，但有一則回憶卻衝破失憶的藩籬湧現出來，那是因爲該則回憶對你很重要。」

「人心眞是深不可測的大海。」

「知道你做了那個夢後，我便順水推舟，順著你的話接下去。」

「你的反應還眞快。」

「那晚的計畫有一個危險之處，就是你在相信隨身碟內容後，有可能會透過死亡的方式來覺醒，因此給你安眠藥後，我得在現場待到你產生睡意才能離開，所以才謊稱信箱出問題拖延時間。」

「我全都懂了。啊，永生者托曼這個奇異的故事是你編造的嗎？」

「我從其他故事改編而來的。故事原型出自一九九九年美國黑島工作室所製作的哲學電玩遊戲——《異域鎮魂曲》。這個故事很重要，利用它可以合理化你失憶的原因。」

「小希你也玩電動？我不記得你愛玩啊。」

「我沒玩過，因爲計畫需要得找合用的故事，所以研究過內容。」

「敗給你了。」

「由於計畫過於龐大複雜，算不到的地方還不止這點。我曾料到你會有片段的記憶回復，但沒料到你回憶的片段竟然讓你誤以爲殺害了佳甯。大概是因爲在潛意識中，你仍認爲自己是兇手。」

桌子底下，佳甯輕輕地握了我的手。我也輕捏了她。

「突然想到，青雲山居被破壞的物品……爲了演戲還眞的破壞東西？」我問。

「沒有眞的破壞，只是用當年被破壞的東西來替換而已，那些物品因故沒有丟掉，留了下來。」

「是這樣啊！」

小希說：「整個計畫要成功，得要確實掌握住你的性格。我在研究過後，才配合你的人格特質、旅館組成等種種條件設計出整個劇本。」

「看來小希眞的很了解我。」

「哥，你知道你在ＭＢＴＩ性向測驗中，是屬於表演者的人格嗎？」

「表演者？」

「ＭＢＴＩ是目前全世界最廣用的性向測驗，其理論是奠基在著名心理學家榮格（Carl Gustav Jung）的學說。榮格依照心理功能將人的性格做分類，定義出八種人格類型，這理論後來被其他學者做擴展，定義出了十六種人格類型。」

「好複雜……」

「表演者人格的主要生活模式是將焦點放在外在世界，吸收資訊的方式是透過感官。你的次要模式是依照情感或價値觀去處理事情。你喜歡人群、喜歡體驗新事物；你活潑有趣，喜歡成爲人群的焦點。你是活在當下的人，樂觀，很懂得享受人生。

你善解人意，能及時發現別人的需要並給予協助；討厭理論，討厭事先計畫事情。

你避免去想自己的作爲在遠程上帶來的後果，這是因爲你做決定的方式依賴情感，變得容易縱容自己。

你容易被負面思緒擊倒，無法忍受，因此急欲解離，才會導致失憶。但在失憶之後，你其實並沒有完全擺脫記憶。記憶以潛意識的形式作祟，反而讓你陷在一種迷惘的焦慮中。一般對失憶的人來說，如果他擺脫了一切，在失憶後可以用原本的性格來過活，但你卻遭到負面思緒及可能性的侵襲。你這種人格，只要陷入這個洞就鑽不出來，並且會尋求最簡單的方式擺脫，也就是相信黑衣幽靈的話。所以你在馬雅中醒來時，對一切信以爲眞。你活在當下，當你找到出口擺脫負面的世界，便全心投入相信現在的世界。

依照活在當下的個性，活在機器內仍然可以是幸福，但因爲失憶，失去了存在的第一層，才會嚮往機器外的生活。但當記憶恢復後，自然又想回去劇本內。」

「你根據我的個性，算準了我會有什麼樣的反應，再根據我的反應來設計劇本，以達成你的目的。」

「就是這樣。」

「太不可思議了。」

「說明至此已經差不多了，還有問題嗎？」

「有個根本性的問題。萬一我從馬雅醒來後，因爲失憶而要求公司索賠，不願繼續經驗劇本的話怎麼辦啊？」

老大等人再度爆出一陣笑聲。

小希面色不改地說：「不太可能。因爲你是個喜歡新經驗的樂觀人，剛脫出痛苦世界後，應該會全力經驗新奇事物。」

「好，我投降，沒問題了。」

小希從口袋抽出一張紙，遞給我，「這是事件的流程，清楚載明了時間，方便你明白。」

我接過紙張的同時，小希離開座位，過去跟老大耳語。老大走到角落撥手機。

羅奈威事件流程

Day1

遇黑衣人（幽靈程式）

Day2:

第一次服藥：進入移轉器

服藥時間：二十三點

Day3

醒來時間：八點三十分，於馬雅公司三樓，睡眠膠囊區

第二次服藥：第一次進入謀殺劇本

服用時間：二十三點

Day4
醒來時間：七點三十分，於青雲山居
第三次服藥：第一次脫出謀殺劇本
服用時間：二十三點

Day5
醒來時間：七點三十分，於馬雅公司三樓，睡眠膠囊區
第四次服藥：第二次進入謀殺劇本
服用時間：二十三點

Day6
醒來時間：七點三十分，於青雲山居
第五次服藥：第二次脫出謀殺劇本
服用時間：二十三點

Day7
醒來時間：七點三十分，於馬雅公司三樓，睡眠膠囊區
第六次服藥

服用時間：二十三點

Day8

醒來時間：八點，於馬雅公司八樓，膠囊旅館

第七次服藥

服用時間：八點三十分

Day9（最後一天）

醒來時間：四點三十分，於青雲山居

「這才是眞正的時間流程，」小希回到座位，說道，「因爲一天只能服一次藥，所以常常都得想辦法製造突發事件拖延時間到晚上。第八天是最辛苦的，幸好膠囊旅館大廳有健身房讓你消磨一整天的時間。」

「原來那些突發事件背後有這樣的理由啊！怪不得要搞得高潮迭起！」

「你注意到時間的差異性了嗎？最後一次服藥的時間比之前要早一點，房間的電子鐘也故意調錯時間，那是因爲要造成錯覺，讓你誤以爲再次醒來時是傍晚，所以其實現在是凌晨呢。等等就可以看日出了呢。」

「什麼？現在是凌晨？」確認表上最後一天的時間，的確是註明凌晨四點半。

我抬頭一看，天色逐漸轉亮，剛剛太沉浸在小希的解說中，以至於沒有注意到周遭的變化。

這時，室內用餐區的電梯門開了，兩名男人緩緩走出，來到戶外花園。

其中一名男子的面容似曾相識。

3.

瑞德笑嘻嘻地看著我，右手拿著一個公事包，嘴巴不斷咀嚼著。另一名是西裝筆挺的中年男子，臉型方正，頭髮油亮，戴著一副金邊眼鏡，目光銳利但神色溫和。老大拉了兩張椅子讓他們在附近的桌旁落座。

小希對我說：「你已經見過瑞得了，另一位是王副總，他是鴻登集團的發言人，我請他來替你說明。」

就在訝異之情再度襲上之際，王副總點了點頭，用出乎意料的細緻聲音說：「我們鴻登集團已經成功在上海、南京、成都等地投資大型的主題樂園，嘗試過中國古代風、西方童話風以及石器時代風，樂園中都有與主題相應的旅館。上海的『霸王三國』佔地七千畝，直逼上海世博會園區面積，盛況空前。由於董事長是高雄人，之前承諾過要帶動故鄉的經濟、縮短台灣南北差距，計畫許久後，這次配合高雄市政府觀光政策的推廣，回台投資，挑戰更新型態、更進步的大規模休閒空間。『馬雅世界』的面積雖然沒有『霸王三國』那麼大，但以台灣的標準而言已經是天王級，開發面積超過一百公頃，總投資額達五百億，釋出五千職缺，每年能替政府增加六億稅收，預計全年度觀光人數會超過一千兩百萬人次。其中的『馬雅科技公司』是主題樂園中的最大賣點之一，將旅館定位成二十年後的高科技單位，整合各式各樣的旅館類型還有最新旅館科技，整棟建築的設計費了不少心思，就是要讓旅客有置身未來世界的錯覺。」

瑞德打開公事包，遞給我一疊文件。

我翻了翻文件，最上面一份是馬雅科技公司的中文簡介，有文字跟彩色圖片，展示了旅館內外部、各類房間還有設施，都是我已經見識過的。

「看一下第二份吧。」

第二份文件是一則新聞的列印稿，標題是「神奇未來旅館，讓你愈睡愈年輕」。我在快速閱讀的同時，王副總也一邊解說。

「這是德國的旅館集團與科學家研發出來的未來旅館，在這旅館中，不論是開燈或電視都是利用聲控；也有感應器，一偵測到人就亮燈，人一離開就熄滅。燈光還會按照旅客的體溫和心跳來調節，還可以選擇自己喜歡的燈光顏色。床鋪會自動搖晃，就像搖籃一樣，浴室附設紅外線燈光，讓肌膚更年輕。房間採一體成形設計，所有線條都連在一起，沒有稜角。因爲根據研究，這樣的線條比較能令人放鬆。書桌前面的大銀幕是電視也是電腦，採觸控式設計。」

「這不就跟馬雅的房間類似？」

「沒錯，」王副總點頭，「不過這只是一個理想藍圖，這棟旅館只是測試用的而已，他們提供試住的體驗服務，來收集建議跟改進，以供進一步的研究和改良。我們就是從這則計畫得到靈感。就如你注意到的，我們在一些細部的設計上參考了這家德國旅館，而高科技的部分，就如夏希說過的，只能利用現有的旅館科技還有各式最新電子產品來做變化跟僞裝。我們十分看重這次的投資，選定未來世界這個主題，可以昭示下個科技時代的來臨。爲了精益求精，我們決定仿效德國旅館的『試住』概念，以便將旅館建設到最令人滿意的狀態。你便是住宿體驗者之一。」

「我？之一？」

「哥，」小希說，「其他體驗者就是你在馬雅科技公司看到的那些人啊，全部都是瑞德的朋友。」

「我是旅館的概念設計者之一，」瑞德接口說，「能找到的人不多，大部分從教會或英語補習班抓來的，但他們都很樂意試住。」

「就是因爲這樣才騙我說是淡季嗎？難怪整間公司客人那麼少！」

「旅館員工也是試住者僞裝的，」瑞德說，「他們不是眞的在工作，所以也樂在其中。」

「等等，」我說，「這到底是怎麼回事？事情的先後順序到底是怎樣？我爲什麼會成爲試住者？」

王副總正要開口時，小希做了個手勢打斷，「是這樣的，當我在苦思如何讓你恢復記憶時，偶然從瑞德那邊得知馬雅科技公司的試住計畫。瑞德是我出國前在台灣認識的朋友，他的老婆是王副總的小女兒。

瑞德提到他們旅館的目標就是要讓住宿客人誤認自己置身未來世界，還問我要不要試住，就在那一刻我突然想到一件事。

若讓你這名失憶的人住進去，而且完全沒有發現自己其實不在未來世界，那麼不就證明這間旅館很成功嗎？我在仔細思考後，告訴瑞德這個提議：讓你成爲試住者之一，而且你會是最重要的試住者。條件是，旅館方面必須配合我的計畫。

瑞德和王副總商量後，決定向高層呈報。沒多久董事會就表決通過了，這對他們來說沒有損失，而且還能得到一個重要的指標。事情就是這樣。」

「羅先生，」王副總說，「請你翻閱手上的第三份文件。」

我尚未從驚詫中回神，聽到對方的話，趕緊翻閱手上的紙張。

那是一份問卷，標題爲「馬雅未來主題旅館住宿體驗問卷調查表。」

「你的這張問卷非常、非常重要，希望你仔細塡好之後，交給Reid。」王副總煞有介事地說。

「好、好的。」

現場暫時陷入沉默。

我抬起頭來，望著小希，「眞是不可思議，你爲了救我，這麼大費周章，但終究成功了。」

「不算大費周章。所謂的大費周章是指，有更簡單的方法可以達到目的，但卻選擇了麻煩的方法。在這次的事件中，一次就達到了很多目的。」

「哦？哪些目的？」

「一、讓你恢復記憶；二、治療你的失眠；三、解開你的殺妻內疚；四、解開你跟爸媽的心結；五、完成試住體驗；六、完成婚禮。」

「你仍然是我記憶中聰明的小希，竟然能想出這種一舉數得的方法。」

「這次的挑戰，對我來說就像是CQ測驗的考題。」

「什麼CQ測驗？」

「CQ就是創造力商數。美國心理學家J. P. Guilford區別了聚斂性思維與發散性思維，前者涉及的是，解決一個問題只能有一個標準答案，但後者涉及的是，解決一個問題可以有複數不同的答案。不斷發現新的角度、做出新的連結，這就是創造力的展現。

有人定義創造力爲：從不相干的事物中找出有意義的連結。創造力的測驗題目基本上就是屬於這類：給定一連串不相干的事物，你是否有辦法將它們做有意義的串聯？

這次的事件就像這道題目：如何將失憶的人、失眠、解離症、旅館科技、經驗機器、安眠藥……等等元素，組合成一幅拼圖？這些看似不相干的事物，我得想出一張網，將所有元素連結在網上，然後這張網又可以達到多個目的。我的博士論文是關於哲學與認知科學，研究所拿的是心理學學位，因此我利用這些知識來厚實這張網的強度。」

「這個計畫不愧是出自哲學與心理學的研究者。我太以你爲榮了。」

「因爲哥是我心中重要的人。」

「等等，難道你之前口中那個『他』，就是在指我？」

「你說呢？」

我突然覺得有點臉紅，「……你剛剛說到十六型人格，我想知道你是哪一型的？」

「哥，我不是重點。今天的重點是你跟佳甯姊啊。真相至此也差不多了，可以來進行婚禮了嗎？」

瑞德站了起來，朝後方建築一呼：「All of you, come on!」

這時，一群人從建築後方走了出來，多數都是外國人，我注意到包括紅髮的Lindy還有高大的Jefferson。其中兩個台灣人臉孔，長相有些神似佳甯，應該就是她的父母了，想必他們也放下心結原諒我了。

「要婚禮也得要有賓客吧，」瑞德說，「這些試住者就是最好的人選！」

「禮服都準備好了，」小希說，「蒨蓉會帶你們去換。」

「連禮服都……」

「嗯，趕快去吧！」

當我和佳甯手牽著手跟著蒨蓉進入電梯時，雪菲也搖著尾巴跟了過來。

「難怪，」我注視著雪菲，「難怪那時她那麼興奮！」

「什麼？」佳甯問。

「我第一次在青雲山居的房間醒來時，雪菲興奮得像發瘋似的……因爲他很久沒看到我了呀！如果我自始至終都在，她不可能會有那種反應。」

雪菲吐著舌頭，張著嘴巴，好像在說：「老兄，你也發現得太晚了吧！」

不久後，我與佳甯在眾人的掌聲下步上了室內餐廳區的小舞台。佳甯穿著紫色洋裝，我則穿著白色西裝。我覺得這身裝扮有些拘謹，但不適感很快就被愉悅氣氛取代了。

婚禮由老大主持，他要父親上台致詞。

老爸踏上舞台，清了清喉嚨，發出幾個無意義的發語詞後，說道：「眞的非常謝謝在座所有人的協助，小希這個瘋狂的計畫，我想都沒有想過……但爲了拯救奈威，我願意冒險一試……如果沒有各位，不可能成功。我知道我跟奈威還有佳甯在過去有些誤會，但這都是出於彼此不了解所致，我們做父母的也從中學到寶貴的教訓，從今而後，我相信他們會永遠幸福。謝謝各位。」

我跟佳甯微笑相視。一陣如雷的掌聲響起，舞台下的眾人用力拍手。

「好啦，現在可以上點節目了，」老大說。

我看見啓恩拿起豎琴，蒨蓉拿起長笛……音樂會要展開了。

「先讓我來即興一下吧，」我說。

一陣歡呼聲響起，還有人吹起口哨。不知是誰喊了一聲「let's rock」。

我示意佳甯先回座。在眾人的歡呼下，我走向鋼琴。

溫暖的太陽正從東方閃現，從雲層中現身。有那麼一瞬間，雲層的形狀有些詭異……那像是一張臉。

白蜥蜴的臉。

會不會我的確在經驗機器中呢？腦中閃過如此念頭。

但我很快抹去這個念頭。

無意義的問題！活在當下才是最重要的，才是最眞實的，其他都是不必要的想像。我的手指奮力往琴鍵擊去。

白蜥蜴的臉被陽光撕成碎片，消失得無影無蹤。朝陽升起，大地一片光明。

4.

婚禮結束後，大家狂歡了許久才散會。

早上十一點，小希在七樓的房間裡休息。房內的電控液晶玻璃此時沒有通電，呈不透明的乳白色。這裡的液晶玻璃與八樓大廳不同，後者是表演用，前者則是一般居住環境使用的。睡眠膠囊的客房也是採用這種電控玻璃，這麼一來就不需要窗簾了。

純白如太空艙的房間讓她放鬆下來，只亮著小夜燈，一抹幽暗瀰漫在空氣中。

今天是試住的最後一天，明早就得退房了。

訪客鈴突然響起，小希走到門前，看了看面板，是佳甯。

她將門打開。佳甯手上拿著一瓶酒，兩個玻璃杯。

「你沒有要睡吧？」佳甯說，「陪我喝點酒。」

「好。」

小希把門關上後，佳甯將玻璃杯放在桌上斟滿，然後把其中一個遞給她。

啜了一口，是紅酒。

「這次眞的非常謝謝你，」佳甯把鞋子踢掉，盤腿坐在床沿。

「別客氣。」小希在窗邊的椅子坐下，面對著佳甯。

「我剛剛上網查了你說的十六型人格，」佳甯說，「我以前只研究過塔羅牌還有命理，對心理學沒涉獵。我發現其中一種超符合你的，你應該是科學家吧？」

「你說呢？」

佳甯從口袋中抽出一張摺疊的紙，將它打開來，「這是我剛剛列印的……我看看，科學家人格，獨立、原創、冷靜、理性、冷漠、內斂、分析性且具決心，能從抽象理論創造出脈絡與秩序，具有將理論化爲實際行動的能力。絕佳的策略家。能看見大方向。未來導向思考模式。喜歡困難的挑戰。主要興趣不在理解概念，而是將概念以有用的形式應用出來。不習慣對別人解釋自己的思緒想法，但基於對知識還有智性的尊重，他們只會對他們認爲值得的人解說。天生的領導者，但通常選擇隱身幕後，直到適當時間才現身。能夠隨時掃描可用的概念與想法並針對現況做出衡量分析，以便應付任何可能的突發狀況……根本就是爲你而寫的心理分析！」

「我不喜歡分析自己。」

佳甯把紙收起來，「總之，你的劇本設計得眞巧妙，奈威完全沒有起疑。」

「他很信任我。」

「看得出來。」

短暫沉默之後，小希問：「你眞的不打算告訴他眞相嗎？」

佳甯搖搖頭，「知道眞相有什麼好處？他只會自責。」

眞相，小希想道，眞正的眞相只有哥一個人不知道。

事實是，他確實射殺了佳甯，就像他原本以爲的那樣，不過當然是意外誤射，並非出於惡意預謀。這次的計畫重點在於，必須想辦法讓哥接受兇手不是自己。她得編造另一個兇手，於是她選擇了「神」來犯下這次的罪行，唯有如此，他們所認識的人才能都沒有責任。

關於連鎖反應的種種線索，的確都是當時的現場狀況，並沒有刻意製造。雜物室裡那顆籃球原本就在，紫水晶還有其他物品是下午李媽媽在拿東西時不小心弄掉的，後來因爲忙著婚禮準備，暫時沒時間收拾。

這又是另一次CQ測驗，她研究了當天的許多事物之狀況，包括文智的直升機、蒨蓉和夏江的手機，還有很多其他的事態。再把其中合用的串連起來，製造出連鎖反應。

又一次應用「發散性思考」的例證。

其實她可以設計得更簡單些，亦即，只要讓穿透紫水晶的箭意外掉下來即可。但這樣做無法減輕哥的罪責感，因此得用連鎖反應來削弱責任。當她看到老大擺在娛樂室的骨牌時，便得到了靈感。

只要沒人說出來，不必擔心哥會發現，除非他去詢問醫師關於佳甯傷口的細節，謊言才會穿幫。但他沒理由這麼做。

她的「馬雅任務」至此圓滿完成，打從一開始，她便很有信心。

我想體驗的劇本，是我對他的補償，我要想辦法挽回他，然後看見他快樂的神情，就像他當初教導我快樂為何物一樣。

「奈威會誤傷我只是一場意外，」佳甯說，啜了一口酒，「沒有人能夠預料的意外，這也是上帝給我們的考驗……對不起，你是無神論者吧？」

小希知道佳甯是基督徒，但她自己則是徹底的無神論。

不過，在經歷這次的事件後，在她扮演過『造物者』之後，她不太有把握了。

「這不重要，重要的是你們通過了這個考驗。」

「你不能偷偷告訴他真相喔。」

「我不會的。」

「我們要永遠、永遠守住這個秘密。這是我們的約定。」

佳甯往前高舉玻璃杯，凝望著小希。

小希將身子前傾，也將手中的杯子往前移動。

兩只盛著晶亮紅酒的玻璃容器，在柔和的黃光下碰撞，閃爍著怡人的光芒。

小希知道，哥與佳甯已經找到幸福了。

要推理11　PG1251

要有光
FIAT LUX

馬雅任務

——林斯諺科幻推理長篇

作　　者　林斯諺
責任編輯　黃姣潔
圖文排版　高玉菁
封面設計　王嵩賀

出版策劃　要有光
製作發行　秀威資訊科技股份有限公司
114 台北市內湖區瑞光路76巷65號1樓
電話：+886-2-2796-3638　傳真：+886-2-2796-1377
服務信箱：service@showwe.com.tw
http://www.showwe.com.tw
郵政劃撥　19563868　戶名：秀威資訊科技股份有限公司
展售門市　國家書店【松江門市】
104 台北市中山區松江路209號1樓
電話：+886-2-2518-0207　傳真：+886-2-2518-0778
網路訂購　秀威網路書店：http://www.bodbooks.com.tw
國家網路書店：http://www.govbooks.com.tw
法律顧問　毛國樑　律師
總 經 銷　易可數位行銷股份有限公司
地址：231新北市新店區寶橋路235巷6弄3號5樓
電話：+886-2-8911-0825　傳真：+886-2-8911-0801
e-mail：book-info@ecorebooks.com
易可部落格：http://ecorebooks.pixnet.net/blog

出版日期　2014年12月　BOD一版
定　　價　300元

國家圖書館出版品預行編目

馬雅任務：林斯諺科幻推理長篇 / 林斯諺著. -- 一版. --
臺北市：要有光, 2014.12
面； 公分. -- (要推理；11)
BOD版
ISBN 978-986-90474-6-3 (平裝)

857.81 103024515

讀者回函卡

感謝您購買本書，為提升服務品質，請填妥以下資料，將讀者回函卡直接寄回或傳真本公司，收到您的寶貴意見後，我們會收藏記錄及檢討，謝謝！

如您需要了解本公司最新出版書目、購書優惠或企劃活動，歡迎您上網查詢或下載相關資料：http:// www.showwe.com.tw

您購買的書名：________________________________

出生日期：________年________月________日

學歷：□高中（含）以下　□大專　□研究所（含）以上

職業：□製造業　□金融業　□資訊業　□軍警　□傳播業　□自由業

□服務業　□公務員　□教職　□學生　□家管　□其它_____

購書地點：□網路書店　□實體書店　□書展　□郵購　□贈閱　□其他

您從何得知本書的消息？

□網路書店　□實體書店　□網路搜尋　□電子報　□書訊　□雜誌

□傳播媒體　□親友推薦　□網站推薦　□部落格　□其他__________

您對本書的評價：（請填代號　1.非常滿意　2.滿意　3.尚可　4.再改進）

封面設計____　版面編排____　內容____　文／譯筆____　價格____

讀完書後您覺得：

□很有收穫　□有收穫　□收穫不多　□沒收穫

對我們的建議：________________________________

____

____

____

請貼
郵票

11466
台北市內湖區瑞光路 76 巷 65 號 1 樓

秀威資訊科技股份有限公司　收

BOD 數位出版事業部

(請沿線對折寄回，謝謝！)

姓　　名：________________　年齡：________　性別：□女　□男

郵遞區號：□□□□□

地　　址：____

聯絡電話：(日) ________________ (夜) ________________

E-mail：____